関原之戰 上

司馬遼太郎
劉立善 譯

目錄

高宮的茅庵

如今，我想起了一件往事。

筆者少年時代去過近江國的一座古寺。溽熱盛夏裡，沿著漫長的石階拾級而上。古寺的名字現在記不清了。

當時，我坐在古寺簷廊裡納涼，眼前是一大片繁密的綠葉。其情其景，記憶如昨。那繁密綠葉的前方，鋪展著琵琶湖畔遼闊的平原。

一位老人把我們領到這裡，他咚咚敲著簷廊的地板，連說帶比劃，向我們一群少年講起了古寺的歷史：

「現在我坐的這地方，太閤殿下曾經坐過，他一身獵人裝束。那天也是個盛夏裡炎熱的中午，像今天一樣，汗水都流進眼睛裡了。」

言訖，老人擦了一把汗水。街上的大人們都稱這位老人「嫩葉君」。至於他姓甚名誰，到現在我也一無所知。

老人舉著洋式陽傘，手搖一柄扇子，身穿被漿洗得縮了水的襯衫和短褲，披著一件麻布道袍似的外衣。

「來一碗茶！」據說秀吉這樣命令道。

寺院深處，有人應聲。隨之站到秀吉眼前的，是寺院當時的小和尚石田三成。

此處為冗筆。這一段傳說經常刊載於少年雜誌等圖文刊物上，內容我們瞭若指掌，何需再聽老人講述。

現在我要創作《關原之戰》這部人間喜劇或曰「悲劇」，不知從何處寫起為好，冥思苦索模糊朦朧之際，少年時代領略過的前述情景，像白日夢一樣浮現於我的腦際。據聞，亨利·米勒說過：「此刻你正在思考著什麼，即可以從你想到之處寫起。」我就這樣展開故事情節吧。

那位老人講的石田三成當小和尚的故事，收入《武將感狀記》中。一般認為，石田三成在世之時起，就是一則廣為流傳的插曲逸事。

當時，秀吉身為織田信長的部將，剛當上大名，被封為近江長濱城主，年祿二十餘萬石。

秀吉在自己領地內放鷹狩獵，他認為，狩獵活動的目的是進行領地內的地形偵察，兼能視察民情。

不僅如此。秀吉覺得，因為自己平步青雲高升為大名，必須擁有與二十餘萬石相稱的軍隊和武士。他放鷹狩獵之時，與其說在乎飛禽走獸等獵獲物，倒不如說更深切關心的，是確認自己領地內是否有名副其實的人才。秀吉的譜代（編註：代代侍奉特定主家的家臣系統）大名加藤清正、福島正則、藤堂高虎等人，幾乎都是他在這時期招募到手的。

卻說石田三成。

三成幼名佐吉，是居住近江坂田郡石田村的「地侍」（編註：村級武士）石田正繼的次子，此時被送進寺院。有典籍載云，三成為了求學修業才進了寺院；也有典籍寫道，他是「寺小姓」（編註：寺院的少年雜役）。

那是剛到十來歲上頭的事情。

三成面容乾淨利索，雙睛靈動清湛。是一個人人見了人人矚目觀瞧的少年。

秀吉來到這一帶狩獵，口渴得要命，突然走進了寺院。

「沏碗茶來！」

說完，就坐在簷廊裡。佐吉在室內忙著沏茶。少年的父親正繼雖然隱居鄉村，家裡卻世世代代擔任地侍，家道殷實。佐吉的衣著想必是挺不錯的吧。

俄頃，佐吉靜靜端來了茶水。秀吉坐在蟬噪聲中。

「請用粗茶。」

佐吉獻上茶，秀吉匆匆忙忙地喝著，並命令佐吉：

「再來一碗！」

關於第一個茶碗，《武將感狀記》書云：「茶碗很大，盛著七八分滿的溫茶，佐吉端了上來。」秀吉飲訖，咋舌感歎：「味道挺好，再來一碗！」他口渴極了，貪婪地喝著。三成沏的茶水，量也好、溫度也好，都恰到好處。

「遵命。」

佐吉退下，這次將茶水沏得較上次稍熱一些，量則減半。秀吉一飲而盡。又命令「再來一碗！」這時，他大概覺得這少年今後可以重用，便開始觀察他。

第三次端上來的，容器是個小茶碗，茶水量極少，熱得燙舌頭。秀吉佩服這少年的機靈。

「汝曰何名？」秀吉問道。

佐吉細長清秀的眼睛下視，回答：

「在下家住大人領地內石田村，是石田正繼之子，名叫佐吉。」

（這少年不錯。）

秀吉思忖。他覺得佐吉長大後應能重用。接下來，他又問了兩三個問題，佐吉的反應敏捷。秀吉愈發中意，便從寺院住持手裡要出了佐吉，領回城裡。

秀吉與佐吉首次邂逅的寺院，有人說是長濱城外觀音寺；也有人說是伊香郡古橋村的三珠院。地點究為何處，無關緊要。

此外，還有這樣一個故事。從史實上說，大約發生在三成二十歲前後。

在此之前，三成相當於「兒小姓」（編註：在主君身邊負責雜務的少年武士），他的俸祿直接由秀吉的俸祿中撥出。

「今後讓他領取正式俸祿吧。」

秀吉這樣尋思。在此前後，他一手扶植起來的、曾經和三成相同的勇猛小武士加藤虎之助（加藤清正）年祿四百七十石；福島市松（福島正則）年祿五百石。

「佐吉，現在我也給你新恩俸祿五百石。你要更加勤奮盡忠！有何欲言？」秀吉問道。

《古今武家盛衰記》記述的三成，此刻跪拜謝恩：「倘若如此，」他抬起頭來說道：「請賜予宇治川、淀川生長的荻草和蘆葦。」

他接著說，河岸的鄉民隨心所欲割取這些自然生長的植物，做成葦簾，用途頗多。如果給我權利，我可以對他們割取的葦草徵稅，不要五百石俸祿。

三成自幼生活成長在琵琶湖畔，這一帶或許自古以來就有此慣例，割取湖中蘆葦，須向領主納稅。

儘管如此，三成能著眼此事，可見他肯定是個相當諳熟經濟的人物。

「能徵上多少稅金？」秀吉興趣盎然地詢問。

三成即刻計算了一下，回答道：

「相當於一萬石。我若能獲得這項權利，可提供一萬石的軍事力量。」

秀吉對此人的頭腦感到驚詫。此時的同僚加藤虎之助和福島市松，尚無這種行政工作的意識，只是一心思考戰場指揮衝殺的智慧。

（佐吉是個討厭的傢伙，主公為何那般偏愛他？）

他倆可能這樣揣想。總之，秀吉喜歡戰功卓著的武將，但更器重三成那樣的才能。不知何時，秀吉說過這樣的話：「三成最像我。」

「向割蘆葦的人徵稅，亙古未聞。但此事倒是挺有意思。我暫且觀察一段情況，先准許你的方案。但萬不可難為百姓。」

秀吉說道。三成做事雷厲風行，對宇治川和淀川從上游到下游的幾十里範圍內自然生長的荻草和蘆葦，規定了每町（編註：一町約合一萬平方公尺）的徵稅額，讓當地鄉民割取，然後銷往京都和大坂一帶，獲利甚巨。

據說有一次，秀吉率軍開赴戰場時，對面走來了一支隊伍，最前頭的士兵高舉著畫有九曜星的軍用指揮扇和金色燕尾旌旗。兜鍪、馬具披掛裝備得燦爛輝煌，數百騎每人身上都披著金色燕尾旗標誌，靜靜壓了過來。

「那是眼生的旗幟，是敵方還是我方，前去打探一下！」

秀吉讓使番（傳令官）策馬前去確認。結果，竟是石田佐吉浩浩蕩蕩運送河灘雜草的大軍。

事實真偽另當別論，這是三成很可能幹出的事情。秀吉愛三成的這種才能，出兵朝鮮等場合，他責令三成主管最需要數學頭腦的渡海運輸事務。

船有四萬艘，大軍二十萬，還有馬匹、軍糧、馬料、火藥、子彈、弓箭等。運輸這麼多人和軍品，首先要調度船隻，人和軍品運到朝鮮之後，空船返回日本對馬島，從該處再滿載，再駛往朝鮮，儘量減少空船航行海上的時間。要調度好滿載船往返，首先針對空船和滿載船的速度、裝貨卸貨的時間、軍船和貨船的比例等，都要進行複雜的計算。三成運作順暢，得心應手。運送如此規模大軍，這在世界戰爭史上也堪稱是罕見的成功。

三成的這般才能，早在他少年時代為秀吉調控茶水溫度和對淀川荻草蘆葦徵稅故事中，已經初露端倪。

三成二十三四虛歲時，被提拔為大名。這在秀吉親自恩養的「小姓」（編註：少年武士）之中，並不屬於過早的個例。武將加藤虎之助十五歲成為秀吉的小姓，二十五六歲時，由近衛隊隊員平步青雲，一躍位居年祿二十五萬石的九州肥後熊本城主。福島市松的仕途也與之相似，位居四國島伊予今治城城主，食祿十萬石。命運的這般變化，並非什麼不可思議的魔術，因為織田信長死後，秀吉立刻成為執掌天下大權的人物。
三成初任大名，身價遠比上述兩位同僚低得多，年祿額僅為四萬石。然而，他的領地不在四國或九州那樣遙遠的地方國，而位於近江水口。居於「近國」，無論是政治抑或經濟上，對當時的大名三成都很有利。首先，秀吉要把三成當作自己的秘書官，置於身旁。
身為大名，必須招募大量家臣。秀吉在大殿上問道：
「佐吉，把你提拔為大名後，你打算招募多少家臣？」
近江人佐吉說過，依靠荻草和蘆葦，可以承擔一萬石養育的軍隊人數。秀吉期待的是，這個才氣出類拔萃的三成，肯定招募了超越尋常數量的大量家臣。
「一個人。」三成的回答出人意料。這個插曲見諸《關原軍記大成》。
「什麼？一個人？」秀吉大驚，追問該人姓甚名誰。
「是筒井家的『牢人』（編註：『牢籠人』的簡稱，指離開主公家、失去俸祿的武士，也稱『浪人』）島左近。」三成回答。
秀吉愈發訝異，反覆思索後，笑著說道：
「島左近是當代名士，他豈能來到你這個低身分人的帳下？淨胡扯。」
島左近乃大和國筒井順慶帳下的「侍大將」（編註：獨立指揮一支軍隊的將領），是交戰和謀略的天才。秀吉還記得當年山崎會戰之際，島左近作為順慶的使者，來過陣中。
島左近在順慶帳下，年食俸祿一萬石。順慶故世，筒井家改封，赴任伊賀國（三重縣西部）。此時島左近淪為浪人。
不知何故，後來，島左近隱居近江犬上川畔的高宮鄉。高宮是一片田園，位於今彥根市南約四公里處。當時，那裡有森林與河流，是個美麗的村莊。

——島左近結庵於高宮。

年輕的三成剛被提拔為大名後，聽到這消息，便帶領數人，一顧茅庵。島左近曾是統治大和一國的筒井家侍大將，面對三成登門求賢，他當然沒給好臉色。

「你想招募我嗎？」

島左近瞠目驚詫。

（好你個不諳世故的嫩小子，剛當上大名，大喜過望昏了頭，才跑到我這裡來了吧？）

轉瞬，左近又這樣犯嘀咕。他打算讓三成喝杯茶之後，就下逐客令。

茅庵旁流淌著犬上川，可以釣上小小的香魚。左近一開始或許打算談些垂釣的樂趣，待時候差不多了，就打發他們回去。

左近久經沙場，遍體傷痕。每道傷痕裡都埋藏著這個戰國人物的閱歷。最新的傷口是天正十一年（一五八三）五月攻打死守伊勢龜山城的瀧川一益時留下的彈傷，皮開肉裂，尚未癒合。

「從京城專程蒞臨茅庵，不勝感謝！想招募在下為家臣吧？但如今在下早已厭倦了塵世。」

這位自永祿、元龜年間以來戎馬空傯名震天下的老將，說出的話要比他的實際年齡衰老得多。左近委婉謝絕了三成這不合身分的懇求。三成見了左近的儀表舉止，愈發渴求這位人物。

「懇求屈就。我深知拜閣下為家臣，實屬僭越之望。儘管如此，我仍須這般拜託。」三成低頭叩拜懇求。

「倘拜閣下為家臣，甚顯荒謬，可否拜閣下為兄長，在我身旁，尊意如何？」

「兄長？」

左近沒有答應。說到底，在語言表達上，他不願與三成結為主從關係。三成竭盡全力勸說左近。他自我介紹說，自從當秀吉的兒小姓以來，多次馳騁戰場。特別是在堪稱秀吉問鼎天下的「賤岳會戰」中，自己立下的軍功，僅次於加藤虎之助和福島市松等「七本槍」武將。

然而，無論怎麼說，三成也不是一個能在血雨腥風的戰場上縱橫馳騁、所向無敵的名將，他希望取左近之長補己之短。三成大概覺得，如果自己的行政才能與左近的軍事才能強強聯合，必然無敵於天下。三成的此一番勸說，與其說旨在器重收買左近，毋寧說想令左近認可。三成希望得到左近的尊重。

「閣下若不願當兄長，那就請做良友吧。」

三成又說道。

這種求賢的做法，很可能古今未有。

「結果如何？有將他延攬為部下嗎？」秀吉問道。

「哎，」三成平心靜氣地回答，「他不是我的部下。左近這樣的人物，不會輕易來到我的帳下。於是，我以從主公拜領的俸祿的一半，一萬五千石，將他招募來了。」

「啊？」

主從的年祿，分不出明顯高低。秀吉哈哈大笑。

他愈發覺得三成的奇想酷似自己年輕時的做法。於是，秀吉喜愛這個年輕人的心情，又加深了一層。

三成如此這般費盡心機，求得了左近。三成心裡明白，自己不是一個甘於小成的男人。三成青年時代就胸懷大志。當然，縱使是這樣的三成，他這時怎麼也沒料到自己將來會參與和德川家康分據天下一決雌雄的大戲。

不，或許他已經預料到了。秀吉打下了江山，然而，他沒有能夠坐江山的兒子。於是，秀吉一死，必然驟起戰亂。若說聰明精敏的三成沒預料到這點，那是絕對錯誤的。

作為證據，我們可以仰望一下三成與左近聯手築起、平素居住的佐和山城。那座城池巍然屹立，高聳於近江的天際。

男人與男人

三成的佐和山城，坐落在琵琶湖畔。

筆者目前僅有資料，也只能靠資料來瞭解歷史。

筆者不曾長久眺望過那座山。每當乘坐東海道列車通過彥根時，總是沖著車窗尋找那座山，口中叨咕：

「佐和山應該在這一帶吧。」

多年來，這已形成了我的癖習。然而，最終我的視線都投往明朗的方向，東側窗外以湖水為背景的彥根城，而總是漏看了佐和山。此山為青松和雜樹覆蓋，列車奔馳在山腰上，佐和山與映著彥根城的車窗，方向相反。

（就是那座山！）

當我察覺到這一點，趕緊轉過身來，慌忙調換視線時，列車早已經駛過了青松和雜樹覆蓋的山腰。

準備創作這部小說之際，我想：這次必須仔細看一看佐和山。於是，我從岐阜出發，經過大垣，到關原下車。在古戰場休息之後，利用掠過關原町郊的付費名神高速公路，越過滋賀縣境的峽谷，駛入了舉目望去綠草茫茫的近江平原。

琵琶湖水，波光粼粼。

汽車一直向右馳去，不久，進入彥根市內，又駛

出了市區。佐和山展現於眼前。古時候，琵琶湖水一直延伸到彎彎曲曲的山腳。包括現在東海道鐵路線通過的地方，當年都泡在湖水中。

山腳伸入湖水中，悠然高聳入湖東昊穹的，就是古代的佐和山。

（就是這座山嗎？）

我仰望了一會兒，沒感覺膩味。苗條秀氣的紡錘形主峰，統率著略低的峰林。

「這座搦手門相當於佐和山城的陰面。」

嚮導手舉陽傘，向我解說道。也就是說，靠近東海道鐵路線車窗的山貌相當於佐和山城的陰面。

山城的陽面即大手門，威逼舊中山道，位於華表柱下。主峰比湖面高一百五十公尺，峰巔被削平，在人造平地上，三成時代建有一座五層天守，金碧輝煌。從古圖上看，這是一座宏偉的巨城。據說支撐天守的石牆高兩丈五尺。

古籍傳其驚人之處，載云：「城池甚高，屋脊獸頭瓦等，天陰之日，不可見也。」

以「本丸」為中心，其他各峰的高聳城牆支撐著外廓「二丸」、「三丸」、「大鼓丸」、「鐘丸」、「法華丸」、「美濃殿丸」、「腰曲輪」等。這是一座依照歐洲式築城法修築的山城。

大手門和搦手門周邊，武士住宅鱗次櫛比，還有城下街鎮。如今舉目望去，只有一片田園。

搦手門旁，琵琶湖的湖汊之水，靜靜波蕩。湖汊對面有沙洲。湖汊與沙洲之間架設著一百間（編註：一間等於一．八一八公尺）的曲折橋樑，通稱「百間橋」。但據說這座橋的實際長度超過百間，至少有二百公尺。

豐臣秀吉時代，佐和山赫赫有名，當時有短歌吟云：

三成擁有兩件寶，
島左近與佐和山城。

現在，近江鄉村還流傳著當年傳唱的童謠，大概是邊拍手球邊唱童謠吧。當你一哼唱童謠，就彷彿覺得在那隨手球節拍唱童謠的鄉村少女對面，浮現出壯麗的佐和山城。

我是城裡人，來看佐和山。
眺望大手城門闊庭院，
金色紋章八重壕，
壯觀還數闊庭院。
入門再望闊庭院，
樓閣錯落，美輪美奐。
壯觀還數闊庭院。
一座好城，氣派巨城，
護城壕畔設關卡，威勢增。
關卡周邊花爛漫，
護城壕畔鮮花盛開添風情。

歸根結底，建造如此規模的城池，與大名石田三成的身分很不相稱。他的年祿僅為十九萬四千石。這是一座與身分不對應的山城。三成緣何募求島左近那樣的人物？緣何必須建造天下屈指可數的巨城？

答案如下。城內一切牆壁，竣工後概不粉刷，全都裸露著泥土本色的粗壁。由此極易想見，三成並非要修建極盡壯麗的山城，而是時刻將實戰意義放在心頭。

三成是雄心勃勃的人物。文祿四年（一五九五），佐和山城動工，這是秀吉辭世幾年前的事。左近負責丈量設計城池，三成對設計圖加以推敲修改，二人細緻協商。此城是二人合作的產物。他倆可能一邊建城，一邊說道：

「太閤殿下萬一仙逝，主君秀賴尚且年幼，天下大亂，勢在必然。必會發生決定接班人的戰爭。到那時，必須豎起我們的大旗！」

佐和山城旨在表現三成其人曾是怎樣一個雄心勃勃的人物。

石田三成一顧近江高宮鄉茅庵，島左近初次見他，感覺他「純是個黃毛小子」。三成皮膚白皙，長時間不眨眼，睫毛整齊濃密。個頭矮小。左近甚至想像「三成或許出身於秀吉的『寵童』吧？」再仔細一想，秀吉不曾酷好男色。

（威風凜凜。）

左近又這樣看待三成。可以說，這種氣質支撐三成的性格中流露出神秘精幹之感，令左近折服。

「願效犬馬之勞。」

三成具備的魅力，終於征服、撼動了左近。

歲月流走不居。如今三成已經三十九虛歲了，但他的面容與當年毫無變化，好像從少年倏然變成了大人。現在，他增添了一點傲氣。

孩子臉帶傲氣，自然是不可愛的，因此，令人對他產生不必要的逆反心理，覺得反感。左近認定的三成的那種魅力，恰恰構成了三成如今樹敵的原因。左近覺得這一點挺有意思。

「主公這樣下去，可不好啊。」

某次，發生了一個事件，左近溫和地規勸三成。

有個冬晨，三成在大坂城內的土木建築工地，和同僚的「奉行」（行政業務執行官）彈正少弼淺野長政一起烤火。三成戴著頭巾。

「治部少輔。」

長政直喚三成的官名。

「何事？」

「你那頭巾摘下來為好。少頃，江戶內府（家康）將要登城。」

三成支頦置若罔聞，照常平靜地烤火。淺野長政與德川家康關係近密。但是，三成在世間再討厭別人，也沒有像家康那樣令他最討厭的了。

但是，家康是日本關東年祿二百五十五萬餘石的大名，位居「五大老」（編註：豐臣秀吉制定的官職，指派五位實權派擔任，負責決策）之首，在豐臣秀吉統帥的眾大名中官位最高。和三成的身分相比，家康是雲上人物。所以，作為成年人再討厭家康，此刻也應該摘下頭巾。

（我討厭他。）

三成每當感到厭惡之時，就露骨地表露出來，活像個孩子。這就是三成。

「治部，你沒聽見嗎？」

淺野長政一片好心建議，三成卻置之不理。這一次，長政怒火滿懷了。俄頃，家康在前簇後擁中登城。長政怒不可遏。

「你這傢伙！」

長政拽下三成的頭巾，拋入火中。縱然如此，三成依然若無其事，繼續烤火。

（不是個大人。）

後來，左近風聞此事，心裡覺得他舉止古怪，事後也不想規勸他了。

這一次，三成又幹了同樣的事，地點在京都方廣寺工地。按照秀吉的命令，家康和三成等人到現場驗收工程。三成手執一根用於現場指揮的竹杖，隨意扔掉了。家康從後面跟上來，輕輕撿起來，遞給了三成。

「這是你的吧？」

……

三成一言不答，轉過身去，疾步走去。一時，眾人不知如何是好，都屏住了氣息。家康本人抹去了異樣表情，慢騰騰地走向別處，這才平靜無事了。

「這樣做，簡直就是個孩子。」

針對這件事，左近直言進諫。他覺得三成的舉止絕非大丈夫的風度。

「左近，你說我像個孩子，那也改不了啊。我自幼就是這種性格。對令我討厭的男人，我無法像演戲似地壓抑真感情，陪假笑臉。」

「世間稱這種人為『傲慢人』，主公可知道？」

「不知道。」

三成瞅了一眼左近，微微歪頭思索，心裡納悶。在左近眼裡，這個動作非常可愛。三成只有在左近面前，才會做出接觸意氣投合的叔叔時的那種動作。

「主公自稱自幼如此，但現在已不是孩子了。家康是五大老之一，深受太閤恩寵。他手握大權，連勢力很強的大名都怕他哩。」

「那又如何？」

「同是不悅的神情，主公出自天真性格，不似微不足道的不悅。那種態度令人覺得主公好似豐臣家最大當權派在仰仗權勢，顯示傲慢。」

「哼！」

三成哼了一聲。這是他的癖習。也許是鼻子有病。但這個習慣有時因情境場合不同，會引起別人反感。

「是吃虧的性格。」

左近苦笑著，看了一眼三成那周正的鼻子。長著這樣一個惹人反感的小道具的男人，實屬罕見。

「且慢，左近，我有話說。」

三成態度驟變，嚴肅起來。這一變，談鋒銳利。他那極其尖銳的議論，正是得罪人的根源。

「你知道家康這怪人最近在做何事？可曾耳聞？他正暗中向朝廷獻金。」

這是事實。秀吉尚健在，家康卻看到了秀吉過世後的態勢。他通過一介豪商（茶屋四郎次郎），向朝廷獻上了兩隻天鵝，十片黃金。這分明是在為問鼎天下鋪路。日本有條規則，縱然靠武力打下了江山，若不擁戴、利用朝廷，江山則不能穩固。出於這個習俗，向朝廷獻金的事，織田信長做過，豐臣秀吉也做過。

「太閤貴體日衰，家康這老奸巨猾的傢伙！」

三成這樣稱家康。

「家康在窺伺時機，太閤一辭世，他就會殺死豐臣秀賴君，篡奪天下。對這般陰謀的人，我沒必要摘掉頭巾。即使我丟竹杖他撿起還我，也不必致謝。」

「誠然如此。」

左近的胖臉上浮現微笑。

「言之有理。但是，主公對家康如此；對和家康近密的各位大名，例如加藤清正、福島正則、黑田長政等人，也是如此。這會引起不必要的反感。將來欲成大業者，卻樹立不必要之敵，此乃拙策中之拙策。」

「左近，你希望我八面玲瓏嗎？」

「真拿主公沒有辦法。」

左近一聲苦笑。

「誰也沒那麼說。古來所謂英雄，指具備智辯勇『三德』者。由此看來，除了當代的太閤，主公是堪與家康並列的英傑。」

「但是，」左近又說：「單靠智辯勇『三德』，無法支配天下。有時，世間會採取不合作的態度。不，不僅不合作，或恐還會激烈攻擊而來。真想做一番大事業，還需一德。」

「何德？」

「甚至受到幼兒喜愛追慕。」

「左近，」三成一副無可奈何的神情。「你這是強我所難啊。人生而帶來的毛病，到死也改不掉的。與其為改掉毛病而受大苦，當務之急，倒不如盤腿穩坐毛病之上，揚己之長。」

「是的。」

左近沒有反駁。

「臣並非在講那麼費解的理念。臣的意思是，人家給主公撿起了竹杖，至少應該露個笑臉，隨意打個招呼。對方是家康，尤當如此。」

三成和左近的對談就到這裡。但是，「竹杖事件」激起了意外的波紋。來到家康伏見宅邸的家臣們聽見這件事，有人建議：

「乾脆殺掉治部少輔！」

輿論大譁。家康的謀臣本多正信壓住了這種聲音，他勸誡道：

「殺他，需要有可殺的地點。再說，必須有利於主公家才能殺他。那一天遲早會來的。眼下殺他是只圖一時之快。切不可輕率鬧事，有損主公家。」

然而，正信並不知道「竹杖事件」。當夜，正信來到家康寢間，打聽事件真偽。正信得到特許可進入家康寢間。不知何故，家康總是在寢間與正信謀計論事。

「事件若果然當真，彌八郎（本多正信），你該做何計較？」
「無疑，三成當殺！」
「何時殺他？」
「當在太閤死後。」
「死後何時？」
對談宛如對弈，津津有味。
「當他擁戴秀賴君和淀殿起兵之際。」
「那樣也還不能殺。只有給他及其同夥加上一個謀反的罪名，然後才可殺。」
「喲，這盤棋，臣輸了。」
正信臉上浮現出卑下的笑容，手勢模仿著輸棋的動作。當然，正信分明悟到了時機成熟之後的韜略。但他將最後的一招讓給了家康。二人與其說是主從關係，毋寧說是謀友。正信年長家康四歲，是年紀相仿的兩個老人。
正信出身馴鷹師，青年時代專心崇信一向宗（淨土真宗），支持過農民起義，背叛過家康。後來得到了家康的寬恕和重用。
三河（愛知縣東部）多出武將。然而三河人正信在家康的家臣裡，卻是罕見的謀士型人物。家康隨著年紀增長，對他愈發器重，對待正信與其說是家臣，不如說是賓友，封他為從五位下佐渡守，赴任相模甘繩，年祿二萬二千石。
後來，正信因陷害小田原城主大久保忠隣，丟了官。大久保忠隣一族的大久保彥左衛門著隨筆《三河物語》，這樣評價：
「大久保家敗落後，佐渡守本多正信三年不出門，臉上生梅毒大瘡，面容破相，皮肉剝落，臼齒暴突，死去。本多正信之子上野介正純被革職（俗稱『宇都宮吊天井事件』）。這是陷害大久保忠隣的因果報應吧。」
無論怎麼說，正信是名渾身極富謀略之才的人物。

女人和女人

這裡，想續上無關緊要的雜談，寫一筆秀吉的元配寧寧。多年來，筆者對這名婦人頗感興趣，動輒喜歡她。她的秉性潑辣，富有魄力。

「我們的婚禮，是非常寒酸的。」

寧寧作為太閤的元配，被封為從一位北政所（編註：原是大臣、大納言之妻的敬稱，後專指寧寧）之後，還詼諧地對侍女講述自己過去的卑賤時代。她就是這樣的女人。

秀吉結婚時，是織田家的「小人頭」（編註：武家管理雜役的小頭目），身分相當於「足輕」（編註：最低階的武士、步卒），幹著雜役的活。秀吉的獨身時代以值班室為家，連像樣的大雜院都沒有住過。

寧寧出身還算過得去，她是織田家下級武士組長淺野長勝的養女。淺野家住在茅草屋雜院，屋裡沒鋪榻榻米。二人的婚禮就在這屋子裡舉行的。寧寧說：

「地板上鋪著葦簾，上面再鋪著薄蓆。就在這上面舉行了婚禮。」

當時，秀吉二十六虛歲，寧寧十三虛歲，據說是個美人。

秀吉初任近江長濱城主，當上大名後，染指其他女人，寧寧和他鬧起了彆扭。秀吉被鬧得無可奈何。

這場桃色風波傳到主君織田信長耳中，他來調解夫妻間的爭吵，用平假名給寧寧寫了一封信，信中讚美她的美色，這樣寫道：

「妳的容貌身段，以前十幾歲時，就像二十來歲一樣漂亮。聽說藤吉郎（秀吉）對妳不滿意，真是豈有此理，大錯特錯！他這禿瓢兒（秀吉）上哪去找妳這樣的夫人。」

筆者眼前，油然浮現出二十六七歲的寧寧白淨豐滿的容姿。

二人終生琴瑟和諧。縱然秀吉任太閤，寧寧成為北政所，二人同坐他人面前時，依然相互無拘無束開玩笑，拍手大笑，高聲議論，與貧賤夫妻別無二致。夫妻倆的尾張（今愛知縣西部）方言很濃。外地人的家臣和侍女，根本聽不懂他倆在說些什麼。加之說話太快，聽起來活像夫妻吵架一般。

一日，太閤夫妻欣賞能樂的狂言，在座席上還是那樣閒聊，雙方說話越來越快，儼如夫妻吵架。太閤突然問臺上的演員：

「我倆這叫什麼？」

鼓手立即回答：

「夫妻吵架鬧嚷嚷，鼓槌敲在鼓皮上。」

旁邊的笛師說：

「比哩哩哩哩，誰非誰是？誰是誰非？」（編註：笛音音同「是」「非」。）

反應機敏，太閤夫妻拍手大笑。

且住。寧寧是個性格開朗、心胸寬廣的女性。自秀吉貧賤之時起，寧寧就是他的妻子，所以，於公於私她都是丈夫最好的談話對象。關於打下江山之後封誰為大名，或者交給該大名哪一國，寧寧都直陳己見，秀吉也往往採用她的建議。

當然，寧寧不僅是貴夫人，還是豐臣家最大的政治勢力，大名們都懼怕她。

「討伐家康！」

關原會戰的前夜，如果她利用自己的影響力，向大名下一道這樣的密令，那麼，日本歷史就是另一種樣子了。然而，事態相反。何故相反？要等這故事後來推展開去，才能找到答案。

寧寧擁有堪稱「北政所黨」規模的大名群。他們幾乎都是她的同鄉尾張人。大家是可以圍著火爐操一口尾張方言交談的關係。哪怕講一句方言，也立即會加深親密感的。

不僅是方言的作用，加藤清正等人還是寧寧一手拉拔大的。她還是近江長濱城主的夫人之時，一個髒兮兮的寡婦登門來訪，自稱相當於城主母親的表妹。經確認，確係親戚。她在村裡聽說藤吉郎混得出人頭地，便上門懇求將自己的兒子招為家丁。果然，寡婦領來一個幼童，他就是後來的加藤清正。當時，這個名叫虎之助的幼童才五歲。

秀吉說：

「是個好孩子。到廚房吃飯吧！」

秀吉把他養在城裡。寧寧一定是代替其母親照顧了加藤清正。她終生喜歡清正。人們認為，就算清正軍功卓著，又是秀吉一手撫養大的，他年紀輕輕二十來歲就從年祿三千石的身分一舉被拔擢為鎮守肥後熊本城、年祿二十五萬石的大名，這裡面寧寧肯定起了好大的作用。

「受到了北政所的偏愛。」

清正也終生懷揣這種喜悅和感恩的心情。故此，他成為豐臣家「北政所黨」首領，本在情理之中。

福島正則出生在尾張國的一個桶匠家庭。少年時代名叫市松。他想當武士，來投靠秀吉。從這時起，寧寧就很瞭解正則。他還是個混小子時就曾求寧寧給他做過一件窄袖便服。

淺野長政是寧寧養父的兒子，和她是姐弟關係。

此外，尾張人還有蜂須賀家政（海部郡蜂須賀村）、加藤嘉明（父輩從三河移居尾張）等。他們是可以與北政所操相同方言滔滔不絕話家常、一起懷念故鄉的山河，他們是這樣的關係。能夠加入北政所火爐邊這個團隊的，還有秀吉創業時的功臣細川忠興、池田輝政、黑田如水等身經百戰的武將。

三成則不然，他是「近江眾」。出身於近江國的人，不知何故，大多是富才智，高悟性。喜歡粗荒武人的北政所一定會這樣想：

「我是尾張的土俗之人，不喜歡諸事才氣煥發的近江人。」

其證據是，若非如此，北政所的火爐旁緣何沒有近江人？豐臣家代表性的近江譜系大名有：

石田三成（近江坂田郡石田村）

長束正家（近江栗太郡長束村）

增田長盛（近江淺井郡益田村）

秀吉政權的首要執政官「五奉行」定員中，近江人竟占了五分之三。三人都出身於鄉間武士，卻都長於計算。特別是長束正家，更是神乎其技。

後來，近江以近江商人的名氣名震天下。思及早在武家社會時期就誕生過計算方面的高人，或許近江人存在某種血統遺傳。

總之，前述三人都是行政領域的高手。從其管轄分工看，長束正家主管財政等計算業務，任近江水口城主，年祿五萬石；增田長盛主管總務、豐臣家的財貨出納與訴訟，任大和郡山城主，年祿二十四萬石；石田三成統管整體行政，後位居五奉行之首。

五奉行中的其他二人是尾張人，即前田玄以和淺野長政。除了中立派的前田玄以，北政所派的淺野長政和上述三個近江人相處極其不睦。

秀吉任近江長濱城主時，招募了大量當地武士和農民。從那時起，他就提拔近江幫。隨著打天下的進程推展，秀吉覺悟到，和野戰攻城奪地的粗獷大名相比，今後倒是更需要主管天下行政的幹才。所以，「近江幫」位居豐臣政權的中心。

對此，尾張派，即北政所派，怏怏不樂。

「近江派憑什麼氣焰高漲！」

尾張派無不以白眼斜瞅著近江派，並以各種方式將此事反映給北政所。

近江派也不得不進行自衛。秀吉最得寵的側室淀殿，恰好是近江人。石田三成等人與淀殿近密，形成一個所謂沙龍，以對抗尾張派的北政所集團，這也是必然趨勢。

淀殿出身名門，生在統治北近江六郡、年祿三十九萬石的戰國大名淺井家的小谷城。父親是淺井長政，母親是織田信長的妹妹、美人名聲遠揚的阿市。淀殿的父淺井長政後為織田信長所滅，頭骨被塗漆抹上金粉，供宴飲取樂助興。

淺井滅亡後，名曰「茶茶」的淀殿隨母親回到織田家，又跟改嫁的母親去了越前國主柴田勝家的家。後來，柴田勝家又為秀吉所滅，母親和繼父在北庄城（今福井市）雙雙自殺了。那一年，茶茶十七歲。

不久，淀殿被秀吉收養，二十二歲時懷孕。在淀城生的第一個孩子名叫鶴松。鶴松夭折後，二十七歲又生了秀賴。這時，淀殿在豐臣家的地位堅如磐石。她被稱為「御母公」，地位僅次於北政所。她和北政所不同，富於人情味的逸聞，可說一則也沒有。閨房之外的她，大概是個乏味平庸的呆笨女人。

然而，在出生於近江的大名看來，淺井家已經消失了，淀殿作為遺孤是個特殊的存在，可謂「舊主的公主」。故而對她懷抱的哀憐和敬慕的感情，非同一般。

不僅三成，增田長盛也好，長束正家也罷，都是遙望著聳立江北的淺井家小谷城長大成人的。他們對淀殿有感情，不只因為她是太閤的側室。比照尾張派對北政所表示的土氣親近感，他們對淀殿的感情顯得尤其浪漫。

三成接近淀殿之間，生出了逸聞，但並非什麼好逸聞。

「三成和淀殿私通。」

毫無疑問，這是無中生有的閒話，恐怕是反對黨捏造的流言蜚語。豐臣家的後宮與德川時代的「大奧」（編註：江戶城中心供將軍夫人和側室居住之處，男人禁止入內）不同，是開放型的。北政所和淀殿都可以喚來大名，隨意交談。大名也是爭先恐後去巴結取悅她倆，所以，生出了那樣的閒言碎語，就像秀吉剛剛病故就傳出了「家康和北政所偷情」的緋聞一樣。

家康曾以極盡拙笨的媚態取得北政所的信賴。他成功了，終將北政所拉攏過來。一定是反對黨憎惡家康，便到處傳播他與北政所偷情的風言。

無論怎麼說，關原會戰這史無前例的大事件，剖析其發端的內幕，可以說，是在兩位女性手下自然發生的「閨閥」之爭。

三成並不經常和淀殿面談。淀殿有個女官團隊，這位近江的名門閨秀，連自己呱呱墜地時就陪在身邊的奶娘都領到了豐臣家。奶娘是淺井石見守明政的女兒，名叫饗庭局。她是女官之首。此外，還有秀賴的奶娘、大野治長的母親大藏卿局，攝津豪族渡邊內藏助的母親正榮尼等人。這一幫女官和三成的聯繫緊密。

緊密到何種程度？又引起了反對黨的何等不快？為證明此事，美女初芽登場了，她是淀殿的侍女。初芽的娘家為藤堂高虎的家臣，故而高虎把她送到淀殿身邊，並命令：

「妳要經常向淀殿打各種各樣小報告，設法割斷她與三成的關係！」

兩派的對立已經發展到非動謀略不可的地步了，而且由此事可以想像淀殿和三成的關係之深。總之，圍繞豐臣家的兩股勢力，綿綿長長敘述至此，目的之一，就是想談一談美女初芽。

（治部少輔是什麼樣的男人呢？）

初芽對三成頗感興趣。當時，淀殿從大坂城內城的二丸遷至伏見城的西丸，初芽也隨之來到了西丸。

在大坂初芽沒見到三成。移居伏見不久，她幸運地擔任了聯繫府內官員的任務，有了接觸三成的可能。

一日，關於女官的俸祿，三成須求得大藏卿局的諒解，他登上西丸，在書院（編註：武家舉行儀式或接待客人之處）等待著。

「是治部少輔大人。」

小吏小跑在簷廊裡大聲喊道。

聞聽此言，初芽為傳達事情，奔向書院，通過長長的簷廊。

（哎……）

她難以控制七上八下突突跳的慌亂心胸。到底是初芽，她被委以秘密重任，她有才氣，對事情有旺盛的好奇心。當然，這還因為人家告訴她：

——三成是個壞蛋。

（是個什麼樣的歹徒？）

她心裡充滿一見為實的心情。初芽來到了書院。

只有一個人的身影，身穿坎肩，坐在寬敞的屋子裡。戶外有座庭院，陽光火辣辣照射著，逆光使得三成的身影看上去黑乎乎的，一動不動。

「是治部少輔大人吧？」初芽問道。

「正是。」三成的身影歪頭，遲疑沉默了片刻回答道。三成沉默了瞬間，許是因為對眼生的初芽心存疑慮吧。

一時，雲遮日頭，陽光弱了。三成的形象清晰映在初芽的眼波裡。

（啊？）

她發現三成的雙睛清湛，眉梢高揚，唇線緊湊，容貌好似一個倔強的少年。

「我叫初芽，願為您效勞。」

「初次見面呀。」

三成那有著亢奮習慣的眼睛，瞇成了細縫兒，露出了笑臉。那異樣的笑臉動搖了初芽的初衷。

（他是個壞人嗎？也許……）

初芽長這麼大了，還未見過有這般眼神的男人。

「我想見大藏卿。」

初芽茫然凝視著三成嘴唇的翕動。過了片刻，初芽察覺到自己的異樣，連手指尖兒都羞得通紅了。她將通紅的雙手抵在膝前，終於回答：

「知道了。」

初芽直至退到簷廊之前，都沒敢抬頭正視一眼三成。三成也將這位初芽深深地銘記在心間。

奈良

花已凋零，萌出了綠葉。

山嶺的路上，有個伊賀忍者尾隨著一個頭戴遮顏深斗笠、爬著紅土高坡的武士後面，時隱時現。名曰源藏。源藏扮做山野僧，是德川家伊賀間諜之一。家康的謀臣本多正信命令他：

「緊緊盯住，詳細向我彙報情況！」

赤日炎炎。頭戴遮顏深斗笠的人，早已年過五十，卻步履輕健，雙肩魁梧，腰如彈簧。此人是石田三成的謀臣島左近。

德川一方看出島左近有個特點，他時常從佐和山宅邸、京都宅邸和伏見宅邸裡消失了身影。

（前往何處？欲訪何人？）

這是本多正信最關心的要事。正信認為，欲知三成動向，盯住左近的行蹤即可。他從德川家的伊賀派與甲賀派忍者中選拔五十人，從江戶調到「上方」（編註：明治維新前皇宮在京都，故稱京坂一帶為「上方」），幾乎全部投入了這項偵探活動。

此處為贅述。伊賀派與甲賀派不使用那種出沒無常的忍術，幾乎都居有定所。正信讓他們定居在伏見、京都、大坂、佐和山等街鎮上，從事各種職業，

諸如城鎮醫生、行腳僧、開藥鋪、木匠、泥瓦匠、庭園師、武家雜役、草蓆店主、茶攤老闆、修行僧、雲遊修驗者、祈禱僧、雲遊繪師等。

源藏的職業是雲遊修驗者。某次，他去伏見的左近宅邸附近溜達窺探之際，發現宅邸後門倏地鑽出來一個浪人。源藏原本認為那浪人不是左近，但轉念一想，萬不可粗心大意。

（聽說左近有個癖習，微服潛行時扮做浪人，從來不帶隨從。）

源藏這樣思量，對恰好從身邊走過的間諜「木匠」耳語：

——我去盯住他。

說完，源藏一直在盯梢。左近從伏見乘舟下淀川，來到了大坂。

（啊，他要去大坂宅邸？）

源藏心中這樣推測。左近路過位於大坂城南的自家宅邸而不入，從大坂城玉造口來到高井田的客舍，住了一宿。翌晨一大早，他就上路了。左近一直向東走去。眼前出現了生駒、葛城等一片平緩的連綿群山。當然，源藏心裡明白，越過群山就是大和國了。

（啊，他果真就是左近？）

源藏多次搖頭琢磨。他若真是左近，孑然一人去大和國，有什麼事情要做呢？

慶長三年（一五九八）五月，住在伏見城裡的秀吉身衰體弱。名醫安養院和曲直瀨法印（第二代）給他切脈，配藥，藥石罔效，病名曰「虛損症」。所謂「虛損」，意即身體驟衰。

天氣燠熱。

這座山嶺名曰暗嶺。雜樹的枝條鬱鬱蔥蔥，遮掩山道，人好似行走在濃綠的洞穴中。從河內枚岡登起，越過山嶺，就可以看見大和盆地了。

山坡陡峭。盯梢的源藏滿懷自信，他認為自己絲毫未被左近察覺。源藏手法細膩，在下淀川的客船中，他身穿白衣服，扮做宗教團體「不動講」的女行者；進了大坂，夜宿高井田的客舍，他成了賣「陀羅尼助」膏藥的人；辭別客舍，他又恢復為雲遊修驗者的形象。

嶺頂是一片櫟樹林。午後的烈日照射在綠葉上，將走路的源藏身體都染成濃綠色了。

釘梢成功了。源藏擦了一把汗。他對自己成功盯梢感到愉快滿足。於是突然口渴了起來。

「哪兒有山溪水呢？」

源藏不由得鬆了口氣。待登到拐角處，發現路上掉了頂斗笠。

「哎，這不是左近的斗笠嗎？」

他要將其撿起。若非口渴與一陣鬆懈，源藏撿斗笠是絕不會失去警覺心的。他蹲下來，正要伸手去撿時，緊貼耳根轉來了低語：

「給你添麻煩了。」

啊！源藏一動不動。那人正站在他背後。好像沒有出手，只是站著。

從劍道上說，源藏可謂是被氣勢鎮住了。碰上了這樣陣勢，他還是頭一遭。

「呀，我遇上好旅伴了。若是前往大和，咱們就一起下嶺吧。」

「好、好的。」

源藏把斗笠遞給了他。被懷疑是左近的這浪人，道了聲謝，戴上斗笠，在下頦右側繫緊了細帶。二人一路同行。源藏好像被牽拽著似地跟在後面。他說道：

「在下是吉野藏王堂的修行者，名曰備前房玄海。恕在下失禮，敢問施主尊姓大名？」

「自報姓名甚遲。」

源藏心裡緊張了，他猜測此人會報上假名。然而，浪人坦率地實話實說：

「敝人在石田治部少輔帳下，名曰島左近。」

他面不改色。毋寧說，他堂堂正正地實報姓名。

源藏嚇得膽戰心驚，慌忙將手插入了坎肩束帶裡，向下壓著。
「久聞大名！若非人在旅途，我這般卑賤的修行者，焉能接近大人。島左近大人乃年祿一萬五千石的身分，卻不帶家臣，無人給扛槍牽馬，孑然出行，緣何這般一反常規？」
「僅僅是個人癖好，不必介意。」
左近腳踩苔蘚，向前走去，且走且說道：
「你的癖好也頗為奇妙。在船裡扮女人，在大坂街裡又揹著些『陀羅尼助』膏藥……」
左近的臉被斗笠遮掩著，呵呵笑著。這種表情或許出於他人格的渾厚，出奇地毫無惡意。毋寧說，他在享受著世間和人生，似乎將源藏也當做一隻輕妙滑稽的活物，加以諧謔化。
（真是何種怪人都有。）
源藏這樣思量。源藏的真面目分明已經暴露了，他卻竟然忘記了逃之夭夭。
「島……島大人。」
源藏戰戰兢兢。左近慢悠悠地信步而行。
「何必客套。我已習慣了。我身邊聚來像你這樣的人，多如蚊子。甲賀派的，伊賀派的都有。——你叫……」
「懇請別再讓我報上姓名了。」
「你是刀客吧。你不太像臨時雇來的，而是在江戶內大臣（家康）那邊當差的。德川大人是個與眾不同的人，豢養了伊賀派與甲賀派眾多忍者，意欲何為？」
「……」
源藏只是茫然走著。到了下坡路，松樹逐漸多了起來。
「家康其人，自幼以忠義正經聞名於世。世間的忠義正經人分為兩類，純牌的正經人沒有魅力。所謂有魅力的另一類正經人，本質上是指這樣的人：他有奸佞之念，有虎狼之心，卻戴著一副假面具，兜售正經。此人就是家康呀。」

左近碎步下山。

「我年輕時候，一時辭別了筒井家，放浪諸國，一度棲身甲州武田家，當時武田信玄尚健在。最後在他晚年的元龜三年（一五七二），信玄欲樹大旗於京都，發兵奔向東海道，席捲沿途，連克諸城，如入無人之境。前來迎戰的是織田與德川的聯合軍。信玄與之會戰於遠州敷智郡三方原，大破敵軍。德川軍敗走濱松城，家康大人單騎逃離戰場，鞭打快馬拼命遁逃。武田軍追擊，我也在追兵當中，且身先士卒，躍馬揚鞭竭力追趕，無論如何要槍挑家康大人。遺憾的是我的坐騎不是駿馬，讓他逃跑了。當時，家康大人大概三十或三十一歲。風聞家康大人驚嚇過甚，逃跑的同時還拉了一褲子大便。」

眾所周知，左近的戰場體驗之一，就是追擊過家康。如今，他揪住了伊賀派間諜，炫耀了自豪的故事。

「其後，信玄殂落陣中，未久，武田家滅亡了。不過家康大人沒有淡忘當年武田大軍的強大，將許多遺臣招募過來，兵法也完全模仿信玄，尊崇已故信玄為師。信玄其人在兵法上擅用間諜，據說他調用大量像你這樣的間諜，幹了各種勾當。德川大人連這一點也模仿過來了。所以，汝等草賊之徒，才被召集到繁華的江戶，被當作下級武士豢養著。」

眼底鋪展的，是大和盆地。左近不像專對源藏講這一番話，好似面對時勢，高談闊論。

「此事充分有力地證明了德川大人的陰暗性格。我對太閤也，」

說到這裡，島左近大吸了一口氣。

「也不大喜歡。但是天性陽光明朗的太閤，從不使用伊賀派或甲賀派之類的間諜。因此，太閤會廣受後人喜愛；家康大人留給後世的將是陰暗人格的那一面。」

源藏一言不發，跟著島左近。他心想：我被這個奇妙的敵人吸引住了。

「但是，」

源藏開口講話了，卻很不自然。

「島大人。」

「哎，我不是在誹謗你們。而是在說家康其人令人難以接受。我現在前往奈良，岳父患病臥床，妻子照護著。我為了去奈良暫且護理病人，才翻越暗嶺。對這樣的我，家康卻令家丁扮做山野僧盯梢，他是個何其陰暗的人喲。」

「啊，大人您去奈良？」

「去看望病中的岳父。」

源藏也在同夥中聽說過，左近的岳父是供職奈良大乘院古寺的醫生，名曰北庵法印。他確實久臥病榻。左近夫人正在奉侍病父一事，他也有耳聞。

「我的話已說到這份上了。你回去可向上司如實稟報。就在此分別吧。」

說完，左近開始快步下陡坡了。

源藏還留在原地。站立片刻，然後癱軟地坐在路旁。緊張解除了，他汗流浹背。腦袋無力地低垂在雙腿之間，此刻才真正地放下心來。

（島左近是那樣一個人啊。）

不知何故，總之，身體發出的內力，令源藏這樣厲害的忍者都萎縮得束手無策了。

（偷偷殺掉他！）

上司這樣命令過。源藏忖度，我殺得了他嗎？源藏對左近豈止既無憎惡，亦無對抗意識，若非服侍家康，源藏興許會立即追上這個微笑渾厚的男子漢，叩拜於左近腳下，大喊一聲「島大人！」源藏很難壓住心甘情願被左近頤指氣使的衝動。

（就此打住，返回伏見吧。左近一個人在奈良，僅僅落實了此事，也是收穫呀。）

左近進入奈良街裡時，已是夤夜。他敲著大乘院古寺對面的宅邸之門。門旁，奈良特色的土牆延伸而去。

「此為法印大人宅邸。」院內僕人答道。邸內有棵高大樟樹，成為顯眼的標誌。預先曾派信差通知，岳父北庵早已坐起等著。

作為醫生，北庵早就名播久遠了，與京都的施藥院、竹田法印並列，是天下最聞名的內科醫生。來自諸國的醫生寄宿這個大宅裡學習醫術。此處可謂呈現出奈良醫科大學之大觀。

岳父將女婿叫進書院，問道：

「你來此，有何事？」

「有兩件事。」左近低聲回答。

「說實話，太閤殿下貴體欠佳。在伏見，我詳細打探了病情。」

「所以呢？」

「太閤殿下何時歸天？我想請岳父大人診斷一下。」

北庵聞之大驚。

左近並不介意，詳述著秀吉的消瘦程度、膚色、脈搏、食欲、胃腸狀態等主要症狀。北庵一一點頭，但不開口下判斷。

「為何想知道死期？」

岳父問道。

「會發生動亂。」

左近簡潔回答。

「焉能有人等到別人一死就發起動亂。他是何人？」

「江戶內大臣。」

左近低聲回答。

「家康大人不是『五大老』之首、豐臣家的柱石和關東八州的鎮護嗎？他發起動亂，誰能相信？」

「他已經開始向主要大名運作了。太閤之死，不會單純地一死百了。必會發生事變，而且是有史以來的巨變。太閤之死，或者會導致戰國之世又捲土重來，或者家康玩弄陰謀，明目張膽篡奪豐臣家的社稷。總之，天下不會平安無事。」

「如此說來，確有道理。」北庵說道。「一人之死，能像太閤這般引起大動亂的事例，古今未有呀。」

「所以，想請岳父大人診斷。」

「我沒親診，說得未必準確。但根據以往經驗，那種病情肯定得死，在八月。」

「八月？」

島左近屈指計算著。太閤若是八月殂謝，現在必須趕緊做好準備。

「若發生動亂，左近你該當如何？」

「哎，我正在觀察著。淪為浪人也挺有意思，但是我家主公治部少輔非常討厭家康，家康若發起動亂，我自然要奮然而起，阻其猖狂，長槍脫鞘，火槍上膛，打斷那個企圖篡奪天下的老人的胳膊，斷其性命！」

「有意思！」北庵老人拍手稱快。

「那麼，第二件又是何事？」

軒猿

在這個時代的人物群中，島左近可謂獨放異彩。他笑起來非常明朗；沉默不語時神情沉鬱，宛似變了個人。人稱他為「深山池沼」。人們從左近的氣質中，感覺他儼如波瀾不驚的深山池沼，水面落著濃綠的樹蔭。

左近的形象，與其說是武將，莫如說是哲人。他喜愛中國唐代詩人杜甫，曾說道：

「我至多僅能活出一生，但最終還不及杜甫的一首詩吧？」

真是個怪人。他將自己的一生當做「詩」來感受。

「惟有島左近，是武士的典型。」

左近作古之後，在幾百年的德川時代都受到武家社會追慕推崇。德川時代裡人氣如此旺盛，真是相當了不起。本來，左近是「打倒家康」的作戰總部部長，他的名字幕府能不懼怕嗎？

有這樣一則軼聞。秀吉剛過世，某日，石田三成帶領家臣登上了大坂城天守。不消說，大坂城是日本最宏大的建築物。眼底，鋪展著大坂的街市，道路四通八達，熙來攘往的行人宛如蟲蟻。

「看看這座街市的繁榮景象吧。」三成說道。

「可以理解故太閤殿下的偉大了吧。古時，日本百年戰亂，故太閤一出山，鎮群雄於一手，平定五畿七道，設政都於大坂，安天下之庶民。諸位看看街市，百姓們每日生活安樂，宛似都在懇望未來永遠受到豐臣家保護。」

三成說，百姓們祈願豐臣遺孤秀賴的時代永續下去。

「確實如此。」

側近們點頭稱是。左近卻一言不發。三成察覺了，問道：

「左近，是否如此？」

左近讓三成其他側近全部退下，獨問三成一人：

「主公適才所云，可是真話？」

「真話。」

「主公聰明，是因為自信很強。自信越強，獨斷越多，獨斷會誤事的。適才所云若是真話，卻是犯糊塗了。」

「何故？」

三成身為主公，卻只在左近面前總覺得有些不硬氣。

「主公說街市的繁榮是托豐臣家的洪福，此言毫無道理。自古以來，統治者的都府之地，眾人雲集，理所當然，並非僅限於大坂。有利，人必聚之。並非為感恩而麇集呀。」

左近進一步接著說道：

「主公說大坂繁榮，那因為是大都市的中心，去郊外二、三里（編註：日制一里約等於四公里）處看看吧，百姓因連年的朝鮮戰爭，困苦萬狀，身居漏雨的破屋，吃糠咽菜，衣衫襤褸，路邊甚至有餓死者。主公一味宣揚豐臣家的恩澤，單靠呼聲，是支配不動天下的喲。」

與三成不同，左近冷峻地觀察時勢。秀吉到了晚年，發兵征討外國，導致物價飆升，百姓度日艱難。加之，征討外國期間，酷好大興土木的秀吉，大力建築伏見城等無用之城或豪宅，耗盡了民力。

左近又說道：

「說實話，密謀討伐家康一事，為時尚早。目前首先應當恢復民力，並讓征討外國歸來的大名和協助故太閤大興土木的大名休養生息。充分休息之後，等他們生出了『豐臣家萬歲！』的心情，再討伐家康。這是最理想的步驟。但家康不待，他會發起挑釁，難點在此。我想說的是，主公認為僅靠豐臣家的恩澤，即可驅動天下，此見天真而膚淺。」

左近就是這樣的男子漢。

左近前往奈良拜託岳父北庵法印的另一意圖，即請他來到伏見城下。北庵是名聞天下的醫生，若住在伏見，大名及其家屬、重臣們必會爭先恐後地求他往診。左近自然也便於瞭解大名的內情。

「敝人現在想知道的，是太閤歸天後哪個大名會奔向家康帳下，哪個大名能留下來。不掌握這情況便無法謀事。」

「這可不好辦。」

北庵前思後想起來。如前章所述，北庵的身分相當於奈良醫科大學的校長。能否捨棄奈良，隻身移居伏見城下？北庵考量了片刻。女婿竭力策劃的這一場大戲，引起了他的興趣。他說道：

「奈良的事我設法處理一下，安頓好了，我儘早動身去伏見。」

「我放心了。」

左近深深低頭，眼瞅地面片刻，畢竟沒讓淚水流出來。這場不知成敗的大賭博，竟然把在古都安度晚年的醫生也牽扯進來了，他心裡大概很不是滋味吧。

當夜，島左近與歸寧的妻子花野同床共枕，但並沒享受魚水之歡。激烈的肌膚之親於這對夫妻來說已是久遠前的事情了。左近只是溫柔地、細膩地長時間愛撫著花野的身體。僅此，花野的芳心似乎已經甜醉了。

「好像又老了。」島左近滿懷關愛地說道。花野已經四十歲了。

「不僅是我，老爺你也一樣喲。」

「要是個嫩綽綽的小女子，我能伺候她一番。但和妳太熟悉了，沒興致，不行。」

島左近撫摸著花野的私處，那愛撫的手法毫無春心蕩漾的風情，宛似在葛城當麻寺的花下，撫觸著古老美好的小觀音像，釀出了一種駘蕩的氛圍。

「外邊有年輕女人了吧？」

花野溫和地笑了。左近不是很好色，但他向來會為細嫩少女的神秘而惱亂心魂。

「年輕輕的小女子，臥紅茵上，雲雨房事須一一指導，男根太累。」他一本正經地回答。也許因為那一本正經顯得太不自然，花野大聲笑著說道：

「連那種美事都嫌麻煩，說明老爺還是老了。別讓我花野說你年老了。」

「不，我有件掛心事。」

左近一邊繼續愛撫著花野的秘處，一邊想把自己肩負的大事和盤托出。

「真怪了。夜裡不能安穩入眠，一味琢磨大事，以致即便接觸小女子的玉體，也覺得活像沒有鹹味的稀粥了。」

「何種大事？」

「是家康呀！」

說完，左近或恐是為了不讓花野再過問此事，突然將手指插進了秘處。

「哎喲，怎麼這麼疼啊？」

「疼？都到了疼的年紀了？以前這時刻，妳那浪叫，宛如漂浮佐和山下湖面的𪃹鷉發出的悅耳鳴囀呢。」

「只要老爺願聽那種聲調，我現在就可以喊叫給你聽。這麼重要的老爺，注意力全被江戶內大臣給吸引去了……我才這樣的。」

說著，花野伸手，碰觸撥弄著左近的男根。

「這東西這麼不爭氣，我上不來那股風騷勁兒了。再說，啊啊，真疼喲。」

花野扭動著玉潤的白腰，好像秘處確實很疼痛似的。

夫妻間說著體己風情話。花野的皮膚細潤，富於彈力和光澤，不像四十歲的女人。

「成了老太婆了。」

左近這樣戲稱花野，也太殘酷了。

「那麼，家康大人欲做何事？」

花野把話頭引向左近關心的方面。

「他企圖盜取豐臣的天下。連京都和伏見的商人都察覺了。妳大概也能想像得到。根據北庵大人的診斷，太閤還有幾個月陽壽。太閤若從陽間消失了，天下必然驟變。」

「如何驟變？」

「如何變，是我關心的焦點。有盜取者，有阻止者，這必然會釀成一場天下大亂。」

「因此，該當如何？」

「別再刨根問底了。這件大事一兩年內就會發生。勝負全靠天意和機遇。勝了，家康會從人間消失；敗了，治部少輔大人自不待言，我也得從花野妳身旁離去。」

「離去，去向何處？」

「五蘊。」

島左近手拍寬厚的胸膛。所謂「五蘊」，即佛法所說的將物質與精神組合一體的要素。

「我的五蘊化做纖塵，散佈空中。再也不能化做這種形體，回到妳身邊了。」

「是死去嗎？」

「投身興亡莫測的豪賭，是男子漢最大的娛樂。花野，希望妳心裡有數。我來奈良，就想對妳說這件事。」

「啊？」

花野的身體哆嗦起來。

「老爺這場賭博，遲早會贏的。」

說完，花野扭了一下身子。「疼喲！」左近的手指，還插在她的體內。

「妳別再問了。」

左近說道。他的指法變成一種溫柔的愛撫，持續妙動了一會兒。

「妳問我，我也不知道結果呀。」

左近說道。

翌日拂曉，左近離開了奈良，偏午時分，騎著從北庵法印借來的馬，越過了那座暗嶺，向西而去。

「我陪你走吧。」

北庵法印這樣說過。但被左近堅詞拒絕了。他聽著咯噔咯噔的馬蹄聲，單騎行進在紅土嶺道上。即將走到嶺頂時，埋伏彼處的五人正等著他。其中一人就是德川家的伊賀派忍者源藏。他與同夥屬一個集團，為了當密謀篡奪天下的德川之爪牙，他們從江戶移駐京都和伏見。五人都是一身獵戶打扮，有三支火槍兩張弓，槍在手，箭上弦，隱藏於松樹下的萱草叢中。

使用密探和暗殺等骯髒手段，是滲透於德川家家風的固有污點，這個惡癖直到幕府末期也沒改掉。這應該說是家康的性格。也大概是家康的參謀頭領本多正信的嗜好。他幫助家康，瞭解家康的氣質，為他出謀劃策。

「來了！」

一個人說道。

當然，他還沒有親眼看見，只是隱隱約約聽見隨風傳來的馬蹄聲。這一夥人埋伏時，藏身之處從不選在敵手的上風頭。藏身上風頭，火槍的火繩氣味會被對手嗅到，聲音也會被聽見。下風頭為佳，不消說，其條件與上風頭恰恰相反。

「真的，聽見了。」

源藏也點了點頭。他的表情並不明快。源藏有點佩服左近，雖不能搭救他，卻也不喜歡幹這種勾當。

卻說左近。他熟練地下了馬。人稱「才氣超過三成」的戰術家左近，熟知這座嶺上的地形是設伏兵的絕好場所。

「難道真會有情況？但小心沒大錯。」左近心想。

戰術家的第一要件，就是不能使用「難道」這語彙。對蛛絲馬跡也須高度警惕。

（北庵大人的馬，必須保護好。）

左近拽著轡繩，將馬拴在路旁一棵小橡樹上。然後敏捷地身靠崖邊。行動俐落，令人難以相信是個快入老境的人了。他攀上崖巔，雙手抓住近處的松樹幹，颼颼向上爬著，在樹上四處瞭望一遍，立刻下了樹。

左近預先考察了可能藏有伏兵的地方，然後進一步收縮注意點。覺得自己必須在下風頭。還得確認便於朝嶺道射擊的有利地形，以及射擊後能夠馬上沿著稜道撤走的地點。

清查之後，只剩下一個地方。該處的萱草叢微微動著。

（混蛋！不知道島左近的厲害嗎？）

左近躲開了敵方視線，爬著橫越山坡面，出現在敵人背後。

「哈！哈！」

島左近俐落喊著，一瞬又一瞬之間，敵人的兩顆腦袋拖著鮮血，飛出老遠了。

「啊！」

源藏等人狼狽不堪，三人逃往三個方向。左近跟住一人，飛快奔跑著。依然不改其沉鬱的神情。二人跑著，距離相差不過五、六步了。敵人停了下來，摘下斗笠回頭看，以這種架勢朝左近反撲過來。

（跳躍——）

左近看那招式也吃了一驚。他們的仿獸訓練功夫實在不淺。他跳起來許是想抓住松樹的高枝，但那樹枝已經枯死了。但見手抓樹杈的那人瞄準左近的腦袋，跳了下來。

「軒猿！」
左近以世間對忍者的蔑稱稱呼這種特殊輕捷的動作。同時，他不停地舞刀於眼前。左近的佩刀出自老家傳統鍛造工藝的「轉害（手掻）派」初代包永（編註：日本鎌倉中後期大和國的著名刀匠，通稱平三郎）之手，刀身長二尺六寸八分。
樹上跳下的殺手，大概在獵人服裡套著鐵鎖甲。島左近瞬間做出判斷，手起刀落，該人雙腳腳踝一刀兩斷。他攢眉盯著鮮血飛濺落地的這個殺手。
攢眉是左近在某些時刻的癖習。在別人看來，他攢眉是深表關切。由於這種表情，左近指揮的數萬士卒都覺得：
（為了這位將領，命也不要了！）
「是家康大人派你們來的？還是佐渡守正信自做主張，將你們這群傢伙放出來的？」
左近小聲逼問。
「歸根究柢，把戲玩得挺嚴密的。但英雄不可用如此手段篡國！」
左近從崖頭縱身跳到路上。源藏隱藏草叢裡，全神貫注持槍瞄著左近。
「那傢伙，難道是妖怪？」
源藏再度看見的左近形象，確實比首次高大多了。家康的這隻軒猿對左近束手無策了。這時，傳來了跑過山崖下嶺道的馬蹄聲。那是左近吧？源藏汗流浹背。

伏見城下

微服行旅，島左近不願被看見面容。他頭戴深斗笠、下穿皮裙褲，回到伏見城下時天還沒亮。

「雄雞還沒帶頭遍鳴呢。」

左近這樣尋思。他朝著城正門一直走去。正門兩側，大名宅邸鱗次櫛比。夜空星光燦爛，照得道路泛白。加之，宅邸相連，牆壁微白，延伸於道路兩旁，夜裡縱目望去，並無模糊不清之感。左近走得很快，路右側延伸的宅邸依次說來，是片桐東市正、淺野但馬守、淺野紀伊守、池田武藏守等大戶人家。

未久，當他來到岐阜大納言宅邸西角一帶時，眼前倏然亮了起來。

天已黎明了。眼看著伏見山上的綠韻鮮亮地閃耀一片。

（今日，該也是個大晴天吧？）

此日，恰好正值慶長三年（一五九八）五月五日端午節，為慶佳節，午前八時，列位大名該當集中登城，城下也將會因大名出行的儀仗隊而變得熱鬧非凡。

（咳。）

左近走過了大手門前的橋時，雄雞啼起二遍鳴。

城門打開了。守門士兵小頭領諧謔寒暄道：

「大人又去何處歸來了？」

左近經常溜出伏見城，去京都的胭脂巷尋花問柳耍歡。對此，小頭領早有耳聞。

「我有點累了。」

「是嗎？哎喲，太豔慕大人了。」

進了城門，眼前是一座大廣場。一旦交戰，城裡的軍隊可集合於此。大廣場對面，是石田治部少輔三成的宅邸，俗稱「石田丸」或「治部郭」。總之，與其說是宅邸，毋寧說是城裡的一座要塞，它坐落於大手門內的此處，又構成一個警備點。由此不難理解秀吉是如何信賴三成。

左近進了石田丸的前門，且過簷廊且詢問擦肩而過的三成的近侍：

「主公呢？」

「正在沐浴。」

可見，三成正在做登城準備。

「那麼，望代為傳言。」左近邊走邊說道。

「就說左近這傢伙剛回來。哎，如此傳達即可。我累了。現在想歇一會兒。」

「得令。」

近侍弓腰跑開了。

今晨，左近不當隨從跟大名登城了。次位家老舞兵庫擔任隨從的總指揮。左近來到自己的休息室，沒鋪被褥就一頭躺了下來。庭院裡椎木正開著黃花。閉上眼睛，眼皮上還殘留著黃色的意象。今日會過得清閒無事吧？左近呼呼大睡，連夢也沒做。

確實，此日直到正午，左近清閒無事。早晨八時，城頭鼓樓的大鼓敲得咚咚響，首席大名家康帶領列位大名，豪華如花，次第登城，規行矩步，來到本丸大廳拜謁了秀吉。

秀吉的容光要說有變化確也有些變化，事後三成對左近說道：

「太閤的臉色看上去不太好。」

祝賀的拜謁順暢結束後，列位大名退出，依次下城，各自歸去。

其後，秀吉驟發高燒，與大名們道別後，剛想回到後殿，卻險些昏倒。左右側近跑來抱住，不變姿勢，抱進了寢間。

「快叫醫生！」

不用秀吉吩咐，近侍們吵鬧著，在簷廊上亂跑，去叫首席侍醫曲直瀨道三法印。秀吉時年六十三歲。他的身體自幼以來沒患過什麼大病。然而，最近幾年身體明顯衰弱了。

「是荒淫所致。」

竟有人這樣判定。秀吉不飲酒，只是貪戀女色。究竟是貪戀女色導致衰老的？還是從青年時代過著攻城野戰的生活，加速了衰老？

大前年的文祿四年（一五九五）七月十七日，秀吉開始生病，先是筋骨疼痛。這種不適感持續了七個月，慶長元年（一五九六）二月十四日痊癒。去年十月二十七日，秀吉蒞臨伏見城下京極高次的宅邸，接受款待。或許是茶水喝多了，抽筋劇痛難耐，宴會中途退場回城了。爾後幾乎不能進食。這種症狀持續到今年正月，基本恢復正常，春季裡能到醍醐寺去賞櫻了。過了五個月，又發病。這次腹痛之烈超過筋骨痛，還伴有下瀉。

話休絮煩，曲直瀨法印急速登城。此法印是一代名醫曲直瀨正盛的養子，與天主教的神父交情深厚，從神父那裡學到了許多醫術。養父也對東西方醫術進行取捨，在此基礎上，開闢了謂之「曲直瀨醫學」的內科學。

曲直瀨法印時年五十八歲，是臨床醫生最成熟的年齡。曲直瀨法印把了秀吉的脈。

（哎喲！）

他覺得不妙。與以前發病時的症狀大不相同。

（這是絕症吧？）

曲直瀨法印這樣暗思。他不露聲色，退到另一房間配藥，讓秀吉喝下，靜觀變化。結果無效。脈搏微弱，不時好像停滯了。

以三成為首的五位奉行，接到緊急通知，都擠到另一房間裡。法印回來了，五位奉行中的年長者淺野長政，湊上前去打探：

「病情如何？」

法印的臉色鐵青。

「這次殿下的病情，連我對診脈都沒自信了。十萬火急從京都將施藥院、竹田法印、通仙院喚至這裡吧！」

於是，速備快轎，五十來人去接名醫，奔向三里外的京都。

（病情有那般嚴重嗎？）

三成這麼一想，一時冷靜下來，不由得倚在柱子上。三成也在悲歎，但危機感占了上風。他離開座席，到廁所去吐了，出了一身油脂大汗。

（太閤倘若現今歸天，豐臣家的天下到此就結束了。）

三成這樣思量。幾小時裡，眾人都在焦候京都名醫趕來。時值舊曆五月，悶熱異常。雖然如此，誰也不想搖扇生風，惟有淺野長政一人啪地打開了白扇，開始接納涼意。

長政與秀吉的元配北政所有血緣關係，所以關係很微妙。在下級派閥看來，長政為北政所派，同時又屬於家康黨。

（家康在等待秀吉死去。倘若如此，長政這廝也一定在等著。）

一把白扇，令三成聯想到這些。長政還好說，他是秀吉一手提拔起來的，已經五十一歲了。他和秀吉一起度過的漫長歲月，是三成等少壯派所不能相提並論的。長政對利益再敏感，感恩之情還是深厚的。

然而，目前正在朝鮮戰場上的長政的長子幸長，與其父相比，更是個玩弄手腕的高手，並且早已和家康關係近密。秀吉死後，關鍵時刻他會奔向何方？不得而知。

……三成這樣思忖著，將別人裝入某種模型裡，嚴加分析，這是三成的壞毛病。平素左近也勸他：

——主公這習慣很不好。與人交往時，對此人的來歷、交際關係，既往的壞事等，應當忘得一乾二淨，談笑風生。只有這樣胸懷寬廣能包容的人物，才會吸引人。

但是，秉性難移。三成有著罕見的潔癖。戰國社會裡尚無「潔癖」這概念，將如此現象稱作「偏狹」。

「彈正少弼（長政）大人！」

終於，三成以刺耳的聲音道出此言。

「別搖扇子了！」

「哎，為何？」

長政那一張稍顯愚鈍的平民臉，轉向了三成。這名老人直系的後代分支，若干年後出了「赤穗浪士事件」的導火線——淺野內匠頭。當然，性格上與長政毫無干係。

「啊，我只是隨口而言。」

此時，三成若是這樣回答，就不會顯得太有稜角了。但是三成的老毛病又犯了，直言不諱講出了如下大道理。儘管大道理能駁倒對方，但除了讓對方顏面掃地，別無其他效用。

「太閤殿下正在遭罪，連這裡都能聽見呻吟。就算熱，稍微忍耐一下也是應該的呀。」

「正是。」

長政羞得連脖頸都通紅了。若在平時，他豈能對自己不得體的舉止深感羞愧。總地說來，戰國時代晉升至大名之列者，不可能有三成認可的那種言行謹慎溫順的人。

「三成，這樣可以吧？」

啪的一聲，長政將白扇拋至屋角。三成面不改色，凝視長政片刻後，說道：

「大人想得周到。」

三成將回言權充為幽默語。左近平時總勸他：

「男人要有幽默感。這一點應當學習太閤。人若無戲謔感和愚鈍疏忽之處，就不能成大器。特別是玩笑開得漂亮，滔滔不絕，是男人一德。」

（激怒了長政這傢伙，這便如何是好？）

三成思慮良久才想出了那句話，權充不成幽默的幽默語。

可是，這煞費苦心的「作品」，由於想得過多，反倒成為含毒的諷刺了。

「治部少輔！」

長政直呼其官名。

「時候是這時候，我先忍著！有朝一日我兒子從戰場歸來，容當慢慢還禮！」

長政說出了無聊透頂的惡毒話，竟然提及自己兒子。

夜裡，三位名醫由京都匆匆趕來了，他們是施藥院、竹田法印和通仙院。三人伺候於病房，分別號脈，望診，須臾，退聚一室，包括曲直瀨法印在內，四人會診。

診斷一致，為慎重起見，用竹田法印的小匙盛藥，讓秀吉喝了下去。結果病情非但沒好轉，夤夜裡反倒加重了。

「太閤殿下病勢危篤。」

當天夜半，城下誇大事實，這樣流傳開來。古記錄載云：

「伏見城下，騷亂。」

當天早晨，左近進城時那般恬靜大名宅邸區，夜裡陡變。宅邸家家門前燃起篝火，士卒進出頻繁，深夜裡大街小巷手舉火把的武士往來不絕。大名、旗本（編註：大將的近衛，亦負責守護軍旗）為打探秀吉病情，接連不斷開始登城。

就在這樣一個深夜，左近恰恰相反，走出城內的石田丸，獨步城下，他一如既往，一身便裝。與他擦肩而過的人，見他這般不修邊幅的裝束，誰也不會想到他竟是一位年祿萬石以上的侍大將。

左近蹓蹓躂躂，信步外護城河畔。面對西側外護城河的，有池田輝政家的豪邸。與其西牆相隔的就是德川家康宅邸的正房。
因是近鄰，家康以各種形式讓家臣接近輝政。後來，輝政是岡山和因幡兩地大名的祖先。當時輝政任三河吉田城主，年祿十五萬二千石。輝政受到秀吉優待，受賜羽柴姓。儘管如此，輝政還是和家康結下了超過必要的親密關係。
左近沿著池田家的院牆信步，走過了家康宅邸正房前。這就是他的目的。門前路上，有人聚堆，擠擠擦擦。
「果真是奧妙的世間。」
左近心想。他一望坐在或者站在門前的徒士、足輕、小者等下級武士和雜役手舉的家徽，沒一個是德川家的。原因終於明白了。一言以蔽之，一本正經跑去探望秀吉病情的大名之中，有幾人腳跟一轉，順便就來到德川宅邸稟報，儼然盡忠家康。當然，他們並不稚童般天真地明說：
——太閤眼看就要死了。
但這正是其不可告人的本意。
「內府尚未去探望吧？我搶先一步去了。太閤殿下的病情，目前如此這般。」
有些人這樣來傳達一聲就走了。儘管只說這些，但相互之間如下意思已經心知肚明：
（遲早會發生事變，屆時，我會第一個奔向內府陣營，請多關照。）
然而，家康就是家康，對於這樣的大名，他並不親自出面接見，而是責令家臣井伊直政接待。直政在德川家雖是陪臣，卻官居從五位下侍從，與大名平起平坐。關東年祿二百五十五萬餘石的主公家康，封直政為上野箕輪城主，賜年祿十二萬石。
總之，直政的級別與大名平等，此外，他在沙場上是交戰高手，而且待人接物態度柔和，語言得體周到，在德川家主管涉外事務。
此處為冗筆。彥根市的市長、舊伯爵井伊直愛先生還是學習院小學生時候。據說某年夏季，其祖父帶他乘東海道線火車外出旅行，到關原站下車。駐足關原的夏草中，說道：

「正由於你的祖先在此縱橫馳騁，奮勇作戰，你今天才過上了安樂的生活。切不可忘記祖上大恩。」

直政的戰場功績如此，但是關原大戰開戰前夜，他作為德川家活躍的涉外官員，功績更大。直政的容貌不錯，出身於遠州家系古老的家門。在乳名「萬千代」的少年時代，就成為不甚好男色的家康近似惟一的寵童。直政眉清目秀氣質好，其他大名前來求家康辦事時，直政代為接待，並應諾道：

「請放心。這件事由在下稟報，代為拜託。儘量令大人如願以償。」

同樣話語若從此人口中說出，就格外有力度和真實性。當然，這和人品相關。因此，家康有了一位卓越的外交官。

與家康有交往的列位大名，歸根結柢，見到的都是這位直政。

「大人辛苦了。由在下代向主公問安。」

直政誠實地應諾。由於感激直政的這般誠實可信，入「家康黨」的大名越來越多。

揮發著奸佞氣息的本多正信老人，雖同為謀臣，家康卻一直將他藏於後臺，讓他專心於密謀，凡事不讓他那一張可憎的皺紋老臉拋頭露面，這樣做是恰當的。

——卻說事態。

秀吉的病情逐日惡化，五月下旬幾乎飲食不進。六月初，雙頰急劇下陷。《戶田左門覺書》這樣記載：

「太閤愈發病勢危篤。」

點心

（今天該是個吉祥日子吧？）

島左近在石田丸長長的簷廊裡踱步，察覺到簷廊到處擺設神龕，神龕上都擺著供品，一律是十六個點心。也就是說，今天是陰曆六月十六日。

此日，點心供神，須是十六塊。為了驅逐盛夏瘟疫，這個民俗習慣源自嵯峨天皇時代，延續至今。當時的宅邸裡，神龕和小祠堂頗多，連庭院、廚房、鬼門（編註：陰陽道認定惡鬼出入、不吉的方向）處都有，每處都供奉點心十六塊。擔當「納戶役」（編註：負責管理金銀、衣服、傢俱等貢品及將軍下賜的金銀物品）的武士及雜役，忙得不亦樂乎。

（啊？）

左近走到朝向庭院的房檐處，止住了腳步。他發現庭院裡有一名女子。

（是個眼生的姑娘。）

左近駐足房檐下，瞇著雙眼，臉上露出豐盈的微笑，眺望有姑娘點綴的庭院風景。左近這人比誰都喜好的就是欣賞水潤姑娘。

（大概是新來的貼身女僕吧？）

旭日照臨姑娘漂亮的坎肩，太陽好像也在呼吸著

桃色的氣息。姑娘緊張地走動，往庭院中的祠堂擺放點心。

姑娘膚色白皙，睫毛很長。島左近遠遠望著，他的眼睛似乎都被姑娘那修長的睫毛黑黝黝地遮上了蔭涼。她的動作乾淨利索，沒有多餘舉止，真是個透朗聰慧的姑娘。

左近進入謂之小書院的房間，為了清晨的寒暄，在此等候三成出來。此處也能將庭院景色盡收眼底。這座庭院與領國佐和山城的庭院相同，充分表達了三成的性格。庭院不飾以林泉，沒安置石燈籠等，至於樹木，講究的名木一棵也沒栽植。映入左近視野的是松樹、樟樹和冷杉等，樹葉茂密，欣欣向榮。無論怎麼說，其中最多的是矢竹，伐之可做箭桿。

——常備不懈。

這是武將應有的態度。縱然如此，連觀賞用的庭院都建成了矢竹叢，何故？可謂意識過剩吧。人說三成是「文官」。他厭煩這一說法，三成認為，惟有自己才是可以叱吒百萬大軍的男子漢，至少，他期望如此。

當時，身經百戰的大名頗多。細川幽齋和他的兒子細川忠興即是。平素他們喜好歌道和茶道，可謂風流瀟灑。世間先入為主的觀念，饒有風趣。無論幽齋和忠興如何愛好藝術，也不被界定為「文弱書生」。三成則不然，人們將他界定為「天生的文人」。「此乃胡說」，三成的如此意識，促使他修築了粗礪的佐和山城，伏見城內的石田丸庭院也栽下了矢竹。

三成出來了。

「早安！」

左近問候道。三成自負地頷首，「哼」地回了一聲。

「那庭院裡，有個姑娘呀。」

「你察覺到了？」

三成面紅耳赤。

「她叫初芽，在淀殿身邊當侍女。不知何故，希望來三成宅邸當女傭，淀殿覺得挺有意思，就將她下放此處了。」

「還是處子吧？」

左近直言問道。這話的意思是，她還沒和秀吉殿下同床共枕吧？

「那是當然。因為是處子，才能往返於庭院祠堂間準備供品。」

三成說的是，宅邸裡往神龕上擺供品的活計一般都由男人做，不許女人插手。初芽是處女，才讓她做的。

——我想做。

初芽這樣央求過。

——吉日的早晨，每次數完十六塊點心就分發下去，這活兒我童年時代就非常喜愛。就算只擺院子裡的也好，請讓我做吧。

經初芽這麼一央求，三成愈發覺得她是個挺有意思的姑娘，便許可了。

（有道理。）

左近莞爾。他在微笑裡思索著。如果宅邸裡所有神龕和小祠堂的供品點心都由初芽擺放，石田丸的複雜結構她豈不就瞭若指掌了嗎?!

「那姑娘果真是個……」

左近向三成打聽起她娘家的情況。他喜歡這姑娘，可能的話，想查明她的身世。

「是個好姑娘喲！」

左近低語，將視線移向三成。三成心情激動，臉頰發燒。這時看去，這位三十九歲的主公一表人才。臉盤細長，唇形漂亮。只是這張臉配在前後狹長的扁腦袋上，可謂長相特異。

此處為冗筆。根據東京大學人類學教研室鈴木尚教授的專著，明治四十五年（一九一二）進行的三成遺骨調查，是由京都大學解剖學教授足立文太郎博士親自主持的。遺骨調查的起因是，改葬京都大德寺三玄院內的三成墓，一發掘，五體遺骨齊全。觀察頭蓋骨時，足立博士甚至產生了懷疑，說道：

「這不是女骨嗎？」

但是，經過仔細檢查，是名副其實的男骨，而且酷似三成的肖像。堪稱是非常風雅的美男子。

「是小兒虛弱體質。」

足立博士表達己見。三成還是個典型的「長形頭」，腦袋的前後長度實屬罕見。按現在觀點，與其說是亞洲型，毋寧說是歐洲型裡多見的「長形頭」。

「我認為，那個姑娘，最好還是讓她暫且保持處女之身。」

「看來，你心裡挺惦記她呀。」三成發出了苦笑：「我喜歡那個初芽。但是，第一，她的聰明伶俐，令我擔心；第二，她喜歡我這大名，這種大膽也令我擔心。」

「哎喲，哎喲。」

三成反應得這麼快，倒叫左近束手無策了。

「不，我不是出自和主公同樣的顧慮才那樣說。見了那姑娘，我也淡淡地喜歡她。甚至不願她被主公毫不吝惜地打落了花。」

「左近，規定的時刻到了。」

三成站了起來。所謂「規定的時刻」，當然是指登城一事了。三成恢復了豐臣家執政官的表情。那表情很陰鬱，莫非秀吉的病情比昨夜更惡化了？

登城一問侍醫，在這個吉日裡，秀吉從早晨開始，高燒略退，心情似乎不太壞。吉日裡，中老（編註：官職居於「五大老」和「五奉行」中間的政務官）和五位奉行到城內白書院致賀，已成吉祥的慣例。但秀吉正在病中，人們想取消這一慣例。秀吉命令道：

「不，不，將病榻慢慢挪到書院去。」

前來致賀的側近大名，除了以三成為首的淺野長政、增田長盛、長束正家、前田玄以這五位奉行外，大谷吉繼、片桐且元等也躋身其中。

秀吉被抬來了。書院正面鋪著雙層榻榻米，上面鋪著褥子，秀吉躺在那裡。

（又瘦了。）

三成目睹秀吉那又瘦又黑的臉，不由得抽噎掉淚了。

「諸位都來了。」

秀吉無力地說道。突然，他又想到了什麼，命令左右：

「將中納言喚來！」

所謂中納言，即他那六虛歲的獨生子秀賴。俄頃，秀賴梳著孩童髮型，身穿長裙，被奶娘大藏卿局領來了，坐在秀吉身旁。

秀吉被扶著坐了起來，他端起了身邊的點心盤。在伏見城內，按照秀吉的喜好，吉日裡大殿中每個客間都擺著點心，讓勤雜人員和警衛得閒之時可以品嚐。這是吉日的慣例。秀吉端起的就是盛這種點心的托盤。裡面盛著十六塊點心。秀吉舉起筷子，喊道：

「彌兵衛！」

他召喚著彈正少弼淺野長政的通稱。長政走上前去，秀吉將點心放在他的手掌上。接著喊到三成：

「佐吉！」

三成叩拜，伸出雙手。點心從秀吉的筷子中間落了下來。拜領後，三成退下。秀吉挨個兒喊，重複此前的動作。

「紀之介！」

此人是越前敦賀年祿五萬石的城主大谷刑部少輔吉繼。他自任主公身邊小姓開始，才氣就得到了秀吉的賞識。

——我想讓他指揮天下大軍，讓他盡情揮舞指揮扇。

吉繼的軍事天才竟被秀吉認可到這種程度。然而，現在吉繼患上了皮膚潰爛病，白布裹面。

「德善院！」

被喚者是僧侶形象的奉行前田玄以。玄以不是自幼受秀吉提拔。當年在織田家時，玄以和秀吉是同僚關係，現今已是老人，任丹波龜山城主，年祿五萬石。

「助作！」

被喚者是片桐東市正且元。此人自幼受秀吉扶持，是世間眾口傳揚的名將「賤岳七本槍」之一。同獲「七本槍」聲譽的福島正則、加藤清正，現在都晉升大名了，他的身價卻只有年祿一萬石。秀吉認為，片桐且元只是誠實正直，沒有才能。

「小才次！」

秀吉呼喚小出播磨守吉政。「平右衛門！」接著喊到富田左近將監時，秀吉不知想到何事，扔下筷子哭泣起來。

「這秀賴，」秀吉嗚咽：「至少，我想活到秀賴十五歲的時候。到那時我讓出江山，在秀賴身邊扶助他。我想看到秀賴就像今天的儀式這樣，能喚來大名謁見主上……但是，」

秀吉的哭聲不止。少頃，他又拿起了筷子。

「看來我的願望難以實現了。我知道，我的命已活到盡頭了。」

他夾起了點心。富田左近將監不便上前，原地跪拜垂淚。眾將以袖掩目，尤其是雖然頑固卻又易為外物感動的淺野長政，號啕大哭。退到簷廊之後，還是長哭不止。就是這個滿臉皺紋哭泣退下的長政，兩年後竟跑到家康帳下，與西軍交戰，獲祿頗豐。而且其子幸長跟隨家康，攻打大坂城，逼迫秀賴自殺。再後來，淺野家成了鎮守藝州廣島年祿四十二萬六千石的太守。此事連當時正在痛哭的長政本人也不曾料到吧。

三成是個神經質型脾氣暴躁之人，他在簷廊裡追上了長政，嚴厲警告：

「擦乾眼淚吧！眾人會誤解的！」

長政強壓怒火，衣袖裡漸露出了眼睛，神色可怕。

「被如何誤解？」

「我說被誤解，僅此，就該明白意思。在這特殊時刻，彈正大人揮淚，別人看到心裡一咯噔，懷疑發生了何事。此為緣由，會導致意外的流言蜚語到處擴散。」

三成擔心人們會因此貿然斷定秀吉已經死了。

「黃毛小子！」

長政氣得要狠吐一口唾沫。他足踢長裙褲，揚長而去。長政的眼淚伴隨感傷的甘甜。他的這種感覺被打斷，又遭到黃毛小子般年輕人的斥責，長政無地自容了。

三成長著一雙不幸的眼睛——觀察力過於透徹。他說的「意外的流言蜚語」，立即成為事實，不，會成為謊言，擴散得滿城風雨。

「太閤殿下，已經歸天了。」

這個虛假傳聞當夜就在城下廣為散播，豈止尋常百姓家，就連大名和旗本都信以為真，許多人急速將消息傳到京都周邊，伏見和京都之間的交通要道，因奔跑的信使而騷動異常。

其間的經過，展讀當時的文獻《戶田左門覺書》，

品之古雅，趣味盎然：

在場人人皆掩淚退出。由此，不知真相者，皆將其理解為「太閤歸天，眾人落淚」。遂分頭通告各自派系。伏見與京都之間，使者往來，騷動殊甚。

當夜，三成在政務室待到深夜才退出來。回到宅邸，他脫下汗水濕透了的內衣，擦洗身體。睡覺前，在裡邊小居間休憩了片刻。有人端茶來了，是初芽。

「今夜是她值班嗎？」

三成覺得詫異。在石田家，裡間（編註：大名生活起居的區域）女傭領班也配有值班人，手持樸刀，夜間巡邏。三成過於機警，身為武將明察秋毫。他知道今夜不是初芽值班。

——是我主動要求值勤的。

初芽說出了這樣的心願。

「多此一舉。」

三成手端茶碗，異常冷淡地說。

「不當班時充分休息；當班時戮力辛勞，這是石田家的家法。」

「但是，大人為太閤殿下之事日夜操勞，奴家哪有心思睡覺。」

「我是大將，不分白天黑夜。」

三成說道。這是他的思想，因此，他嘔心瀝血奔忙公務，拜領年祿十九萬餘石。

「快退下，睡覺去！」

言訖，三成忽地倒吸一口涼氣。他察覺自己的話說得太狠，對這姑娘震撼太大。於是，對初芽的憐憫關愛之情，又似升漲的潮水湧了上來。

「初芽。」

姑娘或許是覺得這種語氣可怕，她猛一抬頭。

「剛才我說話應當溫和些。後悔了。我這裡有點心。」

三成忽然從懷中掏出了從太閤那裡拜領的點心。

「退下去吃吧。」

點心包在金線織花的錦緞裡。初芽領會了這點心裡包蘊著何種涵義。

秀吉與家康

秀吉的病勢，愈發危篤。

秀吉常常一天喝不下一碗粥，脂肪已經消失，肌肉乾枯，皮膚開始發黑，呈現出餓殍形象。此間，特准進入病房拜謁秀吉的傳教士羅德里格，向教廷這樣報告：

瘦衰之姿相，殆不像人。

羅德里格東渡日本之前，研究過日本學，尤其充分掌握了與秀吉相關的知識，認為秀吉是印度以東的空前大英雄。當他謁見了真實的秀吉，那「殆不像人」的形象令他受到精神刺激。驚詫的同時，羅德里格又想到自己的天職，「死後的世界，有天國和地獄。殿下必須去其中一處。」他和秀吉交談時，開始傳教。

秀吉將綢緞枕頭摞起來，後背靠之，興味索然地聽著。俄頃，他回望侍臣，命令道：

「給洋人祿米，讓他別再講了！」

至於死後去向何方，不用指教，秀吉已決定下來了。恐怕可以從朝廷領得大明神的神位，受祭祀為神。僅此足矣。秀吉和許多日本人一樣，無宗教信仰，對死後的世界不感興趣。和那些事相比，他更

異常關心的，是留在現世的獨生子秀賴。

——關於秀賴的安全，有什麼保障手段呢？

針對此事，洋和尚倘能有所指教，他倒是能夠聚精會神聆聽下去。

七月十五日，豐臣麾下的大名們得令，雲集城下的大納言前田利家的官邸。目的是在誓言書上簽字，保證秀吉死後永遠輔弼遺孤秀賴。

不言而喻，三成也去了。此外還有淺野長政、長束正家、增田長盛、前田玄以。包括三成在內的五名奉行聚首，共同主持這場大事。

誓言書的簽字會場特意選在前田家，不僅因為利家是大老，還因為他被任命為秀賴的守護人。列位大名簽名的誓言書不交給瀕死的秀吉，而是交給健在的內大臣德川家康和大納言前田利家。秀吉的構想是，自己死後，靠這兩人的聯合內閣來穩定政局。

除了目前留在朝鮮戰場上的大名之外，餘下的一百幾十位大名雲集前田宅邸，接待來人一片嘈雜。

「諸位先稍吃點東西，墊一墊底。」

主人利家老人說著客套話，廚房裡端出了盛在盤中的細麵，招待各位。大家吃完後，集中在書院裡，每人寫了一份誓言書，內容大致相同，由五條構成，其中最重要的第一條這樣一行文字：「奉呈秀賴公，奉公一事，與太閤之時無異，不思疏略。」其餘四條內容，意譯如下：

二、迄今太閤規定的法度與禁令，絕不違背。

三、依據維護豐臣政權這一原則，同僚之間不結私怨，不搞陰謀，不相爭鬥。

四、不結黨營私，若發生爭吵，任何一方不得以親友等私情結夥，須始終按照既定法度處理。

五、不向豐臣家提出辭職。不因私人理由辭別都城，就職領國。

然後，分別在結尾處簽字畫押。誓言書的最後寫有「內大臣」和「大納言」字樣。

三成覺得蹊蹺。他一邊簽字，一邊抬頭瞅了一眼正位。家康端坐那裡，他的臉頰肌肉豐滿，嘴邊佈滿了皺綢一樣的皺紋。

（向這個最危險的人物遞交誓言書，這是何等的玩笑？）

三成這樣思量，產生了想投筆罷寫的衝動。他走上前去，向家康和利家遞上誓言書。兩位老人答禮，輕致謝意：

「辛苦了！」

家康抬起頭來，沒看三成，慢吞吞往室內環顧了一圈。那是一張難以琢磨的臉，上窄下寬，長滿了贅肉，世間稱為福相。但一般講來，所謂福相，臉頰的肉向上收束，眼睛細長。而家康的雙眼渾圓，像明顯化了妝，面容比例失調，給人一種異樣感。三成一看，就噁心得想吐。

「內府大人。」

接下來，三成說出了多餘的話：

「我們向內府大人提交誓言書，內府又當如何？」

「指誓言書嗎？」

家康衝著三成突然微笑起來。這一笑，像換了個人似的，變成了好人長者的容顏，真是一副不可思議的面目。

「我也寫。我寫的交給太閤大人。」

「但是，太閤大人他……」

「是的。最理想的是太閤萬壽無疆。但不知何時，太閤天壽或許終盡。因此，太閤出現萬一之際，大納言和我的誓言書，都放進棺木中。」

「如此解釋，可以充分理解了吧。」家康以這種思維縝密的神情，看著三成。他雖面帶微笑，內心卻對三成深感討厭吧。

「還有，治部少輔。」

利家從旁開口了。這位久經沙場的老將，衰老得令人覺得他還真是挺能活的。這一點和肥胖型的江戶內大臣恰恰相反。利家老人對秀吉從不懷二心，忠心耿耿。為了令利家有實力對抗家康，秀吉晉升了他的官位。

三成並不討厭這位老人。老人此刻卻認為三成是個耍小聰明的孺子。無論處於何種意圖，利家老人對三成都不太關心。

「講話要注意分寸！」

利家老人不悅地說。

「我注意。」

「我可不會像你那樣講話。」

利家操一口濃重的尾張方言說道。

「這小子挺難對付。也就是德川大人，寬宏能容。我在旁邊聽著都生氣。」

話說得挺圓滑，表情看似極其苦澀不快，但一點也沒傷害聽者的感情。

「行了，還不趕快退下！」

老人翹了一翹下巴。三成那含有好意的眼睛，看著利家，回答：

「是！」

三成略致謝意，膝行退了下去。

家康將諸位大名的誓言書收齊歸納整理之後，即刻登城，送給秀吉過目。適才分別的三成現正侍奉病榻旁。他不快地翹了一下嘴巴，心情上沒把家康放在眼裡。

然而，當時的秀吉向家康露出了悲慘的微笑，鄭重致謝：

「辛苦了！」

秀吉和家康雖是主從關係，卻又各懷著無法劃清的微妙感情。二人之間逸聞頗多。秀吉還健康的時候，某日，伏見城下的宇喜多秀家宅邸裡演出能劇。秀吉突然要下到庭院裡。此時，家康很自然替秀吉整理了一下鞋子。就連大度的秀吉也感到驚訝。

——讓德川大人整理鞋子，大材小用了。

從這則逸聞中，人們感受到的是心懷叵測的家康努力屈己服侍全盛時期的秀吉；似乎同時也隱約傳達著秀吉終生沒擺脫對家康客氣、畏懼的複雜心境。

在豐臣家的大名中，惟有家康一直處於特殊位置。因為在豐臣的大名群中，家康擁有遙遙領先的實力，此外，還有其他緣故。

秀吉的身分還相當於織田家第三護衛頭領的時候，家康就是已故信長的同盟大名，級別比秀吉高出一格。而秀吉則打敗了信長的仇敵明智光秀。這種現實的「資格」震驚世間之同時，秀吉繼承了織田家的遺產。接著秀吉又消滅了仇敵、北陸地方的柴田勝家。剩下的勢力只有家康了。

信長的遺子信雄，奔到家康麾下，結為同盟，對抗秀吉，這就是世間所稱的「小牧．長久手會戰」。這場秀吉與家康的會戰，秀吉雖擁有天下大軍，卻打成了持久戰。而且家康全勝。儘管如此，其間由於外交上的各種曲折，最後，家康臣服秀吉。

如此臣服，並非家康希望建立的關係，倒是秀吉屈身懇求家康：

——為了天下，盼公為我家臣。

家康很不情願地同意了，二人採取的是這種不自然的形式。毋庸置疑，家康已考慮到天下大勢，認為自己不能繼續反抗秀吉了。

「總之，望公蒞臨上方。」

於是，秀吉遣人向以濱松城為據點的家康交涉。為解除家康的擔憂，秀吉將自己的生母大政所作為事實上的人質，送到家康處。家康將她送入岡崎城，讓家臣井伊直政負責監視。家康這才來到上方。這是天正十四年（一五八六）十月的事。以秀吉病危為基點，已是十二年前的事了。

十月二十六日，家康住進了大坂的宅邸，就安排翌日大名列坐之事，以及與任「關白」（編註：輔佐天皇執政之重臣）的秀吉會見事宜。然而，抵達大坂的當夜，令家康驚愕的是來了一位不速之客，他就是秀吉。秀吉微服外出，只帶了很少的隨從。

家康驚訝，馬上將秀吉請進了書院。《改正參河後風土記》記載：

秀吉立刻握住了神君（家康）的手。

家康來到大坂，秀吉非常鄭重地感謝他，說道：

「暌違十一載了。」

秀吉計算著分別後的年月。十一年前，即意味著自信長與武田勝賴會戰的長篠戰場以來。不消說，當時秀吉的身分比家康低。

秀吉拿出了自帶的便當與美酒，親自一一確認無毒後，勸家康：

「請用！」

交談片刻，秀吉湊近家康耳邊，竊竊私語：

「我秀吉現在的官位居人臣之首，主宰天下兵馬。但我的出身德川殿下一清二楚，係由織田大人的奴僕身分獲提拔起來的。如今臣服於我的大名，究其出身，皆是當年在織田家的同僚和朋友，私下並無尊我為主上之心。所以，明天，」

秀吉把聲音壓得更低了：

「在大名列坐的場合會晤公，該時，我需儘量擺出傲慢架勢，切莫見怪。望德川公也殷勤施禮。見了這般光景，大名們必會驚詫：『連德川大人都如此態度！』從此，他們會肅然從我。此事，再三拜託。」

秀吉像抱著家康似地拍著他的後背說道。家康點頭，小聲回答：

「既然來此，已具臣服殿下的覺悟。無論何事，在下都必將考慮有利於殿下。」

其後，秀吉攻打關東的統治者、小田原的北条氏之時，某日，他站在石垣山的大營裡，俯視小田原城，他突然高喊：「德川大人！德川大人！」

「俗話說，小解須有伴，卿也同解吧！」

秀吉走到崖邊撒尿，家康被迫也跟著撒了尿。

「請看那個！」

秀吉指著底下的小田原城。

「攻下那座城池，指日可待。北条氏若滅亡了，關東八州皆贈愛卿。」

家康尚未來得及驚愕，就回言道：

「若此，須於某地築城。有一鄉村，名曰江戶。築城於該地若何？」

秀吉深知，家康盤踞在靠實力割去的三河、駿河、遠江、信州、甲州等日本中部地區，這在豐臣家的治安上不容樂觀。秀吉讓家康從五州太守一躍當上八州太守，企圖以此為誘餌，將家康勢力控制在箱根以東。

二人的關係非常複雜微妙。豐臣家的天下安定之後，秀吉開始用兵海外。他帶領家康，長時間坐鎮渡海征服朝鮮的大本營——肥前名護屋城。膩味至極，便舉辦了化妝遊園會。瓜地裡建了一座臨時的街市、旅館、茶館，令大名們都化了妝。做這種遊戲，秀吉是策劃的天才，角色分派如下。

會津若松城九十二萬石的城主、蒲生少將氏鄉，擔茶沿街叫賣；織田有樂齋扮演行腳老僧；五奉行之一的前田玄以人高體肥，扮做可憎的比丘尼；有馬則賴是旅館「有馬池坊」的老闆；丹波中納言豐臣秀保賣醬菜；秀吉的近侍蒔田權佐飾旅館老闆；遠近聞名的美人、裡間女僕藤壺，在旅館裡高聲招徠房客。

——家康如何安排？

這是秀吉關心的大事。家康除了放鷹狩獵和練武，別無愛好。總之，家康理當認為這種活動很無聊不快。

秀吉身穿土黃色夏衣，戴著黑頭巾，身背斗笠，腰間圍捆著稻草蓑衣，扮做一個髒兮兮的賣瓜老翁。

（既然連我都這副模樣了，江戶內大臣也得扮演個角色呀。）

秀吉正在思忖，十字路口出現一個胖嘟嘟賣竹籃的人。就是家康。他拙笨地挑著擔子，貨擔晃來晃去的。

「賣竹籃啦！賣竹籃啦！」

家康叫喊著走了過來。他內心恐怕很不愉快吧。

家康覺得不可掃了秀吉的興，便拚命高聲叫賣著，一下子激起了高潮。

——跟賣竹籃的商販一模一樣！

許多人擠眉弄眼，嘰嘰咕咕交流各自的印象。

總之，為搞好二人的關係，秀吉在努力著，家康也悲哀地努力著。既互相懼怕又互相取悅著。

（那人何時才會死？）

二人肯定都這樣暗思著。若家康先死，秀吉會設一個適當理由，對家康身為大名而言、佔有過多的關東二百五十餘萬石遼闊領土，或者削減，或者分割。然而，如今已經註定秀吉先死。家康內心定是這樣想的：

（勝負，終究是靠壽命。）

同時，他又負責要求列位大名寫出「不背叛秀賴公」的誓言書。家康以神妙的正經態度，擔當這個滑稽的職務。

「狡猾的狸子！」

爭強好勝的三成憎惡家康，自有道理。家康在名護屋城外扮演賣竹籃的商販，演技絕妙。作為爭權奪勢大戲中的角色，家康更有著無與倫比的表演才能。

狼藉

傳言可畏。

——伏見城內的太閤，何時辭世？

此事引出了各種各樣的傳言。伏見城下的人們，不僅武家，就連商人也敏感地關心打聽這件事，耳聞筷子喀嚓折斷的聲音，也會嚇得「哎喲」一聲，喧嚷一陣。

權力巨大的統治者的壽命，就要結束了。他去世之同時，會發生會戰，發生政變，這是連老百姓都明白的思路。

七月十六日，是列位大名在前田利家宅邸裡提交了「太閤過世後，擁立秀賴公」這一誓言書的次日。

「太閤已經歸天了。」

這條小道消息傳遍了城下街巷。大名中信以為真者也不在少數。因為就連大名也不許進太閤病房探望。只有相信殿上司茶僧的私語。

此處為冗筆。誰都會想像到，秀吉即便在伏見城咽氣了，也肯定一概保密。海外征戰正酣。秀吉的死訊傳到敵對的明朝和朝鮮，會嚴重影響今後的戰況和外交，海外征戰的將士會處於可怕的危險境地。

因此，「太閤究竟仍活著，還是已經死了？」人們

拼命搜尋殿上的秘密。

十六日的蜚語立刻傳到城下的大名宅邸、旗本宅邸和尋常百姓家。黃昏時分，風聲更緊了。有人到處竊竊私語：

「今天夜裡，開始交戰！」

此時，突然兩匹驚馬開始狂奔在城下小巷裡。

「家康放的馬吧？」

島左近即刻這樣揣想。驚馬事件當夜攪鬧的氣氛，產生了可怕的效果。後經調查，真相大白。城外名曰「藤之森」的村落裡有座大神社，該日，神社境內舉行募捐相撲表演。拴在募捐場上的馬匹，日落後不知何故掙斷了韁繩，狂奔街裡。

但是，該夜馬蹄聲喧，觀看相撲表演的人群，為抓住驚馬到處追趕，那非同一般的舉動，充分令人認為是「開始交戰」了。大名宅邸都武裝起來了，院內燃起篝火，命令密探四處奔走。認為先下手為強的大名中，有的竟然想到：

——應當嚴加保衛家康！

於是，跑到家康宅邸，想買「期貨」。對豐臣家而言不幸的是，跑到伏見城要護衛秀賴的大名一個也沒有。

「看到人情的底線了。」

翌晨，夜裡喧囂靜定之後，左近一聲長歎。當天，他向三成說道：

「那兩匹馬，形式好似偶然間占卜了豐臣家的未來。」左近此話含意是：人心不會為秀吉的恩惠等甘美幼稚的感傷主義所動。秀吉死後，若天下風雲驟起，豐臣家的諸位大名只能依靠「保存自家」的本能來活動。

「不許他們放肆！」

三成口氣嚴厲地說道。他憎惡非正義，性格激烈，堪稱異常。

此處為贅述。後及德川時代，就連與三成那般不睦的淺野長政之子淺野幸長，也曾袒露心聲：「三成死後，人們不再那樣認識世間的非正義了。」此言意即三成在職期間，他憎惡諸大名非正義之言行，常以彈劾者面目出現，連政敵都戰戰兢兢，擔心遭受三成的指責。

這時，三成對左近說道：

「我不曾因利害而心動，我總是首先判斷這件事是正義還是非正義，再付諸行動。」

確實如此。秀吉一手平定了亂世，重整秩序。但他的策略相當粗疏。秀吉雖然征服了奧州的伊達氏、中國地方的毛利氏、四國地方的長曾我部氏、九州地方的島津氏，但他以「反抗吃虧，投降會受到相應優待」這種方式，以利害而非道德來說服對方，不以這種手段則無法平定亂世。一言以蔽之，豐臣政權成立的動力，是「利害」而非「正邪」。

秀吉擔任關白，向天下發號施令以來，十三載過去了。秩序確實建立起來了，但這是靠「利害」鞏固的秩序。讓道德取代利害，尚需兩代或三代的歲月。

三成的性格似乎來自天性。他以異常的正義感，獨立於「利害」的世間。在庸俗大名看來，有時三成只是個「狂人」。關於三成高雅美麗的缺點，左近這樣向本人指出：

「主公對人的期待似乎過大。主公認為，武家應當這樣；大名應當這樣；蒙恩者應當這樣。主公期待的目標很嚴格，存在頭腦裡『做人應當如此』的理想形象，輪廓清晰。主公如此嚴以律己，卓越完善得已成為異常的人，進而以這張網要將別人也套進去。對於討厭這張網、想逃出這張網的人，主公便如犬吠一般激烈攻擊之。」

「那又當如何？」

三成只對左近態度溫和，露笑臉。

「不好。」

左近回答。他極喜歡三成那絢爛的缺點和優點。但在收攬人心方面，又是如何？

「左近，這或許是我的缺點，但倘無我這樣的彈劾者，豐臣家的天下將會如何？隨著太閤殂謝，豈不全部被家康盜走了？」

卻說家康。他在豐臣的大名中，除了三成，就是惟一的「正義的捍衛者」了。當然，他這是徹頭徹尾的表演技巧，並非本色。正因為如此，他的「正義」演技出類拔萃。

驚馬夜裡鬧騰的翌日，病中的秀吉得知其事，詢問侍醫曲直瀨法印：

「昨夜城下發生了何事？」

法印自自然然回答：

「大概是吵架吧？」

「不，不。你騙不了我！」秀吉搖頭，不依不饒地追究著。他的肉體越衰弱，其卓越的直感反倒更敏銳。他下令：

「喊奉行！」

增田長盛恰巧值班，被喊來了。受到病人的嚴厲追問。長盛的優點是生性膽小，直率誠實，先是語無倫次，費好大勁糊弄道：

「是大名的吵架。」

「吵架？」

秀吉明白了。豐臣家的大名團隊是在相互衝突中衝出了戰國風雲，性格魯莽，倘發生了不如意之事，甚至在殿上就廝打起來。這點秀吉是知道的。倘僅止於此，倒還可以。秀吉知道，大名團隊裡還存在結黨互鬥事件。

「這可太傷腦筋了。我死後，都忘了秀賴的事，只顧結黨爭鬥，最後也許會招致天下騷亂。」

秀吉思量片刻，說道：

「酒是好東西。」

他想在殿上大擺酒宴，以融合相互關係。

「仁右衛門（增田長盛），你這樣傳達下去，明天，就明天，凡在伏見當班的大名，全部集中到殿上，我設宴款待。我要在酒席上傳達我的隱憂。互相交流一下友好相處的方法。」

雷厲風行，酒宴會務組成立了。選出的主管人，除了中村式部少輔一氏、生駒讚岐守親正、山內對馬守一豐三位大名，還有擔任秀吉「御伽眾」（編註：陪秀吉談話之職）的三位僧侶。

石田家也接到了通知。偏巧三成感冒臥床。決定該日由左近任代理人，前往陪席，默坐於簷廊。

（可以看一場熱鬧。）

左近樂於擔任這陪席的角色。該日，左近穿著嶄新的無袖禮服，身佩「大和鍛造」流派的當麻有俊打造的短刀，讓隨行武士拿著備前長船兼光打造的腰刀，邁著特色慢步，走出了石田丸的大門。左近出身大和，堅信大和鍛造的短刀十分鋒利。今天為防萬一事態，特意佩帶偏長的當麻有俊短刀。他心想：

「或恐必須殺人。」

人，當然是指家康。有家康在，就會發生全面的騷亂。左近思考著，根據時間地點，趁酒席之亂，奔上前去，刀落處將家康揮為兩段。然後，自己若當場切腹，就可安定事態。一向悠然自得的左近，能輕而易舉地腹隱如此機謀。

一入宴席，左近和宴會接待負責人、年祿十七萬五千石的駿府城主、中村式部少輔一氏稍事寒暄。因是陪席的身分，他靜悄悄坐在北側簷廊外邊。須臾，大名們吵吵嚷嚷走了進來，立即爭先恐後找座次。

「哎，這是不分級別座次的酒宴。各位隨便就座，美酒儘管喝！」

操一口濃重尾張方言說話的是年祿二十四萬石的尾張清洲城主福島正則，他一進來就滿嘴酒氣。這位好似無法無天的大名一句話，酒宴亂哄起來了。

（重要人物家康，沒來呀？）

左近失望了。家康不來，是因為同是大老的前田利家患病缺席，他也故意迴避了吧。

「打出了忠誠規矩人的幌子。」

左近始終對家康沒有好看法。

宴飲始酣，全員酩酊，每人都露出了行伍出身的本來面目。有人大聲呼喊；有人怒吼；有人破口大罵。最後，竟有人跳過膳桌，逼近爭吵的對方想扯住對方前胸，酒席會務組人員上前抱住勸阻……鬧騰得一場糊塗。

（真是百聞不如一見。）

左近透過紙拉門望了一眼宴會間，切身感受了豐臣政權的實態。

以中村式部少輔一氏為首的六個會務組成員，聲嘶力竭，到處呼喊：

「列位，靜一下！拜託，安靜！今天設宴不是為了爭吵幹架！按照太閤殿下旨意，設此酒宴是為了列位今後和睦相處。要聽明白喲！要聽明白喲！」

然而，誰也不聽。最後，福島正則大概看著主管人員安國寺惠瓊有些不順眼，說道：

「和尚，我來罰你一下！」

說著，福島站起來了。這時吵鬧達到了頂峰。惠瓊雖係僧侶，卻是在伊予有著六萬石領地的大名。他不是武夫出身，要想逃走。福島尾追而去。

「簡直無法無天！」

酒宴主管人一把抱住了福島。於是，福島和主管人扭打在一起。會務組一看僅靠自己鎮不住場面了，悄悄遣人去找家康。

（卻看後果將會如何？）

左近不帶表情地望著宴會廳。偏西的太陽照在左近的肩頭上。門在簷廊外緣的對面。未久，那門往左右拉開，家康獨自走了進來。

在左近看來，這位年近六旬的關東大大名，雖是個壞傢伙，卻有著令人著迷的演技。家康疾步進入宴會廳，臉色驟變，大怒道：

「列位真能欺騙老夫啊！」

這演技連左近都感到意外。

「先日向我交誓言書時，其中明明有一條，就是不可爭吵。但列位今日做些何事？老夫有何顏面去見太閤殿下?如此這般，列位皆已成為老夫的敵人了!」

家康威嚴地站在杯盤狼藉的酒宴廳裡怒斥著，又喊人，說道：

「所有門都關閉，誰都不能回去!門外，有老夫的人把守著!」

家康怒吼，兩眼噙滿了淚水。怎麼看都是一片赤誠地擔憂著豐臣家的將來。這種「赤誠」加上驚破魂膽的言行，令滿場人顫慄，那個福島正則臉色蒼白，癱軟地跪著道歉：

「內府，敝人錯了!」

其他人也跪著退回各自的座位，縮成一團。

「內府可畏!」

簷廊裡的左近咋舌讚歎。能展示如此演技的人，滿天下除了家康，還有何人?當然，還有誠實人，即主公三成。但家康心藏虎狼野望，表面卻裝得儼如篤實的老農，能演到如此程度者，放眼天下，也只有內大臣家康了。

(或許，他這是真的?)

連左近都將信將疑了。為此，他想暗殺家康的雄心軟了下來，理所當然吧。眼下若殺了正在演戲的豐臣家的大忠臣——內大臣家康，左近反倒成了大惡人，株連其主公三成也攤上了當惡人的差事。

(驚愕至極!)

島左近活像看完了名角表演的能劇一樣，腋窩裡汗水淋漓。

數日後，三成登城，來到秀吉病榻旁看望時，秀吉弱聲問道：

「佐吉，內府之事，你可聽說了?」

秀吉的聲音變成了淚聲。

「沒想到內府會那樣忠誠規矩，聽見那報告時，我流出喜悅的眼淚，不由得哽咽抽泣起來。」

「是麼?……」

三成簡短回應，退了出來。「太閤犯糊塗了嗎？」

三成的心情糟得真想吐一口唾沫。

晚間，三成讓初芽點茶。身為茶道主人的初芽，搖動著茶刷攪拌茶湯，抬眼隨意問道：

「前幾天，大人感冒臥床期間，聽說在殿上，一群大名挨了內大臣狠狠訓斥。」

「妳如何知道的？」

「城下異常……」

「街談巷議嗎？」

三成的表情不快。大名們不成體統，窩窩囊囊叩拜在家康的威嚴之前。相反地，家康令大名戰戰兢兢，他的威望空前飆升。

（豐臣家的大名，是一群蠢貨！越做蠢事，越把家康造就成掌管天下大權之人！）

三成痛恨同僚，恨得咬牙切齒。豐臣家的敵手不是別人，就是自家大名的愚蠢。難道不是嗎？

「討厭！」

三成蹙眉，以要咬斷東西似的口吻說道。他是個強烈的憤世嫉俗之人。初芽感到三成不是在斥責她。最近，在相當程度上，她已經習慣了三成的這種性格，並且開始感到自己被三成強烈地吸引了。

秀吉之死

夏天過去了。隨著秋意日濃，秀吉的生命也比以前更加衰弱了。三成每夜都住在本丸。秀吉囈語似地喊著：

「佐吉在嗎？」

此刻是慶長三年舊曆八月四日黎明之前。

「三成在此。」

他跪在秀吉耳畔。

「現在是夜裡，還是早上？」

「是夜裡。一會兒就到雞鳴時刻了。」

「我想寫遺言。」

秀吉那閉著的眼皮間溢出了淚水。「喚祐筆（書記官）。家康、利家在嗎？」秀吉閉著眼睛問三成。

「立刻遣人喚來。僅喚來大老和奉行即可嗎？」

三成恢復了冷靜的事務官神情。哪裡還顧得上感傷。武將的遺言與常人不同，它是重要佈告，相當於下一代的憲法。

「哎，就喚那些人來。」

「立刻遵辦。」

三成不讓裙褲發出聲響，靜靜退了出來。從政務室向四面八方火速派出使者，千頭萬緒處理完後，

這個深切感傷的男人抱膝飲泣。

少時，雄雞啼鳴，天色大亮了，眾人登城。秀吉將他們喚至枕邊，一一指名，道出遺言。他先對家康說：

「愛卿是最忠誠規矩之人。」

接著，秀吉誇讚家康的美德，譬如做事謹慎，富於內涵，是一諾千金的有德之人等。事實上，家康在比自己搶先奪得天下的秀吉面前，一直偽裝得像小貓般溫順。但是秀吉心存一個隱憂，就是家康。自己死後，家康真的能依然順從嗎？

（不得而知。）

秀吉正是出於這種感覺，才一味誇讚家康忠誠規矩，想讓家康穩待在有德之人的座位上。三成在旁聽著聽著，覺得秀吉好像死命說道：

「德川愛卿呀，你不是虎，不是狼，是貓。是一隻毛色很美麗的溫順小貓。」

不得不反覆強調同一件事的秀吉，既淒慘，又可悲。

秀吉又說道：

「故而，聽說你有個孫女叫千姬，我希望她成人後嫁給秀賴。這樣秀賴就成了家康愛卿的孫女婿。請把秀賴當作兒孫，多多關照。」

下一個人，是加賀大納言前田利家。對年幼於己兩歲的這位老人，秀吉這樣說道：

「利家和我，從他名叫『犬千代』的時候開始，就結成了青梅竹馬之交。」

「青梅竹馬之交」是秀吉的最高誇大。秀吉還是織田家的足輕時，利家就已是上士家的二少爺，身分高於秀吉。當時秀吉稱他「前田家」或「犬千代大人」，形影不離跟在利家身後。利家是名將才。織田時代末期，他已是越前府中的城主。秀吉取得天下後，立即厚待這位篤實的武將。為對抗家康的勢力，家康當上了內大臣，秀吉就將利家晉升為大納言，官位與家康保持平衡。利家老人的性格，重舊誼，不忘恩。他要以始終一貫的心情，回報秀吉的知遇之恩。

「我想求愛卿當秀賴的傅人（保護人）。」

秀吉說道。

秀吉以「遺言」形式決定了他死後豐臣政權的樣貌。其構想是由德川家康與前田利家二人組成聯合內閣。

（只好如此。只要利家老人長壽的話。）

三成在一旁做如是想。

按照秀吉的構想，置家康於伏見，擔任秀賴的代理官代管政治；置利家於大坂城，以培養秀賴。秀吉說道：

「我死後過了五十日，便讓秀賴移居大坂。秀賴十五歲之前，不可讓他出城外。」

為了秀賴的未來安全，秀吉正大規模改築大坂城。秀吉認為，縱然家康在伏見舉起叛亂大旗，只要秀賴住在天下第一的大坂城，就可保住人身不受傷害。

「讓利家住在大坂。如果利家想登天守，利家是我的代理官，可令其隨意登臨。」

秀吉允許利家在城內自由行動。

……

該日，從秀吉病房退出的大老和奉行們，大老向奉行，奉行向大老，都互換了寫有「絕不疏略秀賴公」、「恪守法度」等數條誓言的誓言書，每人都寫了若干遍，用以互換。

秀吉似乎很疲勞了。他說完遺言，呼吸急促起來。須臾，睡了過去，像死去了一樣。但睡眠時間很短，沒過一刻就醒來了，發出了像硬擠出來的聲音：

「治部在嗎？」

三成大驚。秀吉扭著身體要坐起來。

「三成在此。有何事？」

「有筆硯嗎？」

「有。我執筆，殿下輕鬆些，請慢慢口述給我聽。」

「不，口述不行。我要寫遺言。」

「遺言？殿下不是早晨說了嗎？」

「說過了，但心裡沒底。我想自己寫。拿紙筆來。」

無奈，將筆蘸飽了墨，三成一旁服侍著，讓秀吉坐在病榻上，左手拿紙，右手執筆。秀吉低著頭，一會兒，哆哆嗦嗦的手寫出了細瘦的文字：

秀賴之事，由衷拜託列於此遺言書上之五位，扶助秀賴至於成立，此外，別無牽掛之事。

敬白　太閤

德川家康

前田利家

毛利輝元

上杉景勝

宇喜多秀家

秀吉寫下了五大老的名字，閉目少刻，又以補記的形式寫道：

再三拜託秀賴之事。拜託五位。詳情我語於五位奉行。

突然，秀吉大概浮上了悲涼，淚流不止寫上結尾：

戀戀不捨。

寫完，秀吉倏地扔掉了毛筆。三成慌忙靠前，從秀吉臉上取下紙來，秀吉面帶死相，已經昏過去了。

（主上！）

三成心中大喊。在三成看來，誓言書確實寫下了，然而，以大老為首的二百餘位大名，都是只為自身利益而活動的人。能回報秀吉這位老人期待的，除我石田治部少輔三成，再無別人了。

（主上！）

三成落淚了。

（只要有我三成在，決不允許大權被家康竊去，請放心！）

他暗自發誓。但心中之言不知秀吉能否聽見，秀吉一動不動地躺著。三成向這位半成屍體的主上發誓。通過發誓，一種甘美的感動流遍了三成的全身。

慶長三年八月十八日夜裡，秀吉嚥氣了。確切時間是夜裡何時？滑稽的是，這位喜好熱鬧的英雄，很諷刺地，誰都沒察覺，不知何時撒手人寰了。
「啊！已經歸天了！」
丑刻（夜裡兩點）已過，醫官曲直瀨法印不由得高叫了一聲。法印慌忙握著秀吉的手，血已經冰涼了。留在病房裡的人，當夜有十幾個。包括三成在內的五名奉行皆在，但誰也沒察覺。
「拿永別水來！」
三成鎮靜地下令。這是幾近冷酷的幹練官吏的聲音。可以說，三成的活動由這一瞬間就展開了。
「肅靜！我分別通知。」
三成在屋內一角說道。他身邊巨大蠟燭的火苗，似乎象徵著三成幽暗的激情。
「五奉行間早已商量過，太閤殿下仙逝一事，不可走漏風聲，此事就秘藏於此刻在場的每個人心中。不消說，也不能告訴大名們。」
這是因為考慮到海外征戰軍旅。秀吉的死訊若傳到敵對的明朝和朝鮮，講和與撤軍必將十分困難，以加藤清正和小西行長為司令官的前線將士，將陷入困境。事實上，多虧這道密令，島津軍和小西軍剛撤退，消息就傳到了敵軍陣營，明朝將領咬牙懊悔不迭。
「但是，治部少輔，遺體如何處理？」
五奉行中最年長的淺野長政問道。再保密，遺體也必須處理呀。
「你忘了嗎？這事也商量過呀。現在就由我們親手秘葬。」
「親手？」
「正是！」
三成喚來同僚前田玄以，問道：「準備妥當否？」所謂準備，即準備運遺體的轎子。
「嗯，已令轎子在本丸下面等候。」
僧侶出身的五奉行之一前田回答。
「那麼，按既定方案，你和高野山的興山上人將遺體揹下去吧。」

「遵命。」

前田玄以低聲回答。

運遺體的人裡，高野山的老僧興山上人，秀吉病逝時他也在場，秀吉生前喜愛其才。興山上人有個稀奇的飲食習慣，主食僅吃樹上結的堅果和水果，世間稱他為「木食上人」。此刻，運遺體的興山上人也點頭說道：

「遵命。」

遺體運到京都阿彌陀峰，此為「東山三十六峰」之一。秀吉生前已暗中決定在山頂建墓，病臥期間已經開工。當然，這不是一座能避開世人耳目之墓，由於山麓有秀吉建起的大佛殿，

——擴大寺院範圍。

便以這個名目，山巔開工建墓了。

「枕邊經」等一應送終宗教儀式及畢，前田玄以跪拜遺體前。

「我陪伴殿下。」

言訖，前田玄以抱起遺體，揹了起來。看上去酷似揹著活著的秀吉換病房，通過了若干道簷廊，來到本丸門口。門前高臺上放著轎子，遺體置入後，前田玄以的家臣當轎夫。未配儀仗隊。轎子兩旁只跟隨著頭戴斗笠身披蓑衣的前田玄以和木食上人。人們被陰雨澆得渾身濕淋淋的，腳底吧唧吧唧地下著緩坡石階。

秀吉終年六十三歲。

如此奇妙的密葬方式，是按照秀吉對五奉行留下的遺言進行的。就連城下百姓的葬禮也不至於這般淒慘寒酸。三成佇立雨中，一動不動，凝望著逐漸遠去的那根火炬。

（這就是曾經親率二百餘位大名、統治六十餘州、執掌天下政權者的葬禮嗎？）

三成心生感觸。如此葬禮滑稽且悲痛。然而，三成並不感到滑稽。當火炬的光點終於消失在林間的時候，三成眼淚爬滿雙頰。

（一個不幸的人。）

三成這樣思忖。秀吉一手平定亂世，建立了史無前例的統一國家。但他遺孤的將來，是無限的憂愁，遺孤的葬禮將會比匹夫的葬禮還要寒酸。

（這一切，都因為有家康在！）

儘管顧及海外征戰軍旅，葬禮才如此安排，但三成在情感上不能不這樣前思後想。

……

天亮之後，三成對家康採取了意外的手段。他讓人將噩耗偷偷告訴了家康。

「不可走漏風聲」，這是秀吉死後，五奉行於密室商定的秘密事項，相互間都交換了誓言書。此時，淺野長政抬起閃著白光的眼睛問道：

「治部少輔，連德川大人也不通知嗎？」

接著，他又補充道：

「德川大人可是首席大老啊。是秀賴公的代理官。不通知到，將來會生出麻煩的。」

三成只回答一句話：

「一切遵從遺令！」

「遺令」的權威令淺野長政閉上了嘴巴，惟有眼睛還閃著狡猾的光，敏捷地窺視了一下其他三名奉行的臉色。

（差人先去通知家康吧。）

淺野長政想讀出這樣的結論。其他奉行缺乏底氣，垂首下視。他們大概害怕自己給今後的家康心中留下壞印象。

（膽小的狸子們！）

三成冷峻地瞅了一下同僚的神情，他一眼看出，只有淺野長政的嘴角浮現一絲微笑。

「此人吃裡扒外吧。」

淺野長政早就出入家康宅邸，暗中代表家康的利益，公門這邊一有事，他就立即跑去稟報家康。這是長政的「游泳法」。

（好！）

三成拿定主意，目送秀吉的「轎子」下了石階後，轉身喚來家臣八十島道與（助左衛門），命令他：

「你去德川大人宅邸，通知太閤殿下今晨已經歸天了。」

天已黎明了。道與一身雨裝，斜戴著斗笠，出了本丸。

（讓你看看我的智慧！）

三成很自豪。他想，家康接獲三成報訊，必定會感到意外。同時對自己派閥的重要耳目長政卻保持沉默，則心生不快，多疑的家康會開始懷疑長政。（事情確實按照三成的計謀發展，後來，長政有一段時間受到家康的殘酷迫害。）

八十島道與下了本丸，跑過若干條石階路，出了大手門，看見前來登城的家康隊伍。不消說，家康毫不知曉已經發生大事。他登城是例行公事，探望秀吉。

八十島道與向隨從的頭領報上自家身分，得到准許，靠近轎子。恰巧家康拉開了轎門，道與對家康嘁嘁喳喳一陣耳語，家康頷首，致謝，打發道與回去了。然後，他的隊伍原地不動，考慮了片刻，然後命令：

「不登城了，歸宅！」

雨中，隊伍向後轉，背向城池，面朝宅邸。轎中的家康難抑胸中顫慄的激動。隨著秀吉這一死，自己從隸屬者的立場解放了。

（今晨開始，時代變了。）

家康坐在窄小的轎子裡，咬著指甲，再三如此思量。而且他先琢磨今天應當有何舉動。隊伍回到宅邸之前，他琢磨出眉目了。進了宅邸，即刻喚出嫡子中納言秀忠，說明了今日的事變，命令道：

「今日你從伏見動身回江戶，做好軍備。要做到一旦接獲緊急通知，立刻能向上方發來五萬大軍！」

世間的動向另當別論，可以說，家康的戰鬥從這一天就開始了。

博多的清正

秀吉去世第四天，兩名急使出了伏見城，奔向朝鮮。使命是傳達命令：

「駐朝軍隊急速講和，立刻撤退！」

這兩名使者都是秀吉的心腹家臣，一是美濃高松城主、年祿三萬石的德永式部卿法印，他是僧侶出身的老武士；另一個是秀吉的旗本、年祿五千石的宮木丹波守。出發前，兩人再三受叮囑：

「對我方將士，也不可洩漏太閤的噩耗！」

急使出發五天後，三成也離別伏見城，奔向博多。要務是在博多港迎接由朝鮮撤軍歸國的將士，處理復員事務。

「治部這廝走了。博多要熱鬧起來了。」

伏見的德川宅邸裡，對家康說這話的，是他的謀臣本多正信老人。

「此話怎講？」

家康擅於聽人講話。這種人用古琴比喻，他相當於演奏家。老臣正信則是古琴，只有被家康巧妙操縱才會奏出美妙的聲音。

「軍中諸將，以加藤清正為首，都對治部這廝怒火滿懷。清正氣沖牛斗，聲稱要生啖治部的肉。並且

剛從戰場歸來，性格暴厲。哇哈哈哈……」

「你笑為哪般？」

「這有何奇怪，那兩個人會演出『犬猿大戰』的。」

「或許吧。」

家康發出了苦笑。

「主上為人也挺壞的。佯裝不知，卻做著頗有意味的事。是主上讓那混蛋才子南下九州博多的吧？」

這是事實。家康是秀賴的代理官和首席大老，出於職務性質，家康和同僚前田利家聯名，向身為奉行的三成下達了命令。

「事實僅是如此，此外別無用意。令他擔任主管撤軍業務的總指揮。當今天下除了三成，再無人堪當此任。出於這種意義，派他去了博多。」

「啊，結果該當如何？」正信看透家康內心所想，得意得搬弄口舌。

「歸根結底，在博多上演的狂言劇，值得一看喲。」

正如正信所言，三成作為秀吉的秘書長，與秀吉的諸位野戰將領關係非常不睦。舉例如下。

那是秀吉健在的時候。

——監督朝鮮戰場上的諸將作戰。

三成領受秀吉這道命令，抵達朝鮮。當時軍中有國內派來的黑田如水擔任軍監。如水名曰官兵衛孝高，後來成為筑前福岡藩主的鼻祖。如水的父親是播州名曰小寺家的小大名的家老。後來，如水跟隨秀吉，作為秀吉的名參謀長協助創業，是身經百戰的老人。

一次，秀吉和近臣閒聊，談論英雄豪傑。

——我死後，諸位認為，何人能取得天下？這是助興的遊戲，所以不必顧忌，暢所欲言。

秀吉忽然這樣提議，眾人都來了興致。有的說，是德川大人吧？有的說，不，蒲生氏鄉大人更卓越；有的說，不，論善於作戰，還是前田利家大人。如此這般，列舉許多人名。秀吉一一否定，然後表態：

「是跛子黑田！」

如水年輕時代患過梅毒，長著一顆斑禿的腦袋。他曾入敵城囹圄，因而腳有殘缺。秀吉稱他「跛子」。這一愛稱包含了他對如水天才的始終嫉妒與喜愛。

後來如水聽到秀吉此言，心中暗忖：

（太閤怕我。）

因此，如水感到了自身的危險。為明哲保身，他將權力讓給長子黑田長政，迅速宣佈引退。如水是他隱居時的法號。

卻說在朝鮮的三成。他必須和同是秀吉轄下的官員大谷吉繼、增田長盛一起，去和軍監如水一起召開軍事會議。於是，他們造訪黑田如水位於東萊的宿舍。如水的家臣傳達道：

——石田治部少輔大人惠臨。

這時，為了消磨戰爭中的閒暇，如水正在下棋。

「什麼？是石田嗎？他來此有何貴幹？」

如水的視線沒離開棋盤。

「說是協商軍事會議。」

「什麼？軍事會議？」

「啪」，如水下了一顆棋子。如水是穿過了戰國風雲的老人，眼下雖說頗不得志，內心卻有個想法——「是老子讓太閤打下了江山」。因此，他不喜歡秀吉在天下安定後提拔起來、令大名畏懼的官吏三成。

（是那個黃毛小子呀。）

如水心懷這樣的想法。偏偏此時下棋的對手又是與三成不睦的淺野長政。

「彈正（淺野長政）呀，治部親自來召開軍事會議。」

「哼，孺子懂啥！」

長政也沒停止下棋。

「讓他們先到別的房裡等候！」

如水下令後繼續對弈。對局剛開始，一時半刻不能結束，好不容易下完了。

「對了對了。還讓治部等著呢。」

二人提來一看，三成不見了。早就頓足離席回去。

三成不能饒恕如水的無理。他有一顆傲慢、易被恥辱傷害的心；對於非正義和怠慢，他有一顆近乎病態追究到底毫不饒恕的心。

（我奉太閤之命，前去召開軍事會議。如水看我年輕，態度輕慢。他輕慢我，就等於輕慢太閤！）

三成以這種推理稟報秀吉。此外，如水是個英雄氣質的男人，在軍中往往獨斷專行，做了不少超出秀吉命令的事。

「怠慢職務，而且違反命令之事也很多。」

三成向秀吉這樣報告。三成的報告從性質上看，重視「事實」。而這種毫不帶私情的報告方法，在如水看來，就是「讒言」。如水回日本後，想拜謁秀吉，秀吉卻拒絕接見。

——跛子的臉，我不想看！

秀吉這樣表態。於是，如水回到了自己平素的居城豐前中津，正在閉門反省之間，迎來了關原會戰。

「三成這廝，依仗受太閤之寵，頻進讒言。」

……

這種流言，在以清正為首的反三成派諸將之間，形成了定論。清正認為，黑田如水的悲劇就起因於三成的讒言。對此，他像自己的事一樣怒火中燒。靠著對三成的憎惡心理，他們逐漸團結起來了。

清正不愧身經百戰磨練的武將，具有極其善於建功揚名的特點。第一次朝鮮戰役時，小西行長和清正分別擔任第一軍和第二軍的司令官，分兵兩路北上，激烈競爭，「皆快馬加鞭前進，看誰先攻進京城（編註：今之首爾）！」

這場競爭，清正晚抵達一天，輸了。他率領大軍來到京城時，城牆上只見小西的旗幟迎風招展。

——本該老子贏啊！

他切齒不服，頓時心生一計，當場派急使奔往身在肥前名護屋大本營的秀吉之處，稟報道：

——我軍某月某日，進入京城。

沒有使用「最先」和「先攻進城池」等謊詞。雖然如此，至於小西行長何日入城的事實，隻字未提。

對清正來講，僥倖的是行長的使者尚未抵達名護屋，秀吉完全相信是清正先攻進了城池。

「虎之助，你這小子幹得漂亮！」秀吉向清正發了感謝狀。

對此，三成一一做了事實調查後，向秀吉報告：

「那是錯的！」

三成異常的正義感與彈劾癖，也濃烈地表現在這件事上。此外，關於軍情調查，三成這樣報告：

「作戰失敗和分歧，皆因為清正對行長的不協作。照此下去，統一作戰只是畫大餅。敵方嘲笑日軍內部同夥分裂，他們喜氣洋洋。」

三成連俘虜的證言都一一說出來了，提供為秀吉的判斷資料。身為秘書官，這樣做理所當然。但是，這對前線作戰部隊的感情卻傷害不輕。三成彈劾清正的如下罪過：

一、清正與協同部隊長小西行長多年不和。他認為「老子的作戰意圖和行動沒有必要告訴藥商（行長）。」由於清正凡事都保密，作戰成為一盤散沙。

二、清正的家臣、足輕三宅角左衛門，盜竊了來到釜山府的明朝正使李宗城的物品後逃跑了。這是清正對部下監督不嚴。

三、清正在致明朝的外交檔中，未經許可，擅自使用了豐臣姓，署名豐臣清正。

凡此種種，皆是幹練的官吏三成必須報告的「事實」；但對於清正來說，則是不堪忍受的。

秀吉聽了三成的報告，大怒道：

「虎之助這混蛋，只熱衷於自己的武勇虛勢，破壞了整體方策！」

為察明他的罪責，秀吉遣人赴朝鮮，把他叫回來。清正很悲痛，當時他正從事晉州城的修建，便將此事轉交鍋島信濃守負責，自己僅帶了極少的隨從，經海路回大坂，立即去伏見，拜訪了五奉行之一的增田長盛，請求道：

「殿上情況，請對我講一講。」

增田長盛正要回答的時候，清正亢奮起來。

「有進讒言者，此人就是石田治部少輔。他和敝人多年來不睦，所以，他在太閤面前說了我的各種各樣的壞話。」

「非也。」

長盛回答。長盛的性格不善於旗幟鮮明表達己見。他認為，說壞話與事實與否並沒有絕對關係。

「大人是知道的，幾年來，敝人在朝鮮備嚐辛酸，一直比誰都更盡忠盡義，本應受到嘉獎，卻落到今天這地步，不知如何說才好。尊意如何？」

清正的語勢激烈。長盛點頭說道：

「清正大人最近數年來盡忠征戰，天下皆知。遲早太閤殿下會知道的。在此之前，與石田治部少輔和解吧。此可謂是識時務者，能夠理性分辨的人。在下不才，願為二位和好居間調解。」

「什麼？與治部少輔那廝和解?!」

清正下巴的鬍鬚抖動著。長盛這深謀遠慮的高人揮手制止道：

「緣何這般講話。當今天下，敢說『治部少輔那廝』的人，即便在大大名中間，也沒有啊！」

長盛強調，三成是如此程度的實權派。長盛說，三成是秀吉信任的秘書官，「先與他和解，是一個老成者的聰明選擇。」但是，清正是個單純而剽悍的實戰家。

「八幡大菩薩，實所照鑒！」

他聲嘶力竭大喊。

「我清正終生不想與治部少輔那廝和解了！縱然就這樣被下令切腹，也決不向那傢伙開口！」

清正的怒吼不僅衝著三成，也衝著對面坐的長盛。

（這傢伙也是太閤的親信。仔細想來，與治部少輔那廝是一丘之貉。）

清正這樣認為。他越來越生氣，說道：

「總之，大人也令我心不暢。我們在戰場上歷盡苦辛，回到伏見城下，過自家門前而不入，人不解征衣就到府上拜訪。但是，大人的態度如何？我登門拜訪，一般人都會到門口迎接。『主計頭（清正），歸途一路平安吧？戰場如何？掛過彩沒？在軍營中身體可好？』這些話至少應問候一兩句。大人如何，那是接待沙場歸來者的禮儀嗎？端坐客間，讓我進來，晃著腦袋，連一句安慰話都沒有，到底何故？」

清正站了起來，身高六尺二寸。

「與這般不知禮儀的大人協商事情，是我的過錯。現在咱們絕交！」

長盛張口結舌地望著清正。清正頓足離席，揚長而去。

如前所述，黑田如水、淺野長政、加藤清正對三成恨之入骨，共同的「憎惡」促使他們結黨。增田長盛儘管是膽小謹慎的文官，也厭惡「清正那混蛋」。近來，長盛越來越親近三成，兩派之間的鴻溝日益加深了。眼觀此狀，感到「痛快」的，是家康及其謀臣本多正信。某時，正信低聲笑著說道：

「漁翁得利。」

正信年輕時是僧侶，讀過《戰國策》等中國的謀略典籍。「漁翁得利」這成語故事的內容是，一次，水邊沙灘上鷸蚌相爭，漁翁走來，將雙方都抓住了。寓意趁著雙方相爭，無關者從旁獲取了利益。正信老人說道：

「我們的方針是，觀望兩派爭鬥，暗中火上澆油。目前只能一直這樣做。」

「在博多，三成那混蛋與清正會鬧出些事來的。」

正信以此為樂，坐候情報。

三成南下博多途中，順路去了堺港。他以前下令建造運送復員軍人的百艘新船，現在開往朝鮮釜山了。同時，各地集中來的三百艘船隻也相繼開往釜山。每艘船上都載有足供復員軍人食用的軍糧。釜山到博多間往返多少次能運送多少人，三成都做了極精確計算，規定了每支船隊的工作量。讓三成從事這種業務，他有著超人的本領。

（根據三成管理的規模和對業務的詳細程度看，他可擔任大規模作戰的司令官。）
故秀吉生前曾經這樣透露。然而，三成成長於戰國末期，作為秀吉的近臣度過了漫長歲月，沒機會指揮秀吉所說的那種「大規模作戰」。
九月上旬，三成抵達博多，住進海濱宿舍，每日從事運輸業務，不斷向朝鮮派出迎接復員大軍的船隊。不久，當寒風吹到博多灣的時候，朝鮮戰場的將士陸續進港了。
將士們彙聚一堂，三成和同僚淺野長政正式公佈秀吉的死訊。諸將在朝鮮戰場上已有耳聞，如今二度落淚。長政代表五奉行慰勞諸將的辛勞：
「遵照太閤殿下的遺令，這是贈給諸位的遺物。」
他向各位分發秀吉的佩刀和茶道用具等，說道：
「列位現在開始北上伏見，向秀賴公做歸國報告，然後就可回到各自領國，洗掉積年的征塵，休養一年。明年秋天再進伏見城。」
接下來，三成也向諸將發表慰勞講話：
「休息一年，再進伏見城時，久別重逢，我打算在城內舉辦茶道會，犒勞辛苦的各位。」
此話將要結束之際，清正大喊道：
「說得好！治部少輔的講話有意思。我們七載馳騖高麗戰場，竭盡全力不斷奮戰，眼下沒有一粒軍糧一滴酒，更別說治部少輔提及的那種茶了。自由自在待在日本的治部少輔，將舉辦茶道會款待我們，真可謂奢侈極了。再不濟，我們也要煮鍋稗米粥回請治部少輔呀！」
清正哇地獨自大笑起來。
「喂，各位說，對不？」
他掃視諸將。人人表情尷尬，裝作沒聽見。
（太閤殿下歸天，再無可顧慮的對手了。故此，今後在伏見籠絡朋友，達到可與治部少輔這廝交戰時，我必復仇！）
清正思忖著。他氣勢洶洶奔向伏見。在那裡等待他的，是家康及其謀臣本多正信。

桔梗家紋

「聽說清正回伏見了。」

家康用火箸撥拉著火盆裡的炭，對謀臣本多正信說道。

庭院菴菴暮色中浮出了五棵潔白的茶花樹。天冷，家康穿得很臃腫，這天晚上，家康的氣色非常好。

「聽說進了伏見不回自家，卻跑到增田長盛宅邸。好像因為治部少輔的事大動肝火。」

「清正其人，看來可以利用。」

正信微笑說道。

「不過，那可是個相當令人討厭的人。」

家康的火箸攪拌著盆裡的炭灰。

「雖說討厭，清正在豐臣家功臣中也是有可愛之處的人。他不像黑田如水那麼狡猾，難以對付。咱們心裡有數，若要著手做事，用一根繩索就可以控制他。」

「一介武夫。」

家康頷首。這種場合提及的武夫，涵義還包括戰場上悍勇，性格單純，沒有政治警覺度。

「是的，他是武夫。他使日本的武勇名聞中國。」

「不過憑他的武功頂多當個侍大將，並非上將之才。是個挺令人討厭的人。」

家康反覆嘟囔著。

「該當如何？」

正信此言指的是，對清正應當採取何種對策。

「卿意下如何？」

「暫且任其隨意活動。如此的話，他遲早和治部少輔大鬧一場。屆時我們出面居間調停，偏袒清正，賣人情收攬其心。」

「他還是光棍兒吧？」

「是的。打算將令嬡許配他？風聞他患有梅毒呀。」

「患有梅毒嗎？梅毒不梅毒倒無所謂，我要的是他的心。」

清正頭也不回出了增田長盛宅邸，跨上肥馬。他是個六尺大漢，從鞍上垂下的雙腳幾乎碰到地面了。

「大人回府嗎？」

老臣飯田覺兵衛問。清正當上了大大名，家裡卻不設家老。一切由清正直接指揮。若在其他家，飯田覺兵衛理當是家老級人物，在清正家他卻沒得到這頭銜。清正時而任命他為大部隊之長；時而任命他為儀仗隊隨從頭領。此刻，他以隨從頭領的身分請教清正。

「上京！你也跟我去！」

清正搖晃了一下大長臉。去京城何處？他沒說。「不發一語跟著我的坐騎！」這是清正的一貫做法。

「啪！」清正揚鞭躍馬，飛快奔馳。百餘人的隊伍緊隨其後，氣喘吁吁小跑。陽光下，長柄傘和長槍閃閃發光，百餘人好似呼吸一致，步伐整齊，威武雄壯。沿途百姓感歎道：

「啊，不愧是在朝鮮被稱作『鬼上官』的主計頭！」

到京城有三里。清正抵達阿彌陀峰的山麓時，正好是家康與本多正信議論他的時刻。蒼茫暮色籠罩著秀吉墓域的殿舍。

清正下馬，鞭子交給馬夫，孑然一人拾級而上。穿過若干道門，來到了祭靈廟。祭靈廟如同莊嚴肅穆的寺院。這是奉行三成遵照秀吉旨意，自秀吉病重臥床時起，對世間假稱「擴建山麓大佛殿的寺域」，暗中修建起來的。建築物的每個角落都鏤刻著三成的一片苦心。

清正環顧了一遍，正要跪下，單腿剛跪下驀地想起了三成，心中湧上了少年似的怒氣。

「治部少輔這廝，搶去了我的殿下！」

這時，寺僧嘩啦嘩啦踩著碎石子走來了。

「敢問施主尊姓大名？」

這語氣略帶傲慢。至少，清正的心境做如是理解。他轉動著大眼珠銳目盯著寺僧，回答道：

「不認識我嗎？」

寺僧，好像是名僧官，在級別上高於僅是從五位的清正。清正傲然的態度惹惱了他。他冷漠地回答：

「貧僧在問施主尊姓大名。」

清正沒帶隨從。寺僧覺得他像個浪遊的鄉間武士闖入了聖靈之域。

「……」

清正凝視著寺僧。寺僧高傲，清正忍無可忍。毋寧說，甚至感到悲哀。這個從小在秀吉的廚房吃飯長大的虎之助，覺得秀吉儼如父親。秀吉從任長濱城主的時代開始，就喜歡他，稱這個無父的孩子「於虎、於虎」。虎之助少年時代，秀吉夫人寧寧代替母親照顧他。並且清正和秀吉相當於堂兄弟關係，他是家臣，也是秀吉極少的血緣親戚之一。

虎之助清正是個有用的人才。派他上戰場，從來不甘後人。他殊死奮戰，為的是馳騁任何戰場都能得到秀吉的嘉獎。

然而，豐臣政權安定下來、不再需要戰爭時，清正的存在意義開始顯著淡化了。當然，和專門作戰的武將相比，秀吉開始重用有行政業務特長的人才，就是五奉行——石田三成、淺野長政、長束正家、增田長盛、前田玄以。五奉行日夜侍奉在秀吉身旁，認真管理秀吉的日常雜務，並能秉承秀吉旨意，作為代理官對天下大名發號施令。

清正被派到邊疆。那時他二十五六歲，從年祿三千石的旗本平步青雲，被提拔為肥後熊本城年祿二十五萬石的大大名。儘管如此，這無異於將清正從秀吉身邊下放到了遙遠的地方。

其後，三成獨佔了秀吉。豈止獨佔，這位秘書官事事以「這是太閤殿下的旨意」為名，意欲壓制和君臨邊疆大名。

「治部少輔這廝！」

不知有多少次，清正憤怒得幾乎要吐血了。清正沒有自負地認為是自己讓秀吉取得了天下，但在秀吉打天下期間，清正在幾十場大小會戰中都竭盡全力奮戰過。

（治部少輔是立下甚麼軍功？老子要將他那顆「長形頭」化為齏粉！）

清正的憎惡裡含有嫉妒。清正生來過於情深。他最想從秀吉那裡得到更多的愛憐。到了這年紀，儘管人稱他是「蓋世武將」，在秀吉面前他仍想做一個像從前那樣撒嬌的少年。如今那位置被三成奪走了。清正心想，不僅如此，秀吉生前，那近江人三成就極力怠慢我，迫害我，向秀吉進讒言。

總而言之，這裡有寺僧，這個寺僧也獨佔了秀吉的在天之靈，要讓秀吉疏遠我。此僧也是與三成同樣的傢伙！

「看我的家紋！」

清正說道。這家紋是桔梗，司空見慣，若到美濃或清正的老家尾張，這種家紋多得簡直都想掃一堆扔掉。

「哈哈，桔梗代表美濃源氏流脈。從美濃光臨的吧？」

「從朝鮮來的！」

清正張開鮮紅大口狂吼。寺僧被他震耳怒聲嚇得差點兒要跳起來。

「貧僧不曉大名，失禮失禮！是加藤主計頭吧？」

清正頭一轉，望著別處。之後。人家怎麼跟他說話，他也一言不答。在祭靈廟前隨心舉止。

清正跪拜秀吉墓前，高聲做歸國報告，表達自己沒趕上太閤咽氣的痛惜，反覆地說，緣何不等到看一眼虎之助的凱旋之師再歸天啊！他又激動地說：

「再說，遺憾的是，治部少輔那廝進了許多讒言，殿下可信以為真？」

林梢鴉噪。昏暗已經籠罩了整座廟域，暮色漸濃。

「關於在海外會見敵方軍使時，僭稱豐臣清正一事，臣也想解釋一下。如殿下所知，臣五歲喪父，成長於殿下膝下，恭謹地奉殿下一人為君為父，直至今日。如今臣家該是何姓？」

清正說不下去了，潸然淚下。

所謂「不曉得」的姓，即指源平藤橘和豐臣姓之事。清正的家姓，到底是源氏還是藤原氏？孤兒出身的他，從未聽說過。

「臣不知道啊。於是，出於以仰尊殿下為父之心情，終於在文件簽下『豐臣朝臣』。此外別無深意。」

清正提高了聲調。

「然而，三成那廝要突出他的友朋、並無戰功之小西攝津守行長，企圖踢開臣。此不過他小題大做。臣本欲歸國後拜謁殿下，詳細解釋，不料殿下羽化登仙。虎之助甚憾。因此，臣必殺可恨的治部少……」

寺僧聞聽此言，大驚。朝鮮派遣軍司令官歸國伊始，墓前發誓，要發動非同小可的內亂。

未久，清正從墓前退下，出門，走長長的參拜道，來到石階旁。他回望祭靈廟的山峰，已籠罩在夜幕中。那遠遠的前方，只有幾點燈火閃動。

（燈火還閃著。）

清正覺得那燈火好似秀吉的靈魂，他再度跪拜。站起，踏著長長的石階下山。腳下，已望見京城街市的燈火。石階黑呼呼的，走到中途，也許是沉思的緣故，清正一腳踩空，嘩啦啦滾下了十餘級石階。他立刻站了起來。

（這該是太閤應諾的徵象吧？）

清正這樣揣測。這個日蓮宗的熱心信徒，不由得脫口唸出《南無妙法蓮華經》的題名。在反覆唸誦的過程中，雜念漸淡，惟有那題目帶有的語調、堂堂的旋律，佔據了他的心，心境逐漸變得單純，他被一直向前正步走似的節奏鼓舞著，湧起了躍躍欲試的鬥爭決心。

（幹吧！）

他朝蒼穹高喊。

其後，清正拜訪了在山麓大佛殿服喪的北政所，履行了歸國寒暄。名曰寧寧的這位婦女，自年輕時候便愛笑，性格爽朗。

——臣冒昧地認您為母親。

從前，清正一這麼說，寧寧就反問：

「為何不叫我姐姐？」

她晃著豐滿的身體笑著。那張笑臉很美麗，她的每一句話都閃耀著亮晶晶的智慧。清正自幼就喜歡她。

（或許比淀殿還漂亮一些。）

清正暗自這樣思忖過。

北政所來到書院正座處，一身比丘尼的裝束。貴人過世，其妻出家，這本屬理所當然，清正卻受了刺激，一瞬間好像忘記了呼吸。與其說清正感受著北政所的悲傷，毋寧說，他覺得這才確認了秀吉的死。

清正要履行歸國寒暄，這位官居從一位的比丘尼卻微笑而言：

「虎之助，客套就免了。鄭重其事的客套形式，反倒顯得生分。在朝鮮身體健康吧？」

「歷盡苦辛。」

「我聽說過你在蔚山遭圍之事。於伏見耳聞之際，我就覺得，日本武士雖然眾多，但除了你，誰也打不開這個困境。」

北政所愛清正如子。清正知道，當年秀吉封這個年紀輕輕二十五歲的虎之助為肥後半國的大名，是她從旁美言的結果。

「長期滯留赴朝軍營裡，領國的大事，已經堆積如山了吧？立即南下肥後嗎？」

「不，臣在伏見逗留幾日。有點心事。」

「有何心事？」

「遺恨！」

說著，清正半抬起了頭。

「是石田治部少輔那廝。臣在朝鮮時，他對太閤殿下信口胡言告臣的狀。臣想將此事對太閤殿下說清楚，孰料殿下今已成為阿彌陀峰的大神了。臣報仇雪恨的手段是讓治部少輔那廝腦袋搬家！」

「虎之助。」

北政所笑了。這個三十七歲的大男人，在她眼裡，永遠是個少年。

「你可是大名？」

「是！托洪福。」

清正少年一般，面紅耳赤。

「那麼，你就該恪守太閤歸天前向大名們下的遺戒。其中一條是『大名不得互相暗中說三道四挑起爭鬥』。你在朝鮮戰場，遺戒誓言書由奉行們已送到你的伏見留守宅邸。看了那文件了嗎？」

「還沒。」

清正無可奈何了。

「臣尚未回到伏見留守宅邸，未得披閱。」

「這才像虎之助的風格。」

北政所笑出聲來了。她覺得虎之助多麼可愛，歸國後不先回家，一身旅裝拜謁主君靈廟，並舉足拜訪她的居所。

「虎之助，還沒拜訪內府寒暄致意吧？」

北政所藏住微笑，開口問道。

「非去不可嗎？」

清正剛回國，政情內幕似乎不甚明曉，他還是秀吉健在時期的思維。那時，家康只是年祿官位較高，就大名身分這點，自己與家康級別相同。沙場歸來，必須奔其宅邸寒暄致意，沒有這個規矩。

北政所微妙地建議：

「明天去拜訪為宜。他遵照遺令，正擔任秀賴的代理官。」

這是硬找的理由，內幕另有用意。就連清正這樣的武夫，也嗅出了其中的味道。當夜他回到京城時，已經很晚了。回來一看，家康的使者井伊直政早在黃昏時分就來過，送來家康口信。

「望將此言轉達清正大人。」說完就回去了。

口信並無重要內容，是「在朝鮮歷盡千般辛苦吧」之類的慰問話語。

（這話的脈絡莫名其妙。）

清正雖然這樣認為，心裡卻也挺高興的。清正拜訪奉行增田長盛，交談中，對沙場艱辛他沒說過一句慰問話。故而清正當場宣佈絕交，頭也不回告辭了。

（不愧是內府，迥然不同。）

清正感動了。自己還沒去，人家就來了。這是惟有人生中馳騁過數十戰場的武將才能示出的溫暖關懷。

（知武士者，內府也！）

清正發出如此感歎。

霜晨

該日早晨，白霜蒙地。

伏見城裡石田家一室內，初芽點茶，三成品賞。

「初芽，去把那扇紙門拉開。」

三成提高嗓門命令道。初芽站起來，利利索索走著，發出絲綢摩擦的聲響，來到紙門旁，抓住一拉，沒拉開。

「今天早晨格外冷。」

初芽微笑著說。那般舉止，並非對待主君的態度，而是帶著對待戀人的光潤豔美，可謂是微妙的調情。

「沒事。我自幼就愛欣賞冬季晴朗的藍天。」

「太冷啊。」

「各有所愛。」

三成像被自己的話吸引住了，他回想起少年時代的冬景。近江的原野，一片又一片收割後的稻田相連，對面琵琶湖的秋水，共藍天一色。

悄無聲響，初芽拉開了紙門，凍僵了似的陽光照臨室內。三成睜大了眼睛。庭院裡的白霜映入他的眼簾。

「果然，霜和雪不一樣，不能用霜來烹茶品賞。」

他為自己的趣味而苦笑之際，發現霜庭的荊扉推

開，一道人影走了進來。

「叔叔大人來了！」

不好開玩笑的三成，稀奇地開了句玩笑。來人是家老島左近。左近雖是家臣，卻獲賜任何地點都可以拜謁三成的特權。

「島大人相當於主君的叔叔嗎？」

「不。在我看來，他比父親還煩人多事。」

初芽好像不擅於和左近相處。

「那，奴家這就退下。」

「沒關係。」

三成口吐此言時，左近已經來到簷廊了。三成叫他上來。左近盡一應禮節後，登上來了，那架勢宛似拜訪朋友的茶亭。

左近緊緊拉上紙門，問過早安，靜靜地瞅著初芽。

「主公這是在體驗寒冷嗎？」

「初芽，退下。」

左近以帶有膛音的聲音說道。初芽感到可怕，萎縮在屋角。三成看著有些不忍，說道：

「左近，麻煩你，從今天開始，稱她為『初芽小姐』。」

左近露出莫名奇妙的神情。須臾，他參透了其中深意：

「『從今天開始』，這麼說來，莫非主公和這小女子昨夜晚發生了魚水之歡的密事？」

左近努力控制著不變臉色。初芽若不在身邊，他會以震動紙門的聲音怒斥：

「傻瓜！」

左近瞥了初芽一眼。

「主公那樣稱呼妳，但我沒必要。我沒那種感覺。」

「是，是的……」

此時的初芽，左近看著都覺得心疼可憐。她縮著雙肩，活像遭驟雨吹打的小麻雀，無以憑賴。

「退下！」左近說道。

初芽對著三成深深低著頭，膝行退了出去，拉開房間的紙門，來到簷廊，又轉過身來，關上了紙門。初芽低著頭，三成覺得她那樣子是在強忍著眼淚。

「左近，把小女子弄哭了，如何是好？」

「為這點事就掉淚的姑娘，主公為何還與她同床共枕？」

「人家都說你是個對女人很溫和的男人，緣何這般殘酷？」

「此言謬矣。」

島左近回答。

「那女子與藤堂高虎的家臣關係近密，萬不可疏忽大意！不僅如此，她當淀殿侍女的時候，曾以那樣身分思戀身為大名的主公。淀殿體諒之，感覺其戀情可愛，安排她來主公身邊伺候。無論看她的履歷，還是看她接近主君的誇張形式，都絕非一般女子。一句話，她是來搜尋主公機密的間諜。」

「她不是間諜。這我知道。」

「說傻話。」

左近熟知頭腦苛刻敏銳的三成，具備一種三成特有的幼稚。

「無論是不是間諜，只要是稍覺可疑的女性就不可接近，這是武將的覺悟。」

「左近，你要相信我的眼睛。」

三成的腦子裡，浮現出昨夜情景。

昨夜，三成在政務室辦公忙到很晚，回到石田郭時，已是夜間十點以後了。三成患有輕度失眠症，辦公一到深更半夜，就神經亢奮，難以安寧。有時甚至直到天亮不能入眠。這已成為他的輕度恐懼。昨夜，他回家一進門就對小姓喊：

「上酒！」

他進了緊挨廚房的一間陋室。坐在這裡，燙酒端送都便捷，故而三成總是在此飲酒。昨夜，小姓給他斟多少，他喝多少，不覺飄然醉去。三成的體質本來就不勝酒量。

（醉了。）

三成想站起來，只覺得天棚慢慢轉動，喝多了。三成靠著小姓手舉蠟燭的光亮，邊確認腳底，邊快步走著，其理由是：

（不願被人看出喝醉了。）

三成甚至在家臣面前也注意這一點，他是個在乎舉止的人。總之，此刻三成是下意識地略帶神經質般端架兒走路。

俄頃，在簷廊拐彎，女僕代替小姓，給他帶路。石田郭在伏見城內雖說是三成私邸，但從佔據伏見城一郭這意義上說，帶有官家性質，所以不能像領國居城那樣設有女眷住的後院。但是宅邸出於運作的需要，必須住有極少數的女子。為防止前院武士和女子偷情，大致劃定了女子居住區。

女子走出居住區，來接替小姓，將三成領到寢間。

「哎，是初芽？」

走在簷廊途中的三成問道。平素三成沒有問這種廢話的習慣。可見此夜他一定醉得不輕。

「是的。」

初芽低頭走路。

「我沒察覺。」

三成說道。不知何故，當他得知舉蠟燭者是初芽時，覺得渾身的緊張驟然都鬆弛融化了，連腳步都亂得前腳絆後腳。

——危險！

初芽以神色提醒。她乾淨利索地前引而行。她的小腳每向前邁一步，簷廊的黑暗就被驅趕開去。少刻，來到了寢間外面。初芽跪著，左手搭在地板上，右手裡的蠟燭舉得稍高。

三成正要進屋時候，倏然一回頭。

「初芽，今晚陪我說話吧。」

三成的心亂跳。他喉頭發乾，咽下了一口唾沫。三成若是這樣對待家臣，倒也沒啥，這位彬彬有禮的男子漢卻以這種名目召喚小女子，卻是前所未有的事。在佐和山城，三成曾把某一個兒小姓當過寵童。

初芽垂下了雙肩。主君要求陪他說話，她知道這是何用意。初芽沒有抬頭，激動得心神恍惚。其間有過如何動作，她幾乎記不清楚了。當她清醒過來一看，發現自己躺在枕褥之間，被三成摟著。就男人而言，他的胳臂算是纖弱。衾枕上的三成是個溫柔的男人。他不時問道：

——初芽，痛苦不？

伴有痛苦，當然距離快感還相當遠，但初芽已經十分陶醉了。與以往迥異的初芽，做了各種各樣的動作。

——痛苦不？

三成又問。這時，初芽被拉回到現實。她承受不起，反倒覺得三成問話的這種關愛，令人心煩。

最後，三成不以主公身分，而以一個男人的身分，將自己的呻吟和生理性的物質注入了初芽體內，又流了出來。此刻，初芽覺得縱然死了都值了。不是因為快樂，而是因為這個男人。

三成離開了玉體，初芽的陶醉感依然持續著。毋寧說，陶醉感進一步高漲了。

「妳退下，去睡覺吧？」

三成提議。可是，初芽趴在三成懷中搖著頭。意思是想就這樣待下去，她竟沒有察覺自己在用如此粗魯的方法表達心願。

三成平靜地說：

「初芽，身為武士，我感到害羞。自從在淀殿處見妳一面，妳就一直留在我心裡。我認為自己是真正的武士，沒想到竟變成這般模樣。」

三成此言的意思，初芽理解。意即武士當然也好女色，但其喜好的形式、求愛的方法，自有其得體的方式。這種好像侍女與小姓偷情之戀的氣息，令他害羞。

初芽心領神會，她吞聲屏氣，感動得渾身熱血沸騰了。初芽越來越覺得三成這男人出人意表。這個皮膚白皙的男人，是年祿近二十萬石的大領主，又是豐臣家的執政官，官階為治部少輔，卻向自己表白了如無官年輕武士般的戀情。哎，懷有三成那般性情的大名存在於世間，這就是世間的一個奇蹟了。初芽渾身汗水濕淋淋的，一時之間，陷入魂不守舍的狀態。少刻，這種狀態崩潰了。

「嚶……」

初芽發出異樣的哭泣聲。一骨碌翻過身，後背靠著三成，繼續哭著。

「怎麼了？」

三成手搭在她的肩頭，要把她扳過來。可是初芽頑固拒絕，哭了半小時。三成搭話哄著，不知如何是好，初芽仍然頑固地不放鬆身體。少時，她開口說道：

「奴家不是間諜！卻遭人誣告，說得像真的似的。」

初芽又哭了，但立刻又止住了，說道：「吉祥日那天，我只偷偷調查了宅邸內的結構分佈，其他什麼也沒幹。主君相信我什麼也沒幹嗎？」

「我憎恨人之心強烈，相信人之心也強烈。按左近的評價，像我這樣的男人是詩人，不是武將。」

「哎，那個命令我……」

初芽開始轉過身來，摟著三成的脖子說道。

「什麼？」

「我對主君說。命令我做那種事的那位大人……」

「別說了。」

三成心中湧上了對初芽背景的憎惡，簡直不堪忍受。與其說是憎惡背景，毋寧說是嫉妒利用這姑娘的背後勢力。這也許才是三成此時的準確心情。

「若說出他的名字，我大概會因憎惡而苦惱煩亂。聽到了那人的名字，我也無可奈何。」

左近踏庭霜，大清早趕來，是因為聽到一則非同尋常的情報。送情報的是左近的岳父北庵法印。這位當代屈指可數的醫界名流，在左近的懇求下兩地分住，一半時間住在奈良，一半時間住在伏見。昨夜，北庵被喚至加藤主計頭清正的宅邸。此前，北庵和清正無一面之識。他深知左近侍奉的石田三成和清正的關係如同仇敵。

（難道有何事被清正察覺了？）

說實話，北庵是這樣猜度的。北庵從不主動接近大名，迄今接受邀請去過兩三個大名宅邸診脈，耳聞一些消息，都告訴了左近。

北庵壯著膽子來到清正宅邸。具有「法印」這一醫界最高官階的北庵，在這裡受到極鄭重的接待。他診斷了清正的病狀，是皮膚病，胸部星星點點散佈著玫瑰色皰疹。

「是梅毒。」

北庵小聲說道。據說這種疾病源於美洲大陸，哥倫布的船員從美洲返回歐洲後，文明社會出現了這種疾病，轉瞬擴散。梅毒在歐洲初發僅僅十五六年之後，就傳到了日本。

不消說，北庵等當時的醫生，並不知道這是由細菌引起的，但知道是由皮膚接觸導致的傳染病，由許多賣春婦傳播。他這樣認定，賣春婦接觸眾多男人，前一個嫖客的精液殘留女人體內，腐敗後變成有毒物質，傳染給下一個嫖客。北庵熟知，這種病運氣好會自然痊癒，否則，既無特效藥，也無治療方法。

「在朝鮮，我接觸過歌妓。」

清正大聲說道。「因此產生了惡果，求遍醫生用遍藥，還貼過膏藥，毫不見效。我想，法印大人大概有秘方，便請來了。」

北庵法印也無辦法。可他還是歪著腦袋，神妙地傾聽清正講話，時而頷首，令自家僕人速回家取來藥物。北庵將其適當配好，建議清正服用。

清正高聲致謝，一臉嚴肅地說：

「命殞馬上，是武門的名譽，實不願死於此病。」

北庵診察、投藥之間，宅邸裡驟然喧鬧起來。俄頃，他知道了這是有一批客人造訪。清正「哎呀」喊了一聲。觀此狀，北庵推測來人像是不速之客，他們是福島正則、黑田長政、淺野幸長、池田輝政四人，都是清正的好友。

「喂，將貴客都請到書院，快拿出現成的酒饌！說到底，這是打倒石田三成的籌備會。」

清正泰然自若，高聲說出一件可怕的事情。北庵嚇得一身冷汗。他思忖，定是件非同小可的事，僥倖的是，伏見的大名們似乎不知道自己是三成家老島左近的岳父，這才鬆了口氣。

北庵收拾好藥箱，交給清正家的兒小姓，正要告別之際，清正將手伸進北庵的坎肩，忽然說道：

「聽說法印大人是島左近的岳父。」

此言不含歹意。說到底，話裡含有對左近這位威震大名之間的名將的高度親近感。接著，清正又說道：

「有個好女婿呀！」

北庵腋窩流汗，告辭。翌晨一大早，遣人帶信，去叩開了左近家大門。信中寫道：

「清正是一個會使用獨特手段的人。身為醫家的我，很單純地欽佩清正的磊落，但福島等人似乎為了一個共同目的，齊集加藤宅邸，清正大概早已心中有數。他按照預定時間，特意喚岳父我這個本非治療梅毒的專家前往。無疑，目的是將這險惡聚會直接傳達過來。這是具有清正特色的恫嚇。」

「哼。」

三成點頭。簡潔命令：

「左近，加強邸內警備！」

三成的神情沒有什麼改變，一如既往，準備登城，他走出了家門。

訴訟

卻說清正。

草一天比一天枯黃了。清正幾乎每天往返於伏見通往京都的道路上，去看望北政所。從朝鮮戰場歸來，這已成為清正的習慣。

清正每次進京都，行至有秀吉祭靈廟的阿彌陀峰山麓，都要下馬。為了拜謁秀吉墓，他頭戴斗笠，細帶兒繫得緊緊的，勒進了下巴裡。他帶一個隨從，沿著長長石階路，拾級而上。

拜謁訖，下山後，他摘下斗笠，換上便裝，奔向北政所每日過著誦經生活的山麓服喪所。

（虎之助對我不錯。）

北政所沒有親生子女，視清正為己出，對清正的愛日益加深。她漸漸開始焦候清正的到來。

「孝藏主，今天虎之助還來嗎？」

一過中午，她就這樣嘟囔著。所謂孝藏主，即長年侍奉北政所、堪稱秘書長的一名老尼。

「再過一會兒，他就到了。」

孝藏主回答。主從二人，只給清正「特殊待遇」，他入門之後，可以直接繞庭院，上簷廊。清正每次來，都登上簷廊，坐在那兒，與坐在客間裡的北政

所交談。

北政所並不寂寞。幾乎每天都有大小大名拜謁秀吉墓，順路來訪，拴馬門前。孝藏主每日忙於迎來送往。但是，嫌應酬麻煩的北政所並不一一會見。大名們也厭煩鄭重其事的客套形式。於是，他們來到門前，稍事寒暄就告辭。寒暄內容由孝藏主傳達。大多如此，這樣倒也不錯。特別是得到第二夫人淀殿青睞的近江系統大名，大多受到這種接待；而五奉行中的石田三成、增田長盛、長束正家等，雖然舉動誠懇，來到門口寒暄時，卻不強烈要求拜謁北政所。

尾張系統的大名多強烈要求拜謁北政所。秀吉同族的福島正則，以及與北政所近密的淺野長政、幸長父子尤其如此。在北政所看來，會見這些人既麻煩又歡喜。

（歸根結柢，可靠的還是這些人。）

這女人平常不願因瑣細的感情而冥思苦索，如今卻終於這樣琢磨，變得敏感起來。

清正之外，還有一個大名幾乎每日來訪，他就是江戶內大臣德川家康。北政所接待這位首席大老，不能令其止步門口，每次都將他帶到書院，清茶點心招待。家康已習慣了，通常「噯」地一聲，從門口登上屋內，圓滑地向驚訝跑來的孝藏主寒暄道：「天氣挺冷啊。」再笑容滿面地問：

「北政所正在誦經吧？」

然後，緩慢通過簷廊。家康的態度非常可親，在大名中，孝藏主最喜歡的就是這位家康。

家康經常送代表心意的禮品給她。儘管孝藏主不會因此對家康有好感，但也絕不會因此產生惡感。禮品不是由家康的家臣送來，是由他的三河老鄉、京都屈指可數的豪商茶屋四郎次郎這立場方便的人送來。

這裡，故事情節前後顛倒了。

——清正一夥策劃要襲擊石田大人宅邸！

大清早，北庵法印緊急通知了女婿島左近。此日的前兩天，清正一如既往，參拜阿彌陀峰。來到山麓的服喪所門前，發現家康的人聚集路旁。他想：

（哎，德川大人也來了。）

像往常一樣，他進了門，正想朝著通往庭院的柴扉走去，侍女山花出來了，說道：

「主計頭大人，今天德川大人光臨，請隨在下前往小書院。」

清正聞言跟著進了小書院。果然，胖嘟嘟的江戶內大臣正座其內。清正先向北政所打招呼，對旁邊的家康也略微低頭致意。家康微笑回禮。從前他並不是個相當有親切感的人，最近卻總是笑容滿面。

「沒挨雨淋嗎？」

家康操三河方言問道。三河話與鄰國的尾張話相似。僅因兩種方言發音相近這一點，尾張人北政所和清正總是對家康有一種淡淡的親切感。

「啊，是，一點點。」

清正少年似地紅著臉。名將清正從前有個癖習，一來到故太閤與北政所面前就臉紅。如今他自己還沒發覺，秀吉死後，自己這個「紅臉病」不知不覺又開始出現在家康面前。

「今年冬天，經常下雨。」

「是的。」

清正笨拙地低著頭。

家康將北政所讓到上座，自己在下座與清正閒話家常。通常情況下，這是不可想像的失禮，此刻卻顯得十分自然。北政所坐上座，笑咪咪聽著二人的交流。此時，連清正都暗中驚詫：北政所與家康的親密關係非同一般。

（何時開始，這般親密呢？）

清正心中琢磨著。他長年在朝鮮戰場，感到自己對豐臣家的家政、人事和人際關係，異常地缺乏瞭解。

石田三成若目擊這一場面，必會豎目悲憤地認為：

「家康這老賊又在積極接近北政所！」實際上，三成早在朝鮮戰場時，就格外警惕家康接近北政所的用心。北政所具有無言的政治力量，她掌握著清正等尾張系統的大名。家康察覺到這一點，他取悅北政所，關鍵時刻就能將清正等人拉進自己的一方。這一步三成早已看到了。

三成將家康的如此行為視為「政治活動」，而淀殿身邊的女官卻視為「風流韻事」，「關係不正常」。這兩人之間絕不會發生那種事。但是，家康的接近方式，多少帶有適合女性接受、觸及情感的跡象。即便北政所，若僅僅因為江戶內大臣忠誠規矩，她豈能擺出這般親密的坐相。

（北政所相當信任內府。）

清正不知內幕，只是這樣樸素地推度。寡婦需要可靠的鄰人，以商量諸事。北政所大概覺得，被亡夫待為上賓的三河人——家康老爺子，是最佳人選。清正以這種理解來觀看眼前的場面。

在這種輕鬆氣氛中，清正終於解除了緊張，平時的憤懣，即對三成的憤怒，開始溢於言表。他先語速飛快地說出自己在朝鮮戰場時，如何受到三成陷害，越說越激憤。

「這次凱旋，抵達釜山府時，思及大海對面就是博多，我下定決心，一登陸博多，就要儘早找到三成，一刀揮做兩段！但回國見到那傢伙，正為故殿下服喪。此刻斬之，必使天下譁然。故強壓怒火，至今未能遂願。一想此事，鬱憤無以發洩，夜不成眠。」

「虎之助！」

北政所從上座目視斥責他。那視線也投向了家康。

「內府，虎之助總是說些欠妥的話。請嚴厲教訓他一番。」

「武士本來就是遺恨很深的人。更何況像加藤主計頭清正這樣日本第一的武士。」

家康的話頭停頓片刻，接著又說道：

「被清正恨到這般程度的石田治部少輔三成，說可憐也挺可憐的。」
「此事並非笑談。」
「是的。」
家康轉過臉來，看著清正。家康臉上的笑容消失了，說道：
「主計頭，太閤殿下雖已歸天，卻未發喪。此間你若泄私憤，起騷亂，三成有何反應我不清楚，首先，我家康就直接與你交戰。你要心裡有數！」
從家康那銳利的目光看，此語絕非戲言。
「行了吧？」
家康以最後一句話壓抑清正時，北政所發出了低聲的感歎。家康對豐臣家具有忠誠心，對待清正如同少年，這種派頭令她感動。
「虎之助，內府這番話你清楚了嗎？」
清正低頭看著榻榻米細縫，儘管是內府的教訓，此事他也不能接受，認為總得有個說法。他低聲回答：
「不。我清正是個武士。殺治部少輔，一言既出，我何事都做得出來。若受了內府訓斥便萎蔫了，那麼，我這男人就是個廢物。」
（小男人。）
家康心想。家康覺得這簡直就是一介武夫的語言，是一種性格殘疾。清正具有軍事才幹，有統帥能力，深通築城技術，作為領主具有卓越的行政能力，他的性格過於武士化，沒有政治感覺。
（然而，是個有趣的男人。）
清正的這種特異性格，家康肯定是要徹底利用的。
「主計頭。」
家康的表情，露出了明顯的笑容。
「訴諸弓矢武力，不如訴諸法律。我始終堅持你提出訴狀。」
家康又說：「訴訟不要馬上彈劾三成。」本來，清正直接憤慨的對象，是在朝鮮戰場上相對立的先鋒司令官、小西攝津守行長。家康說，小西的後盾總是三成，可以先打小西，後擊三成。

「確有道理。」

清正的表情明朗起來。

「那麼，內府可以當我們的後盾嗎？」

家康依舊微笑著，回答道：

「別說這種話。我是豐臣家的大老，必須遵照太閤遺令，公平裁斷。如果主計頭的主張錯誤，那也白搭。」

「虎之助，你就全聽內府的吧！」

北政所在上座，那聲音宛似母親對少年說話。

翌日，清正將六個朋友喚來自家，他們是福島正則、黑田長政、淺野幸長、池田輝政、加藤嘉明、細川忠興。在豐臣家最有朝氣，這是共同點。與此相比，將他們火熱地結合一體的緣由，是對石田三成的共同憎恨。

「虎之助，有何事？」

言訖，福島正則一坐下就把酒器拉了過來。他一張大臉通紅，在自家已經喝過了。此人惟有上殿時，才有一張正常的臉。

「石田治部少輔的事。」

清正回答道。

「何時宰他？明天嗎？」

正則且斟酒且問道。淺野幸長點頭說道：

「此事只待主計頭一聲令下。太閤殿下在世時，治部少輔這混蛋，我等在朝鮮數載的功勳，他一點也不上報。他當卑怯者小西攝津的後盾，竟說我等壞話，蒙蔽太閤。罪狀已經一清二楚了。」

「關於這件事。」

清正截住年輕幸長的話頭，大講了一番昨日在北政所之處不期邂逅家康一事。

「這樣一來，」

清正慢條斯理地說道。在這「七人黨」中，無論怎麼看，清正都是頭領，這是不爭的事實。

「德川大人對我等懷有好意，這已相當明顯。我們不做，反倒會招致內府不悅。這樣一來，與其夜襲晝攻，城下叫囂，不如七人聯名提出訴狀。諸位有何見教？」

然後，議論極盡喧囂，但結論歸於清正所言。他們遵從家康的暗示，最後落實到列出小西攝津守行長的罪狀。

「那麼，誰來寫訴狀？」

清正環視滿座人，誰都是少年時代上戰場，無暇學文化。只有一人例外，即歌人幽齋之子細川忠興。

「越中守（忠興）可以。你酷似令尊，深通文字。我們列舉事實，由你整理歸納成適當格式，筆下生花，寫成訴狀。」

「我心裡有數了。」

忠興頷首，讓清正的家臣備好了紙筆。

次日，在殿上，三成得知了此事。細川忠興出現在政務室裡，將三成的同僚、奉行淺野長政領到另一房間，儼如進行秘密商談。

三成先前就偏愛的一名司茶僧，聽見了密談內容，偷偷知會三成。

（是那件事嗎？）

三成點頭，對此事立即有所反應。反應神速是三成的長項，有時也成為他的致命短項。等待時機，靜觀事態，過度敏銳的三成，不深通這種技巧。三成修書一封，喚來家臣，命令道：

「帶上此信，速去攝州宅邸！」

信使飛速登途。小西行長接到書信，獲悉事態，大驚。即刻又鎮靜下來。三成來信的後半部分裡寫有「先下手為強」字樣。信中寫道，先下手即化被動為主動，火速提出由行長書面列舉清正等人失策、怠慢的訴狀。三成心裡有譜，訴訟過程中，原告比被告更有利。

當夜，行長通宵達旦，寫出長文訴狀。翌晨，通過大老上杉景勝正式上訴。

故事稍微向前跳躍一步。這次訴訟由家康主管，清正等「七人黨」勝訴，行長敗訴。然而，行長畢竟是肥後宇土城主，是年祿二十四萬石身分的大名，家康也難以處罰他。結果因敗訴獲罪的三人是：豐後年祿十二萬石的大名福原長堯、年祿兩萬石的豐後富來城主垣見一直、年祿一萬五千石的豐後安岐城主熊谷直盛。這三人都是秀吉在世時由三成選出，渡海赴朝鮮，擔任清正等人先鋒部隊的監督官。他們的任務是，將一線部隊戰況通過三成上報秀吉。

家康判決如下：

「攝州也有許多過錯。由於太閤薨逝，於茲不予涉及。問題在於擔任太閤使番或監督官渡海的上述三人。他們身為監督官未盡職責，有意偏袒攝州，將不利於清正等人的報告送到了伏見。」

據此，決定對三人分別進行處罰，削減俸祿。不過，在豐臣政權中，大老的許可權只限於對事物進行議決。落實到具體執行，主管者是奉行。奉行三成見到判決書，說道：

「豈能進行這般荒謬的削減年祿處罰！」

他面不改色，將判決書壓了下來。家康因三成隨意下手大吃一驚，但暫時保持沉默。家康深知若以一個奉行為對手，騷鬧起來，有失自家風度。在家康看來，處理福原這樣的小大名，總有一天會得到適當機會。到那時再做處理不遲。

藤十郎女兒

夜裡，清正因動怒而失眠。他覺得這世道多麼荒謬。

前後大約七年裡，清正受秀吉之命，身為先鋒大將征戰朝鮮，有一次衝進了阿蘭界（滿洲間島地方）。在蔚山受困，吃牆壁泥土充饑，多少次因饑寒險些喪命。然而，一旦開戰，必定大捷。朝鮮人懼怕這個「鬼上官」，認為他是魔神。甚至將清正的蛇眼軍徽視為避邪物，家家戶戶貼在門上，用以驅除瘟疫。

（這種苦勞得到回報了嗎？）

無任何回報，是何道理？清正心裡清楚，秀吉去世，朝鮮戰場將士論功行賞一事，無限延期。然而，感情這東西不是想處理就能處理徹底的事。這場戰役中眾多家臣殞命，立功者也很多。面對他們，作為棟樑的清正沒能給他們增加一粒米的俸祿。這等於失去作為將領的資格。清正感到羞愧，無顏面對家臣。

（不僅如此。）

清正這樣思量。對多年的辛苦與戰功，身居內地的石田三成等官僚酬之以讒言，太閤在全信或半信中辭世了。雖然如此，清正也有聊以自慰的事，這

場官司勝訴了。處罰了與三成同夥的垣見、福原、熊谷這三名軍事監督官，自己多少出了一口惡氣。其後，清正赴家康宅邸致謝。家康顯示出長者那大度的神態：

「非也，因為理在你的一邊。」

家康不想賣人情。他整衣端坐，揮淚說道：

「老夫作為豐臣家的大老，代替故太閤殿下，鄭重對將軍在朝鮮立下的武功與多年辛苦表示感謝，故殿下也會地下有知的。」

清正叩拜感激：「在下覺得，大人一言，解開了心裡的芥蒂！」

翌日，碰巧以當年秀吉的御伽眾山岡道阿彌老人為首的五六個大名，聚集在家康宅邸。家康出酒饌款待之，自己帶著少見的醉意問道：

「道阿彌大人侍奉過足立、織田、豐臣三代主君，馳騁過許多沙場，見過許多武將。大人認為誰是當今名將？」

道阿彌誠惶誠恐地回答：

「恕老夫冒昧，在下認為，名將者，即適才講話的內府本人。眾意如何？」

家康搖頭，說道：

「惟有加藤主計頭清正，才是日本無雙的良將。其武勇始於『賤岳七本槍』，又征戰異國朝鮮七載，帶領大軍縱橫馳騁，人們都認為他是弓矢神再世。」

滿座譁然，因為提出了一個意外的名字。滿座人一致推定，秀吉已故，家康成為天下第一名將。至於下一位，則多得屈指難數。可以是隱居豐前的黑田如水；可以是當前病篤躺在伏見宅邸的土佐長曾我部元親，他殺遍四國，堪稱名將；和如水同時協助秀吉創業的細川幽齋依然健在，住在丹後宮津城；與家康同格的大老加賀的前田利家老人，最近患病臥床，尚未殞命；年輕時深得秀吉極力舉薦的大谷吉繼，雖是越前敦賀城年祿五萬石的低祿大名，名氣卻很大。

家康轄下的大名中，首先有「德川四天王」之一的上總國大多喜城主、年祿十萬石的本多平八郎忠勝，上野館林城主、年祿十萬石的榊原小平太康政，都是素稔武略的赳赳武將。

（至於加藤清正……）

眾人的印象是，清正是太閤一派的人，很早就深得秀吉器重，在朝鮮戰場任先鋒司令官，歷盡苦難。僅此而已。

家康指出，這純屬認識不足。

「清正當上大名之後的大會戰，除了鎮壓肥後的內亂，再就只有最近的朝鮮戰場。所以名聲未定。列位尚不曉這位人物的本領。老夫詳細調查了朝鮮戰場上諸將的表現後，得知清正是一員名將，非比尋常，非老夫所能及。」

家康這麼一說，滿座驚詫。

（被內府誇獎的人，絕不一般。）

人們過去認為，清正僅是個喜好棍棒刀槍的魯莽大名，如今當刮目相看了。家康又說道：

「不過，老夫也有長項。或許因為清正比我年輕，稍顯心粗、輕率，有時或許會中圈套誤大事。」

家康對清正的評價，當天就傳到清正的耳朵裡。他感到驚愕，一直在想：

（人云「士為知己者死」。太閤殿下過世後，知我者，除了德川大人再無別人了。）

「粗心，有中圈套的危險」，家康的這評價，正中清正單純剛烈的性格要害，但此時清正做夢也沒察覺到，自己正中了家康的圈套。家康的話語，一言一句都包含著政治因素。謀臣本多曾經說過：

「假設……僅是假設。假設加藤清正的人氣結合石田三成的謀才，擁戴豐臣家，秀賴公的天下就會穩如泰山。所以，主君的掛慮很有必要呀。」

「我心裡有數。」

這個道理，正信不說家康也明白。故而，他才屈膝拜訪「虎」的養主、秀吉的未亡人。

清正的青年時代，飯田覺兵衛就任他的家臣，聽到了家康對清正的評價，覺兵衛半開玩笑地勸道：

「主公，應當去德川宅邸致謝。」

覺兵衛和這故事的發展無關，此處為插曲。覺兵衛嗜好諷刺人，作為侍大將在加藤家是個不為外人所知的武功高手。清正死後，他毫不留戀地辭別加藤家，在京都買下一間草庵，拋棄了長短刀，隱遁起來。他不當武士後說出了這樣話，非常合乎覺兵衛的風格：

「我的一生，一直遭受清正欺騙。初上戰場求功名時期，許多戰友飲彈身亡。當時我深深感到武士這行太危險，想急流勇退，不為武家服務了。這樣想著從戰場回到大營，大將清正立即高聲鼓勵：『覺兵衛，今天幹得挺漂亮啊！』並賜我一把刀。如此這般，每次在戰場上都後悔當了武士，每次清正都及時誇讚我，還將身邊的無袖外套送給我，給我發感謝狀。同僚們都羨慕我，誇我是無與倫比的武將。導致我失去棄甲歸隱的機會，最後晉升為侍大將，發號施令。我的一生受清正影響被迫走向意想不到之途，誤了我的本意。」

清正看了一眼覺兵衛，問道：

「去宅邸？德川大人的宅邸嗎？」

言訖，他察覺自己因為家康這點好評就天真地沾沾自喜，有點愚蠢。

「我能去嗎，荒唐！」

清正思忖，自己是豐臣的家臣，要受表揚也應受太閤表揚。太閤生前哪怕能再表揚我一句也好呀，但有人蒙蔽了太閤看人的眼睛。

（那人就是三成。）

清正這樣認定。清正如此憤世的一切根源，都來自禍首——故秀吉的秘書官石田三成。

（三成也太冤了。）

飯田覺兵衛這樣暗思。他心裡清楚，清正本當憎恨的，是秀吉其人。他發動了無用的海外征戰，巨額軍費都攤派到每個大名頭上。如果能取得領土，也算是獲得主上的獎賞。實際上一反一町（編註：一反約合九百九十平方公尺，一町等於十反）的朝鮮土地也沒奪來，大規模海外征戰中挫，對大名們而言僅是一場空，徒勞無功撤兵歸國。全體大名心懷不滿，不知向誰訴，心裡怒濤翻滾。

（太閤死了真是太好啦！若繼續征戰下去，每個大名的財庫都空空如也了。）

覺兵衛這樣認為。他的認識與所有大名和家臣是相通的，甚至就連平民百姓也是這麼想的。如果讓大家都如實道出心裡話，必是這樣：

——對豐臣政權都已厭煩透了。

人們儘管沒意識到要創造一個新時代，卻在期望新時代。家康的異常人氣，就是大名們心懷無處發洩的不滿的證明。

然而，在覺兵衛看來，惟自己的主公清正不然。故秀吉發動的海外征戰的最大受害者是清正，清正的不滿與憤怒理當最大。他卻將「石田三成」當作發洩對象。清正堅信：一切都因為三成不好，三成是禍根，三成傷害了我清正，只有將三成供於血祭，才能解恨。從某種意義說，在忍耐著無處可發的憤懣和傷痛的其他大名看來，清正擁有可以宣洩鬱憤的對象，他或許是目前最幸福的大名。

伏見的酒廠，有的獻來了新酒，當夜，家康和一些女子試飲，不覺有點喝多了。此時，老臣本多正信來了，站在紙門外邊說道：

「可否恩准拜謁片刻？」

家康是毫不沉溺於一己快樂的人。這種場合，他扣下酒盅，命令道：

「都迴避！」

他讓女子都退下，單獨會見正信。家康喊了聲「進來！」老人就敏捷地走上前來。

「上次那件事，找到適當人選了。是水野藤十郎的閨女，如何？」

「藤十郎有女兒？」

「有。而且姿色如果一般，清正這小子不會高興的。」

「此事對藤十郎講了嗎？」

家康問道。藤十郎即水野和泉守忠重，他享受特殊待遇，是家康的家臣，又是直屬豐臣家的大名。目前任三河刈屋城主，食祿三萬石。家康想把自己的養女嫁給清正，他讓正信從德川家族或家臣中，給清正物色一個合適的姑娘，旋即找到了。

「臣拜訪了藤十郎宅邸，私下打探了本意。對方以稍顯暗淡的神色說，如果女兒能有利於那種事業，就同意。」

「暗淡的神色？」

家康發出了苦笑。

「清正又不是鬼，縱然把姑娘嫁給他，也不能給吃了。」

「這就是天下父母心啊。」

正信聲音沙啞地笑了。他立即派自家的家老某人去加藤宅邸，向加藤家的重臣飯田覺兵衛傳達了這消息。想聽一下清正是否有意娶家康的養女為妻。

「尊意拜知。」

覺兵衛說。他派使者向清正稟報了此事。

「覺兵衛持何意見？」

清正以怎麼都行的神情問道。問題是，從太閤時代開始，大名之間通婚，法律有嚴格規定。婚事必須上報豐臣家的正式機關「五大老會議」和「五奉行會議」。堪稱豐臣家首席譜代大名的清正，竟然娶家康的養女，三成必然豎目反對，恐怕會鼓動同黨、大老上杉景勝和宇喜多秀家，加以阻礙。

「治部少輔會反對吧？」

覺兵衛這隨口一言，卻成了解決問題的根源。

「我要了。」

清正簡潔回答。又命令道：

「覺兵衛，你和儀大夫認真負責，按照吩咐辦好此事！」

婚事很快定下來了。清正成了家康的女婿。接著，就婚禮日期，有人頻繁奔走於德川家與加藤家之間。其間，正信想巧妙懷柔加藤家的家臣們。其中，正信對加藤家的重臣森本儀大夫耳語的內容，刺激了清正。

正信對儀大夫說了關於三成的舉動。正信好似喝茶閒聊地輕聲說道：

「大人可知道？前些日子，貴府主公主計頭狀告小西攝津守，可喜地勝訴了。垣見、福原、熊谷三名軍事監督官受到處罰。實在可賀，太好了。」

「多謝！多謝！」

儀大夫致謝。

「但是，大人可知道這件事？治部少輔將判決書壓了下來，扔進紙簍了。」

「啊？」

「不必吃驚。這三人中，福原右馬助長堯是治部少輔的妹夫；垣見和泉守一直和熊谷內藏允直盛，都是秀吉在世時因治部少輔巧舌如簧而發跡的。治部少輔是個偏心眼的人。他爲能對同黨執行削減年祿的處罰。」

「這混蛋！但治部少輔不過是個奉行，一介奉行竟將大老蓋章的判決書壓了下來。恕在下冒昧，內府如何表態？」

「僅僅示以苦笑，沒說其他的。」

儀大夫將此事傳達給清正。清正被激怒了，簡直要蹦起來。

「啊！治部少輔這旁若無人的傢伙！內府是豐臣家大名的長者，胸懷大度，沒說什麼。但我們少壯派必須征伐治部這混蛋！」

清正按慣例，向福島正則、細川忠興、黑田長政、加藤嘉明、淺野幸長、池田輝政六個同黨急速派去使者，通知了三成的奇怪舉動。淺野幸長飛快趕來了。急切問道：

「何時討伐？」

清正回答：

「年內定好日期，蜂擁而至宅邸，放火，砸門，我持長槍闖入，就像在朝鮮槍挑朝鮮人一樣，刺透那個『長形頭』！是的，日期越早越好，明晚如何？」

「定下來了，就明天晚上！」

淺野幸長說完，迅捷告辭了，順路趕到福島正則宅邸。正則患感冒發高燒，他要從被窩裡爬出來。

「拜託左京大夫（幸長）。等我退了高燒再行動。讓我舞起我那日本有數的長槍，像刺蝗蟲一樣，將那個傲慢人刺透！」

正則以央求的口氣表態。因此，這一行動只好等到正則高燒退了再說了。

三成宅邸裡，島左近和舞兵庫二人擔任指揮，宅邸戒備森嚴，枕戈待旦，隨時可投入戰鬥。

「他們都是虛張聲勢。誰能打敗我們！」

誠如人們所說，三成有旁若無人的派頭。他嘲笑那些流言，倒是很重視清正之外關於家康的消息。不，這不是流言。伏見城下的百姓確實在擠眼扯袖，以驚疑的眼神觀看事態。此間，家康開始頻繁拜訪迄今關係淡薄的大名們的宅邸。

暗中活動

故事溯及約一個月之前。

那天早晨，天冷得簡直令人受不了。家康一爬起來就命令道：

「準備茶道！」

這在家康是少見的事。秀吉喜好欣賞茶道，無奈，家康在伏見宅邸只好也準備了茶道用具，設了茶室。本來，家康不喜歡書畫古董，不太嗜好非實用性的茶道，他也不希望自己部將迷戀茶道，不和他們涉及茶道的話題。

「有搞茶道的錢和時間，不如買刀槍，練武藝！」

家康並沒明說出這樣的話來，他自己卻是這種性格，其部將自然也就只有一些形式上的茶道交往，沒人正經八百下真功夫。家康嘴裡沒說，心裡卻大概這樣想：

「搞那種東西，也許會混出一個圓滑灑脫的武士，而三河鄉間人的骨氣，卻因此都萎縮了。」

對家康而言，他最大的資產，是令他青雲直上、達到如今地位的質樸勇健的三河軍團武士風氣。

「把彌八郎叫來！」

家康按老規矩，喚來了謀臣本多正信。沒來賓客，

主公一大早卻行茶道，正信感到稀奇。他一進茶席，就跟家康開起玩笑。家康一語道出理由：

「挺冷的。」

確實，宅邸裡惟有這間狹窄茶室設有採暖設備。家康認為茶道的意義在於取暖。

（唉呀，主公真能節儉。）

正信有點輕蔑似地感到驚訝。同時，這種做法吻合主公的個性，正信又覺得主公性格令自己尊敬。秀吉過世兩個月了。正信搖晃著枯瘦的腦袋，說道：

「時間過得好快呀。」

家康微笑頷首。頷首時，下巴的贅肉遍佈深深的皺紋。正信心想：

（主上真了不起。不僅胖瘦適中，氣色也好起來了。）

秀吉作古，家康有了希望。這目標比他半生中任何時期的都宏大。即「取得天下」。家康年近六十，雖已漸入老境。為了這驚人醒目的目標，他渾身細胞似乎都煥發出青春的活力。家康一邊伸手抓點心，一邊問道：

「彌八郎，得做點事呀。」

似乎能量過剩了，心裡不約而同作此想。正信點頭回言：

「該做的事多得是，但首先必須好好享受茶道。」

「茶道？」

「不，不，不是茶道本身，是以茶道為由請人。至少，必須請客並被邀請。」

「是啊，有道理。」

家康是個悟性很高的人，立刻悟出了正信此言的含意。家康的氣度和輝煌的資歷，內大臣這一豐臣家大名中最高的官階，再加上關東年祿二百五十五萬餘石的極高身分，足可壓服豐臣家的大名們。但是，大名們與家康或有親疏，較疏遠的大名很多。將來一旦爆發大事件，平素關係較疏的大名便有跑到敵方之虞。

「明白了。先邀請何人？」

正信回答：

「該是薩摩國的島津吧。」

家康拍了一下膝頭。島津是西國最強軍團，領土包括薩摩國十四郡、大隅八郡和日向一郡，並擁有與領土相稱的強大兵力。島津家倘有意，他們想征服全九州也非虛夢。實際上，天正十年代（一五七三～八二），島津家就幾乎席捲了整個九州，不屈尊於秀吉。天正十五年（一五八七）秀吉征伐島津，他們才終於屈服，收兵返回自家領土，安份下來。之後在朝鮮戰爭中，島津發揮了異乎尋常的猛威。特別是臨近日軍撤退之際的泗川之戰，島津將士以極少兵力擊敗二十萬敵軍，取得斬首三萬餘的顯赫戰果。因此，明軍和朝鮮軍顫慄地稱島津家軍為「石曼子」。

島津家與家康幾乎不相往來。不用正信說，家康也異常掛慮此事。島津家在伏見也有宅邸，當地人稱島津家為「薩州大人」，另眼高看。九州和伏見的語言不通，因此，薩摩國的駐京商人與伏見商人之間，甚至令相關人員互學對方的語言。

島津家的伏見宅邸裡，住著已削髮為僧退休的島津義久，號龍伯。現在的接班人是其胞弟惟新入道義弘，兄弟皆皈依佛門。兄龍伯入道當年是九州征戰的總指揮；弟義弘入道當年指揮過泗川會戰，無疑，兄弟倆都是當代名將。

「那麼，邀請龍伯入道吧。但是，有門路嗎？」

家康說道。家康是五大老的首領，這麼高位的人，卻不得不使用「門路」這個心中沒底的字眼，可見和島津家的關係何其生疏。

「有恰當的人物了，可知道默庵其人？」

「是那個眼科醫生嗎？」

家康神色不悅。默庵是最近在江戶招聘的眼科醫生，因為不是內科醫生，沒資格直接拜見將軍。默庵恰好是薩摩人。家康長歎了一口氣。五大老之首的自己，竟然必須求助這等身分的人來當仲介，他覺得自己挺可憐的。

「任何事我都能忍耐。卿即適當安排吧。」

正信即刻派急使奔往江戶，將眼科醫生默庵喚到伏見，責令他與島津家周旋。歸根結柢，要求他做到「讓島津龍伯入道來訪德川宅邸」。

默庵大驚失色，連忙拒絕：「我這般身世寒微者，請不動島津大人呀。」

正信說道：

「這是主上的命令！」

事逼無奈，默庵只得開始活動。幸虧默庵有個熟人是島津宅邸裡的下級武士，通過他先搬動島津家的老臣伊集院忠棟，再靠忠棟去說服島津龍伯入道。

「是德川大人啊？」

島津龍伯入道蹙眉言訖，沉思少頃，低語道：「德川大人也做莫名其妙的事呀，何故非與我套攀交情不可？」不消說，龍伯悟出了家康的本意。伊集院忠棟說道：

「倘若拒絕，會弄僵兩家關係。」

忠棟的意見是，島津家今後接近家康為宜。不知是否這緣故，翌年的慶長四年三月，就在這座伏見宅邸裡，他為世子島津家久所殺，公開罪狀是「叛逆」。

「有道理。拒絕了會搞僵關係。但是，私下拜訪別人家，又違背了故太閤的遺令。」

「不必掛慮。只是應邀前去串門，沒到違背遺令的程度。」

「那就去吧。按這意思回話。但是，答覆眼科醫生有點不可思議。」

「此事我心中有數。所幸前關白近衛前久大人是尊府的姻親，可麻煩大人（前久）擔當使者。」

忠棟做了這麼一番籌畫安排。最後，決定十一月二十日，島津龍伯入道訪問德川宅邸。

當日，家康備下了盡善盡美的酒席恭候。島津龍伯入道按時惠臨之際，家康的臉上笑過了頭，但可以理解。為了邀請近在咫尺的客人蒞臨德川宅邸，不得不動用數百公里外的江戶人前來奔走。家康將貴賓請進茶室，說了些無關緊要的客套話，話頭自然轉向朝鮮戰場。家康盛讚島津惟新入道義弘在泗川會戰中發揮的作用：

「那般作用，前所未聞。不僅如此，那時明軍已察覺日軍撤退是因為太閤之死，驅動大軍乘勢攻來。當時我方處於撤退之前，鬥志低落。日本若無島津家軍這支勁旅，我方必須進行異常苦戰，看那態勢，釜山府一帶或許會潰敗得不可收拾，出征將士能否平安踏上故土，不得而知。」

家康並非過分褒贊，事實上輿論亦復如此。

「如果太閤殿下健在，必會大加讚賞。家康代替故殿下，在此致謝。」

「不必，不必。」

龍伯入道不斷搖手拒絕。家康又說出了大事情。

「故此，老夫決定，為回酬島津家的戰功，予以加封。」

龍伯詫愕。關於朝鮮戰爭的論功行賞一事，依照秀吉遺令，必須待秀賴成人後再實施。此事若由家康代辦，結果成為代辦者向諸將施私恩，弊端巨大。

（這豈不違背遺令？）

龍伯的表情流露出這意思。於是，家康說道：

「哎呀，不必顧慮。島津家功勳屬於特例，不僅有戰功，還救大軍於撤退帶來的全軍覆滅危機。故而，出征的將士自不待言，世間對此也是認同的。」

「哎呀，這便如何是好。」

「何必多慮。」

縱然作為嘉獎增加領地，在家康來說，這也只是代替太閤切割豐臣家的直轄領地，送給島津家，並非割家康身上的肉。

招待宴會順利落幕，龍伯入道高高興興歸去。家康感到滿意。之後，謀臣正信建議：

「僅此，誠懇親密度尚顯不足。接下來，作為先日來訪的答禮，主公應當親自登門回訪島津家。」

家康認為此言有理，月份進入十二月，他遣使向島津家傳達了這一意向。島津家對家康執著的進逼方式束手無策，無奈只好表態：欣然恭候蒞臨，日期定於十二月六日。該日，家康到來，島津家盡力款待。席間，家康說道：

「法印師父。」

他這樣稱呼龍伯。

「高興吧！先日關於泗川戰功一事，我立刻徵求了其他四位大老的意見，都認為僅有島津家在泗川發揮的作用屬於例外，成全了順利撤軍收兵大事，給予例外賞賜實屬天公地道。恐怕最近要加封四五萬石。我私下先透個信兒。」

言訖，家康看了一眼龍伯入道的表情。他感到意外的是，龍伯對這項重大喜訊並不太興奮，只是點頭說道：

「處理得如此合理，多謝。」

（啊？薩摩人的表情這般遲鈍？）

旁邊的正信產生了如此略感奇妙的印象。家康和正信哪裡知道，龍伯入道早就得到了這份情報。是石田三成透露的。按照豐臣家的官制，五大老只負責議決，不涉及行政上的執行權。執行者是官居其下的五位奉行。

此處為冗筆。三成與島津家的關係年久而深厚，家康無法與之相提並論。秀吉征伐島津時，如今的龍伯當時稱島津義久，決定投降。他削髮，身穿黑袈裟，帶一小童，走山路下到設在泰平寺裡的秀吉大本營轅門。秀吉准降，島津家掠奪九州各地的新領土，悉數沒收，僅保證島津家在薩摩、大隅、日向的五十五萬九千五百三十三石年祿。秀吉返回大坂，責令三成負責處理戰後事務，當時三成二十八虛歲。

秀吉撤陣後，三成留在薩摩，準確執行秀吉的命令之同時，為使島津家穩健發展，向其表示了各種溫情。

世人稱三成是「怪人」、「傲慢人」。他的好惡，極端激烈分明，若是喜歡的，他全身心投入。三成似乎相當喜歡薩摩的人品風土與島津義久、義弘。從前薩摩人認定惟有領土擴張才是真本領。如今，三成向這樣的薩摩人灌輸了新思想，即「事敗領土變小了，卻有了立國之法，即理財之道」。三成還這樣開導島津義久、義弘：迄今為止，薩摩只從事領國內的經濟活動，秀吉打下江山後，迄今各地僅以藩內為天地而度日的日本人，開始往來於天下；隨之，諸國物資開始在全日本流通。這是有史以來日本人面臨的最早體驗，時下日本已是這樣的時代。

「貴國的大米，不僅在貴國食用，還可以源源不斷運到大坂去，在大坂市場上銷售。」

三成這樣建議。他熱情地教給他們運輸方法、銷售方法、銷售金的郵寄方法等，此外，三成還談及新大名家的家庭生計：「大米、食鹽、味噌、薪炭、食用油等廚房所用的材料，做個明細帳，今後過日子比較方便。」三成連記帳的方法都教給他們了。

政治方面，三成也提供過援助。島津家投降秀吉之後，島津義久的女兒龜壽公主作為人質，送進了大坂城。三成向秀吉說情，很快放龜壽公主返回島津家。

秀吉在世時，三成對島津家的親切關照數不勝數。終於，龍伯入道即島津義久向三成和細川幽齋寫了誓言書，主旨是：「將來即使出現了懷叛逆之心者，也決不與之同流。對秀吉公無二心，盡忠立功。二位的親切關照決不忘懷，還望二位不棄。」三成與島津家是如此關係。

家康提議要為島津家的泗川戰功實施賞賜，對此，三成不反對。莫不如說，負責落實此事的是「薩摩通」三成。他很清楚，薩摩領地內摻雜著豐臣的直轄領地，島津家大概覺得挺礙眼，如今決定將其作為賞賜送給他，即薩摩出水郡等地四萬九千零六十二石俸祿。

三成預想到家康會私下透露，便儘快告訴了龍伯。所以，家康報信時，龍伯入道並沒流露出太意外的神情。事後，家康得知三成搶先通知了龍伯，苦笑著說道：

「好個行動神速的傢伙！」

新年一月四日，島津家領受了以秀賴為名義的賞賜：刀匠岡崎正宗打造的短刀、以家康為首的大老一同署名的感謝狀，以及上述的四萬九千餘石俸祿。

家康暗中活動的對象，並非僅止於島津一家。

前往大坂

「難道家康瘋了嗎！」

三成盛怒。在三成看來，家康確實每日發瘋一般奔走於伏見城下大名宅邸區的小巷裡，活像成了一個「訪問鬼」。

十二月六日，家康強行闖入了島津家，五日後，家康又站在五位奉行之一的增田長盛的宅邸門前。

翌日，家康出現在長曾我部盛親的伏見宅邸裡，盛親是土佐二十餘萬石的國主。十二月十四日，家康來到了細川幽齋宅邸。幽齋是豐臣家裡資歷最老的武將之一。在任何大名府上，家康都只是笑容滿面享受美食餐餚，一句不涉及政治話題。

家康非常心細，對拜訪的大名家家老從不使用居高臨下的語言，只是殷勤點頭，努力收攬他們的心。臨歸，從來不忘說些令主人喜悅的話：「哎呀，老夫一輩子也沒這麼朗暢開心過。實在讓我增壽了！」

家康訪問細川宅邸的次日，三成唾棄似地對島左近說道：

「這隻老狸，瘋了！」

「是的。瘋了似的。內府大概認為，現在應該不端

架子隨和地向大名示好。照此下去，內府會遍訪在伏見城設有宅邸的大小大名。」

「全部？」

三成雙眉顰蹙。確實，倘若遍訪了所有大名，結交下來，眾望必然都歸於家康一身，當人們覺醒之時，或許家康運籌帷幄，已經掌握了天下大權。

「有何高招能制止他的活動？」

三成半似問自己，半似問左近。問題是家康的活動是否違背了秀吉的遺令。今年夏天，秀吉臨終前，家康等人寫下的《誓言書》中，有一條是：

——同僚之間，不可結為黨徒。

若說有抵觸，是與此條抵觸。套用的話家康可能會反駁：「什麼，那是增進感情啊。連增進感情也能稱作結為黨徒嗎？」

若遭到這樣的反擊，根據將顯得薄弱，反將落得被動位置。

「家康明顯有狼子野心！」

三成的聲音顫抖著。與其說對家康憤怒，毋寧說三成憎恨那些已看清家康的野心、卻款待之的豐臣家同僚。

「那個肥粗的老頭子胸中藏著狼心，外面披著羊皮，出入諸將宅邸。左近，有無良策將之驅趕出去？」

「有。」

老軍事家左近頷首。他說：眼睛只盯著家康，所以束手無策；我們可以琢磨方法，將大名們從家康那裡剝離開來。

「言之有理。」

三成的臉頰泛上了血色。此前忘了一件事，即秀吉遺言中「我死後五十日，便讓秀賴移居大坂」這一項。秀吉未公開發喪，定何日為「死後」，恐怕會眾說紛紜。但閣僚會議的決定是：「故太閤的歸天日，定於翌年二月二十九日。」也就是說，秀吉死於二月二十九日。

（從二月二十九日算起，死後五十天則進入四月，這就太遲了。若等到四月，如左近所說，家康會訪遍全部大名宅邸。）

「左近，可以強行實施不？」

三成問道。此話指的是讓秀賴移居大坂之事。

「是啊，太閤今年八月歸天，大名們眾所周知。從八月算出五十天，如今秀賴公還住在伏見城，已是違背遺令。」

（確實如此。）

三成出身官僚，有過於墨守成規的毛病。他覺得在這一點，左近的法令解釋很靈活，下結論果斷大膽。

「對，秀賴公移居大坂，就沒問題了。」

三成立時登上本丸，入政務室後，召集同僚奉行。奉行們到來之前，三成重新思考了一遍這個構想。

「我死後五十日，便讓秀賴移居大坂。」秀吉這句遺言之目的僅有一個，就是考量到秀賴的安全。秀吉相信大坂城是天下名城，面臨任何大軍也不會崩潰。為此，病中的秀吉修葺、擴建了大坂城。秀吉遺言的後一段還命令：「秀賴十五歲之前，不可讓他出城外一步。」大坂城就是這般堅固。

當然，秀賴遷至大坂城，作為其家臣的大名們也必須全部撤出伏見，移居大坂。留在伏見的只有家康，家康必須留在伏見。按照秀吉的遺令，規定如下：

一、家康在伏見，代替秀賴管理天下政務。

二、利家在大坂城，擔任秀賴的傅人。

有這法令家康無論如何厚顏，也不可能與大名們一起遷往大坂。

（伏見就只剩下家康一人了。）

三成點頭，難以壓抑發自肺腑的快感，臉上浮現出使壞心眼似的微笑。三成有這癖性，不，是有這樣的性格。

——這一點不是將領之器。

左近時常這樣指出。不過，三成心想，對於此刻這種快感，有點煩人的左近也會接受吧？

未久，四名奉行彙聚政務室裡。

「治部少輔，有何貴幹？」

年長的淺野長政仰起了又瘦又黑的臉時，三成突然覺得自己和這個愚劣小人物共商大事，實在荒唐。三成這個微妙的人，盛氣凌人地緘默著。為了打圓場掩人耳目，他講了一些其他瑣事，恰到好處地結束了會議，三成自己一下子站了起來。

（心情變了。）

三成走在簷廊裡，獨自點著頭。他這個人有股怪勁兒，和深思熟慮相比，他的頭腦更長於機敏機智，一得出結論便付諸行動。別人會如何看待、接受這些行動？對此，不知何故，三成缺乏領會的能力與天性，三成的「傲慢人」這一評價，恐怕正是源出這裡。

秀賴移居大坂一事，三成不和同僚奉行商量，他打算直接求教大老前田利家。三成認為，與其進行那種絮絮叨叨的議論，莫如聽利家簡潔宣告：「你就這樣做！」倒會令事情順利發展。

最近，利家身體欠佳。為慎重起見，三成來到大老值班室探望，偏巧利家登城歸來了。三成探問了利家的病情後，提起要事。利家頷首而言：

「那麼做理所當然。」

利家主張立即宣佈決定。這位老人的事物判斷標準，只有忠和不忠兩項。在這一點，這位老人只要弄清了事物真相，不愧是標準的武將，處理起事情明快扼要。

那日之後，利家就病倒了。會議延至次年召開。慶長四年一月七日，利家好不容易登城，並要求同僚大老德川家康、中老和五名奉行登城。會上，利家老人以冷淡簡單而鄭重的語氣說道：

「遵照太閤遺言，我們應陪伴秀賴公遷居大坂。今後，以大坂為據點。」

利家僅說了這點話。奉行淺野長政上前問道：「幾時遷居？」

「十日。」

利家回答。

時程如此慌忙，眾人大為吃驚，只剩三天了。淺野長政說道：「日期太早，我們也收拾準備不好啊。」

「如此說來，縱然上陣戰鼓已響，彈正（長政）大人也強調還沒準備好，不派人上陣嗎？」

利家質問道。眾人沉默。家康無言，表情不悅。

然而，意外阻礙發生了。關鍵人物淀殿和秀賴反對此舉。理由是「目前天氣還冷」。淀殿頑固堅持繼續住在伏見，等到四五月天氣暖和之後再遷居大坂。以這為理由的淀殿遇上同樣頑固的利家卻完全失效。

「各位有何高見？」

利家僅僅追問了一句，話語帶著膛音。他故意不看淀殿，只望著大藏卿局等女官。

「太閤歸天還不到五個月，就想違背遺言嗎？」

利家堅信，捍衛豐臣家安泰的手段，惟有忠實捍衛秀吉的遺言和遺令。那語氣總表現出這一點。因此，淀殿也不得不保持沉默了。

當夜，三成下城後，將家老島左近叫到茶室。已是夤夜，沒有烹茶。以爐火燙酒，主從二人對酌，無拘無束，親如一家人。三成談及今日殿上利家老人的威嚴，左近非常感動欽佩，說道：

「不愧是加賀大納言，果然是踏過血戰沙場歸來者。」

三成覺得這樣的左近有點奇特，不覺嘴角微微一笑。左近似乎對這話題挺感興趣。

「別笑。」

左近露出不快的神色接著說道：

「能在戰場上統率大軍的是利家那樣的人物。一言，穩住全軍；再一言，全軍慷慨赴死。加賀大納言深知語氣的力量，一貫使用這般語氣。是否能夠有此『一言』，便可判斷該人是否具備將才。」

（我又如何？）

三成流露出這種表情。左近無言，感慨地歪著頭。

他想起三成許多逸事。

秀吉還在世的時候。大坂附近連降暴雨，某夜，三成政務室裡接到緊急通知：枚方方面的淀川大堤潰決，京橋口堤防也岌岌可危。

三成單騎從本丸趕到京橋口城門，集合附近的百姓數百人，大膽打開城裡米倉下令：

「拿米袋當土袋，趕快扛去加固大堤！」

百姓大為驚訝，遲疑著不敢上前。

「雨停水消之後，袋中稻米全分給大家拿走！」

三成話音剛落，百姓「哇」地一聲蜂擁而上。聞聽這一消息，附近村落的人群也蜂擁而至，轉瞬間，應急補強工程竣事。之後三成調動這些人，耗費數日，改用標準的裝土袋子加固堤壩，至於換下的米袋，三成說到做到，悉數送給參加勞役的人們。

當時左近對三成的大膽和機智再度深感驚歎。然而，這能表示三成具有將才嗎？

（還是稍有區別。）

左近這樣認為。利家老人沒有三成那樣的機智，但他的人格具備了那「一言」的分量。大將有此威嚴足矣，其「一言」，可令數萬將士奮勇躍進。

（打江山時期的太閤，確實具備了如此氣度。他除了利家那樣的「一言」，還具備了治部少輔的敏銳與機智。）

左近這樣思忖。

三成好像有些不好意思了，言歸正傳：

「於是，內府一言不發。為了向內府盡忠獻殷勤，彈正（淺野長政）那廝頻頻反對，也因大納言一聲大喝，他閉口無言了。」

「真是絕頂痛快！」

那個場面情景，左近好像親眼目睹似的，雙眼濕潤，為利家老人的風骨所感動。

（那股堅強精神從何處來？）

左近琢磨著。恐怕是因為他沒雜念，不考慮其他，一心專注於豐臣家的大事。對他這種堅定不移的正直與忠誠，人們不得不表示服從。

（但是，僅此不可能鎮住眾人。）

左近認為，主公三成也具備利家的氣質，但三成的正直與忠誠大概被過度絢爛的智慧過度包裝了，反倒失去了魄力。

（還有一點區別，那就是二人官階的相異。）

左近這樣認為。他將利家老人與自家主公做了比較。確實，三成官階不過治部少輔，職務不過奉行，俸祿額不過江州佐和山的區區十九餘萬石。利家不然，他是加賀四郡和能登一國的大領主，作為公卿是大納言。在豐臣家他是大老，與家康平起平坐。如此背景分量，自然令利家那正直忠誠的一言增添力道。

「最近，殿上時常議論說大納言將儒學家喚到自宅，聆聽學問。」

三成說道。在連字都不大會寫的大名居多的現實中，三成深通《論語》，幾乎能背誦下來。歸根結柢，教養如此豐厚的自豪，令他蔑視同僚。

然而，按照左近聽到的傳言，前田利家一見到年輕大名，就以《論語》中大意如下的一句話，對其說教，即：「自己做學問已遲，當令眾人皆做學問」。令利家最感動的《論語》名言是：

「可以託六尺之孤。」（出自《論語．泰伯篇》）

左近覺得，這一言或許是學者教給利家的。所謂大丈夫，是指親友臨終時，足可託付遺孤的男子漢。秀吉與利家幼年為友，成年任其主君。利家受秀吉之託，保護秀賴。必是《論語》中的這一句話，寄託著他自己的感慨。

「太可惜了。」

左近低語道。

「何出此言？」

三成問道。左近回答：

「是指加賀大納言。他老人家若能再能活十年，家康的手段就不敢施展了，可保豐臣家的安全不受危害。然而……」

「左近，不必歎息，還有我在！」

三成說道。

「正是。有我的主公治部少輔大人在！」

左近露出了微笑。此笑並非諷刺，而是事實。眼觀異常衰老的利家，已是風中殘燭。老人殂落之後，足可以為豐臣家驅除家康野心的能人，在有數的幾個大名中，惟有石田治部少輔三成一人。這一點，不僅左近，誰都看得明明白白。

秀賴驟然移居大坂之事一公佈，殿上與城下儼如發生交戰，一片騷亂。其後兩天，連深夜裡路上人馬也往來不絕。

三成身為官吏，能力超群。轉眼之間，將五六十艘座船集中到伏見。三成規定了陪同前往的人數，按預定計劃完成秀賴入住大坂城的大事。

留守伏見城的家康表態：

「為了送行，我也陪同前往大坂。」

家康和利家一起加入了陪同隊伍，來到大坂。家康在大坂沒有住處，夜泊片桐且元的宅邸。家康住在大坂之夜，流言傳揚，有人前來報告：

「有人策劃夜襲宿營地！」

片桐宅邸裡，人們手執長槍和火藥槍，徹夜戒備森嚴。長夜漫漫苦苦熬到黎明，便向伏見開拔。沿淀川大堤返回伏見的家康隊伍，約有二百人，火槍裝好引線，急急向前趕路。家康的轎子裡坐著替身，家康身穿粗衣，混在騎兵隊伍裡，剛過了枚方一帶，家康下令急行軍，一口氣跑回伏見城。

事後，聽說了家康這一舉動，倒使三成大驚：

「『風聲鶴唳，草木皆兵』見諸《晉書》〈謝玄傳〉，卻原來是寫家康的事啊！」

其實，三成一方並無夜襲和暗殺家康的計畫。

總而言之，政權中心移至大坂了。

問罪使

淀川水勢渺茫浩蕩，向西流淌。北岸鋪展著北攝平原；南岸高聳著巨城，即大坂城。

當時城內住有女僕五千人。僅此便可知曉其規模如何巨大。據說城裡可容納十萬人。秀吉在世時，外國傳教士見之，咋舌驚歎：這是君士坦丁堡以東最大要塞！

三成的宅邸位於城東北的備前島。嚴密說來，這不是島，是淀川中的一塊沙洲。河水沖刷著宅邸周邊，陡立的石牆緊臨水涯，宅邸外觀貌似小城郭。走出宅邸大門，河上架有大橋，即著名的京橋。過橋後是大坂城京橋口城門。佔據這位置的三成宅邸，儼然是保衛城東北的角樓。

「據岳父講，家康從去年十一月前後開始，令家臣奔走於大名之間，頻繁締結姻親。」

島左近對三成說道。他和三成由伏見遷來大坂宅邸的第三天，主從二人談及了這個話題。

「我也有耳聞。」

三成說道。這是殿上熱議的消息。但論者都半信半疑：

「難道這是真的嗎？」

人們覺得，家康再大膽，也不會犯下違法的事。
——禁止私婚。
這是豐臣政權重要的法律。條文這樣規定：
「諸大名家涉及婚姻大事，須獲得主上恩准，方可決定。」
毫無疑問，文祿四年（一五九五）八月頒佈之際，家康也署過名的。然而，秀吉辭世剛過數月，家康就隨隨便便踐踏了條文。據傳聞，家康正和伊達政宗、福島正則、蜂須賀至鎮這三家聯姻。此外，與加藤清正的聯姻尚未成為傳言。
不用左近說，三成就派密探去確認傳言真偽。數日後，一切真相大白。三成下城之後，即刻叫來左近，說道：
「那件事屬實。」
「哎！」
「老賊竟敢膽大妄為！」
三成神色不悅。首先，家康看上堪稱奧州之霸伊達政宗的適齡女兒，派井伊直政前往提親，最後定下，成為自己的六男忠輝之正室。
接著，家康盯上福島正則的繼承人福島正之。家康收養「侄子」松平康成的女兒，嫁給福島正之。
至於蜂須賀家，對象是名為至鎮的繼承人。小笠原秀政的女兒相當於家康的曾孫女，家康將她改為養女，嫁給至鎮。除了伊達政宗，福島與蜂須賀都是豐臣家譜代大名之最。家康巧妙地以姻親形式將他們拉攏過去了。
「不可饒恕！」
三成說道。
「老賊眼中已經沒有豐臣家了。左近，我來做！」
「做啥？」
左近習慣性地瞇著右眼。
「彈劾他。先君葬禮尚未結束，便在光天化日之下踐踏遺法。我這個奉行是否未盡職責？」
「呵呵……」

左近莞爾一笑。
「如何彈劾?」
「說服中老和奉行,遣人將眾人意見傳達給家康。」
「這樣做只是白費力氣。」
左近斬釘截鐵地說。家康絕不會因如此程度的抗議而驚詫。家康這樣的人,已經充分算計到三成會如此出手,必然備好了反擊手段。
「口頭抗議,根本無濟於事。」
左近表態。三成大大點頭說道:
「只有交戰!」
若不具備足以懲罰家康的兵力和決心,不以此為後盾,縱然寫下一百張抗議書,家康眉頭連挑都不會挑一下。但是面對關東年祿二百五十餘萬石的家康,十九餘萬石的三成,有能力挑戰嗎?
「我已心裡有數。」
三成說道。

家康與三成的戰鬥。可謂「頭腦戰」。又過了五日,一月二十日,在伏見的德川宅邸一室,謀臣本多正信說:
「三成那廝,正中了我們的圈套。」
「啊,中了嗎?」
「中了。」
正信點頭。他說的圈套,即通過頻繁的聯姻激怒三成,向三成發起挑釁,讓事態陷入戰亂。不發動戰亂,家康無法取得天下。這是家康與正信暗中採取的基本方針。
「總之,主上以外的四位大老、三名中老和五名奉行,以相國寺的承兌(別名西笑)和尚為使者,要來質問我家。根據主上的回答,要將主上趕下大老的職位。現實就是這般嚴酷。」
「誰送來的情報?」
家康岔開了話頭。
「藤堂高虎。」

「啊，是他呀。」

家康的臉上露出了略顯輕蔑的淺笑。藤堂高虎是秀吉一手培養大的大名（伊予板島城主，年祿八萬石），此間，這個莫名奇妙的人主動擔當德川家的間諜，及時送來殿上的情報。家康說道：

「世間真是什麼人都有。」

這類型的武士在源平時代和鎌倉時代不曾有過。（與其說是武士，不如說是老江湖啊。）

家康這樣認定。至少，在家康培養的德川武士團裡沒有藤堂高虎這類人。若存在，家康會毫不留情地趕走。

「沒換過七位主公，不能稱為武士」，藤堂高虎正是這種戰國末期武士的典型。他自選主家，打開始對主公就沒抱持著中世特色的忠誠心志。在喜歡中世武士道的家康看來，高虎是個有些費解的人。

高虎的履歷複雜。他出生在近江淺井家的家臣家裡。姉川一戰，淺井的家運驟衰，十七歲時高虎成為浪人，又侍奉近江阿閉淡路守。他看阿閉家的將來沒有大發展，不到一個月就逃之夭夭，寄身磯野丹波守秀家帳下，數月後離去。繼而侍奉織田信澄。信澄是織田信長的弟弟之子，其妻是明智光秀的女兒。信澄因本能寺事變而沒落。高虎辭別其家，轉而侍奉秀吉之弟秀長。

高虎如此頻繁跳槽，更換主公家，是因為他武藝高強。高虎任秀長家臣、攻打播州別所時，獲得顯赫功名，博得秀吉青睞，成為直屬家臣，年祿四千六百石。

其後，高虎的功名與其說來自戰場，毋寧說來自他的人際周旋才能。半生裡侍奉過六位主公的他，以熟諳人情的「聰明人」著稱於世。其能力特別長於調解人事糾紛，深得秀吉重用。

高虎具有特殊嗅覺。

（豐臣家一代必亡。）

秀吉尚處於全盛期時他就看到了這一步，因為秀吉無子。未久，秀賴出生，他又看出秀吉活不到秀賴成人，於是轉身投向家康。

有一件事，家康記憶猶新。秀吉病重期間，高虎來和他閒聊，說道：

「請把在下當做貴府家臣，同樣驅遣吧。」

此時的高虎正食豐臣家俸祿。

（此人有何居心？）

起初家康覺得此人蹊蹺，心中提防。之後高虎頻繁傳來殿上機密。終於，家康視其為珍寶，成為德川家不可慢待之人。平時，正信總說：

「藤堂大人是個值得感謝的人。」

適才高虎告辭之際，正信送他到玄關，高虎低語道：

「在下願與德川家共命運。若有在下能效犬馬之處，謹請吩咐。」

「高虎竟說出那種話？」

家康問道。他的心情不壞。高虎這樣嗅覺敏銳的人拋棄了豐臣家，把自己命運賭在德川家的未來。

「是個好兆頭。」

家康高興地說。

此處為冗筆。後來，藤堂高虎雖是旁系大名，卻被視作「大忠者」，和德川家譜代大名受同等待遇，身分大大提高，任伊勢津城主，年祿三十二萬餘石。

元和元年（一六一五）的大坂之戰，高虎與和德川家譜代大名井伊直孝同為全軍先鋒，在河內長瀨堤與大坂方面長曾我部盛親的大軍交戰，苦戰後打敗敵軍。此為先例，德川時代三百年間，德川家軍制規定，先鋒是彥根的井伊家和伊勢的藤堂家。幕末期「鳥羽伏見之戰」時，藤堂家也和井伊家作為幕府軍先鋒，開往京都，修築炮兵陣地於山崎臺地，與薩長聯軍對峙。然而，藤堂炮臺一夜之間叛變了，不僅叛變，還炮轟由鳥羽伏見方向敗走而來的己方會津藩兵、新選組、幕府步兵，決定了德川方面的敗北。當時敵我雙方都對藤堂軍頗有惡評：「藩祖高虎的人品和手段，好似滲入了藩風之中。」

三成作為揭發者，對德川的聯姻事件立即實施行政處理。迅速、且以快刀般的鋒利，運作此事。

（恐怕三成會如此出手。）

家康與正信看到了這一步。他倆深知正義意識過剩的三成的性格，可謂特意設下圈套。家康覺得現階段最理想的就是盡可能讓事件叢生，豐臣家如果平穩無事，那就什麼事也辦不成了。

藤堂高虎通風報信的翌日，即二十一日，大坂來的問罪使進入伏見的德川宅邸。三名問罪使是豐臣家的中老：生駒親正（讚岐高松城主，年祿十七萬餘石）、中村一氏（駿河府中城主，年祿十七萬五千石）、堀尾吉晴（遠州濱松城主，年祿十二萬石）。此外，還跟著一位老僧，即相國寺的承兌。三名問罪使都是武將，無學無識。三成擔心他們難以進行思路清晰的議論，選承兌為「善辯員」。豐臣政權的高官之位，幾乎都被無學無識者佔據。故秀吉很早就將飽學的禪僧置於自己身邊，用於撰寫解讀與明朝、朝鮮之間的外交文書，承兌是其中一人。

承兌來到家康面前，高聲說道：

「敬告內府大人，自去年太閤殿下歸天以來，內府大人的舉動——令人費解。尤其是與諸位大名的聯姻。」

禪客承兌的聲音都有些顫抖了。大概是怯懼家康的威儀。與承兌並列的三名中老，儘管是身經百戰的老將，來到家康面前卻臉色蒼白，眼神無力，微微低頭，不帶問罪使的派頭。

承兌口頭陳述的結尾，這樣說道：

「對此的回答，若不分明，內府將從十人班列（五大老、五奉行）中開除。」

陳述完畢，承兌無力垂下了雙肩。

「拜聞意外事件。」

家康綽有餘裕地回答。

「確實，我承認聯姻一事有過錯，但稱此為有叛逆之心，是何道理？」

家康臉上失去微笑，眼神銳利，逼視四名問罪使。

「請回答！」

家康以帶有膛音的聲音問道。四名來使膽怯地視線朝下，緘默不語。

「我不說無證據的事。說什麼將我從十人班列開除，而命令我輔佐秀賴公的是故殿下。列位想放任私意，違背故殿下的遺志嗎！」

「沒、沒有的事。」

承兌慌忙擺手：

「剛才說的，是在大坂受命帶來的口頭陳述，並非我等在內府大人面前說三道四。不過，聯姻之事我等知道。內府為何無視遺法，做出那等事來？若能弄清事情原委，我等的任務就算完成了。」

「忘了。」

家康恢復了微笑。

「粗心大意，忘了遺法。老了，忘性太大。」

僅此而已，問罪使草草離開家康宅邸，返回大坂。

至於伊達家、福島家和蜂須賀家，也派去身分相應的問罪使，回來後都報告了結果。關於違法一事，深刻道歉的只有蜂須賀家。至鎮在問罪使前雙手抵席，低頭說道：

「我等晚輩低祿，難以拒絕內府的命令，明明心懷顧忌，卻無可奈何地承諾下來了。」

伊達政宗以權謀豐富著稱，他的回答充滿了智巧。

「媒人是堺的商人今井宗薰。宗薰是個商人，大概不曉得遺法吧？責任完全在他，要指責就去指責宗薰。」

伊達政宗強調自己完全沒有責任。

福島正則的回答則吻合他那過激的性格，豈止是迴避責任，還袒護家康：

「內府無罪！因為聯姻不是內府找我，是我主動找人家商量的。」
問罪使詫異，問道：
「理由呢？」
「理由啊，」
福島正則思考了片刻，狡辯道：
「我和故殿下是表兄弟，和秀賴公是親戚，允許我用羽柴姓，續為一門的後裔。因此我和家康大人結親，是為秀賴公好，是為了豐臣家江山萬萬年，才這樣做的。」
這件事，並未就此不了了之。位居第二的大老前田利家，大怒道：
「內府說了厚顏無恥的話！」
根據事態發展來看，為做好交戰的心理準備，利家向駐在大坂諸將下達了備戰令。於是大坂和伏見兩城街道上，兵馬往返奔跑，已經到了戰鬥一觸即發的邊緣。

評價

「三成是個勤奮敬業的人。」

幾天前，家康曾對本多正信這樣說過。

（確實，說得挺準。）

正信老人表示贊成。家康說的「勤奮敬業」，是指對事物敏感謹慎，片刻不休閒，一個接一個地研究手段。家康用「勤奮敬業」一詞來表達三成的性格。

「人品挺有趣的。」

家康似乎一邊擺弄三成於舌尖，一邊想品味其資質。家康又說道：

「秀吉也有類似之處。秀吉早在任筑前守時，就足智多謀，手腳時時不得閒，忙於琢磨各種高招。但如果此刻必須等待，秀吉的耐性甚至可以等到大地腐爛。三成卻不具備這一點。」

「由於過度機敏吧？」

「是的。」

家康欣然點頭，說道：

「三成過於機敏。如果我方接二連三激怒他，他就會對我等的初衷接二連三做出回應。這盤棋一步步可以下得津津有味。」

與大名聯姻一事，就是家康所說的激怒三成的一步

棋。激怒三成，令他建立「反家康黨」和「三成黨」等黨派。若冠以道義性的名稱，也可稱其為「正義派」或「恩典派」。這是家康的目的。他說道：

「將豐臣家一分為二。」

此可謂家康取得天下的基本方針。將豐臣家一分為二窩裡鬥，家康暗中支持一方，將其攏為自己手下，然後穩坐其上，再奪取天下。

「要想分裂豐臣家，三成是最佳刺激對象。」

「正是。他是個奇妙的人。」

正信此言意思是，在靠利害計謀處世的當今大名之中，三成堪稱「妙人」，他靠觀念為人處世。道義、道理、正義、恩典，諸如此類的觀念驅動著三成。家康一刺激這些觀念，妙人三成就會跳起來活動。

「加賀大納言大人如何？」

「那個老人平素憎恨三成。」

家康說道。正信卻左思右想，他認為家康的觀點太單純。前田利家受秀吉之托，保護秀賴，利家的心情異常感傷。他每日或望著秀吉遺言書流淚，或喚來學者給他講授《論語》。興許由於衰老日甚，形象狀態非同往常。

「利家若接受三成的建議，任一黨之首，恐會奮起反抗主上。」

家康說道：

「據來自大坂的小道消息，利家衰老，病勢日篤，死期逼近。這種老人怎麼幹也鬧不出大氣候來。」

接著，二人推測今後倘若發生事件，誰可能加入三成一方，誰可能奔向己方。

「加入三成一方的有……」

本多正信屈指計算：「大老隊伍裡的宇喜多秀家和上杉景勝很頑固。而毛利輝元、佐竹義宣、小西行長、長曾我部盛親，剛繼任家督，暫且不好說。」

「有道理。」

家康一一點頭，又問道：

「誰能奔向我家？」

「福島正則、伊達政宗、黑田長政、藤堂高虎、有馬則賴、京極高次、田中吉政、織田長益、金森長近、堀秀治……」

正信屈指數著，最後說道：

「加藤清正。」

「為何最後數到清正？」

「此人與細川忠興、前田利家近密。利家老人若站到三成一方，與主上近密的清正必將處於痛苦的立場。」

「但是他不至於不來我方。」

「當然，道理歸道理，利害歸利害。對病臥死床將來無望的利家盡義，拋棄了關鍵的主上，清正那廝不會有如此膽量。」

「彌八郎。」

家康對正信說道：

「加藤清正、福島正則這兩人，自幼被故太閤恩養成人，可謂豐臣家譜代大名之最。此二人若來我方，天下人都會這樣揣想：連主計頭（清正）和左衛門大夫（正則）都站到德川大人一邊，德川大人一定不會捨棄豐臣家。他們這麼判斷，會感到放心。於是，豐臣家的其他大名也會安心加盟我方，這是人心所向。能否奪取天下，取決於能否將清正和正則拉攏過來，此事一點也不能含糊。」

「已做了很多安排。不過，此二人裡，正則傻呵呵的，清正略有點智慧。事後若發現被利用了，恐會發生討厭的騷鬧。」

「此一時，彼一時也。」

「有道理。」

正信笑了。確實，要賭就不能考慮後果。按正信的計謀，先向這兩條別人家獵犬投以充足的食餌，令其親近德川家，以此驅逐三成；將來無用了就毫不留情殺掉。此二人起的就是這種作用。

（時勢變動，需要各種角色。傻瓜當傻瓜用，狂人當狂人用，這樣安排角色，才堪稱名將。）

家康與正信不約而同都是這麼考慮的。

基於如上背景，伏見的德川家迎接了來自大坂的問罪使。問罪使到來的早晨，家康先將譜代大名本多正信、井伊直政等召集到宅邸裡，命令道：

「準備交戰！」

眾人詫異。

「何故如此？來者是和尚承兌與三名中老生駒、中村、堀尾，怎可能帶領兵馬來？」

「按我吩咐的做！」

家康不做解釋。在他看來，此乃顯示備戰，要端起故意鬧事的架勢，向大坂挑釁，盡可能也讓大坂備戰，以激化豐臣家的內訌。家康想以此確認一下三個派別，即彙集到己方者是誰，站到敵方者是誰，中立者又是誰。

伏見宅邸頓時騷然。周邊圍上了竹柵欄，院牆的每個角落都架起了角樓。宅邸裡的人連雜役都全副武裝。不消說，僅靠伏見宅邸，萬一和大坂交戰，人數不足。家康立刻遣急使去江戶，命令派援兵來。

就在這般騷亂之時，承兌、生駒、中村、堀尾四名問罪使來到了伏見。

秀賴去了大坂，但伏見城下仍留下部分大名。秀賴遷往大坂之際，利家強烈要求：「留守伏見的，除了家康大老，其餘大名全部移居大坂！」

一群大名回答：

——準備好了就搬家。

他們滞滞泥泥，依然住在家康留守的伏見。他們的策略家康也搞不明白。他們留下的目的，大概是打算等大坂一旦與伏見的家康破裂，能夠飛快跑到家康帳下吧。但不掀開蓋子細瞧，難曉他們的本心。

（權且視為德川黨。）

家康心裡這樣思量。所謂非法滞留伏見的大名有十幾人。以加藤清正為首，還有黑田長政、細川忠興、福島正則、加藤嘉明、有馬則賴、伊達政宗等。今天早晨，他們都從自家突然望見德川宅邸周邊各處架起了角樓，全員皆兵。

「哎喲，要和大坂交戰嗎？」

大名們各自集合人馬備戰，跑到家康宅邸。

「主上，清正他……」

本多正信訪家康於宅邸裡間，耳語了片刻。

「啊，來了嗎？」

「來了。帶領百餘人，言稱『保護貴邸』，在大門警戒森嚴。」

家康輕蔑似地哼鼻而笑了。

「一個有意思的人。大夫（正則）也來了嗎？」

「是的。他們言稱警備後門，也帶百餘人，正在路上巡邏。此外，還有加藤嘉明、細川忠興、黑田長政、伊達政宗。有馬則賴父子倆都來了。」

「你再說一遍！」

「是。」

正信又重複一遍後說道：「接見他們，如何？」正信瞳孔閃出紅光般凝視著家康。他特意使用了「接見」一詞，涵義是豐臣家的諸將轉身一變，眼下成了家康的家臣。

家康對正信故意的失言回以微笑。他也想用一下這個有著鮮豔刺眼色彩的詞語。

「接見嗎？接見他們也可以。」

之後，問罪使來了。會談一小時許結束了。

問罪使撤走後，關於態勢驟變的各種諜報不斷傳進家康宅邸。入夜後，情報內容歸納清楚了，一派大戰在即的氣氛。前田利家拖著病體，帶著一應物品，進了大坂城裡；毛利輝元、上杉景勝、宇喜多秀家已將火槍隊拉進城裡。至於石田治部少輔三成，他已經在政務室裡冥思苦索戰鬥部署方案，連糧草都在計算之中。

「有意思。」

家康對正信說。照實說來，大坂若真湧來了兵馬，家康一方人少力弱，確實不堪一擊。但江戶遲早能派來援軍，在江戶兵馬抵達前，必須充分採取懷柔手段，攏住眼下來到宅邸擔任警備的諸將。

「去見見他們。」

家康對正信說道。不過，在大廳一次接見全體顯得情薄，而且難測真心。於是家康補充道：「在裡間依序會見致謝。你就這樣安排吧！」

第一個進來的是黑田如水之子、豐前中津食祿十八萬餘石的甲斐守黑田長政。戰場上，和把握戰機指揮進退的決策相比，這位猛將更擅長親自上陣莽撞衝殺；但在平時，長政琢磨計謀的智力遠超過思考戰事。此年一月，長政已三十二歲了。在少壯大名中，他很早就靠近家康，並將福島正則拉到了家康一邊。家康聽說過長政此舉。

「蒙登門來訪，不勝感謝。」

家康低頭，誠懇致謝。

長政回答：「折煞我也！」他搖著異乎尋常的腦袋，臉上沒有陰影，像個好人。長政多少有點口吃，張了好一會兒嘴，才說出從自家大坂宅邸送來的情報：

「看態勢，今夜就要向伏見殺來。」

「啊。」

家康臉色陡變。家康自幼一遇到意外事態，臉色就掩飾不住變化。有時拼命咬指甲控制。長政湊上前，建議道：

「轉移到距這裡四里八丁外的近江大津城，如何？在下已和大津宰相（大津城主京極高次）說好了。捨棄這座不安全的宅邸，如何？」

（最好。）

家康心裡這樣認定。待在大津城等待江戶兵馬馳援，無疑是此刻最安全的決斷。然而，家康又改變了主意。像換了個人似地容光煥發。他說道：

「甲州（長政）大人，感謝掛慮。轉移至大津城，人們會說家康懼敵，逃離伏見。若流傳這般名聲，我則不能作為武將施展軍威於天下。我依舊住在這裡，才是良策。」

年少的長政啊了一聲，感歎家康老練的智慧與膽量。退下後，向待在休息室裡的諸將轉述了此事。

「惟有衝出了戰亂時代的人物才說得出這番話。」

休息室裡的細川幽齋說道。幽齋乃忠興之父，在兒子的俸祿之外，他單獨領取年祿四萬石，任丹後宮津城主。

「內府說了，名聲一旦低落，很難籠絡人心，人也不好調動了。」

長政補充說道。

接著，加藤清正與加藤嘉明出現在家康面前。

「辛苦了！」

家康板著面孔，與接見長政時不同，臉上微笑消失了，態度非常傲慢。家康覺得對待清正這樣的武夫當示以威嚴。

「聽說大坂鬧哄哄的。」

家康微微晃頭，神情困倦地說。那樣子好像覺得面前的人毫無價值。

「那件事，主計頭，可有耳聞？」

「哎，有的。所以在下前來擔任警戒。」

清正還想往下說。見家康漫不經心，感到迷惘，到嘴邊的話又吞了回去。

「治部少輔策劃著要滅了我。」

家康說出了清正最討厭的名字來刺激他。接著命令近侍拿來一套洋式甲冑，這是由西班牙進口盔甲改造成的日本式甲冑，頭盔和鎧甲銀光閃閃。這是家康喜愛的甲冑之一，但他只披掛過一次。

「主計頭，左馬助（嘉明），二位對這套盔甲有何印象？」

「啊？」

二人挺起腰來。

「你倆參加過天正十二年（一五八四）的小牧之役嗎？」

「小牧之役」通稱「小牧．長久手之戰」，是信長死後秀吉在爭霸天下過程中發生的戰役。當時秀吉的敵手就是德川家康。最後家康軍大捷。

「我在那場交戰中……」

清正不覺垂下了頭。話題涉及自己的故主秀吉畢生僅有的敗戰，他心中不悅。

「那時我還年輕，首次帶五百火槍手和二十名騎馬武士上了戰場。」

在撤退戰中，清正與堀尾茂助——即堀尾帶刀先生吉晴，現任遠州濱松城主，年祿十二萬石，此前擔任過問罪使——主動請纓殿後，待主力軍撤退他們惡戰苦鬥退去。

「小牧之役之際，我穿戴的就是這套盔甲。」

家康說道。二人低下了頭。加藤嘉明在那次戰鬥中任偵察兵頭領，眺望過家康軍陣地。當時，家康穿戴的恐怕就是這套盔甲。

「由於打敗了英勇善戰的故太閤殿下，我特別珍惜這套盔甲。現在從箱子中拿出來修補。正趕上聽說大坂的黃毛小子們要鬧事。我再披掛它，重顯小牧之役的威風。二位有何感想？」

這是恫嚇。二人束手無策，回答道：

——何人敢和大人交戰。

這一段對話，後來成了廣為流傳的話題，傳到了大坂。德川家諸將尤喜興致勃勃議論之。

（在內府面前，連清正都嚇得臉色刷白呀！）

聞聽者膽戰心驚地這樣想像著。

家康繼續巧妙地為自己製造聲望。

暗殺

一個行商飛快走過大坂城的京橋，腳下生風。各城門門衛的眼睛都緊跟其行蹤。

（他是何人？）

眾人都這樣懷疑，因為那人的行動異常敏捷，不像普通商人。須臾，那人戴著斗笠站在石田宅邸前，要向門裡走去。

「你是何人？」

門衛喊他站住。他還是颼颼快步往裡走。一個門衛咻地投去一根木棒，想絆住他雙腿。那人一跳，躲了過去，利索地掀起斗笠，齜牙笑道：

「是我！」

觀其步態，像個年輕小夥。但斗笠下的臉龐已初入老境了。

「啊，島大人！」

門衛一喊之際，這位石田家家老島左近的身影已經進了宅邸。他洗了手腳，令家臣拿來衣服，換上了。左近的家臣誰也不知主人去了何處。左近在小書院拜謁了三成。

「一路平安否？」

三成的表情輕鬆下來。左近潛入京都和伏見調查

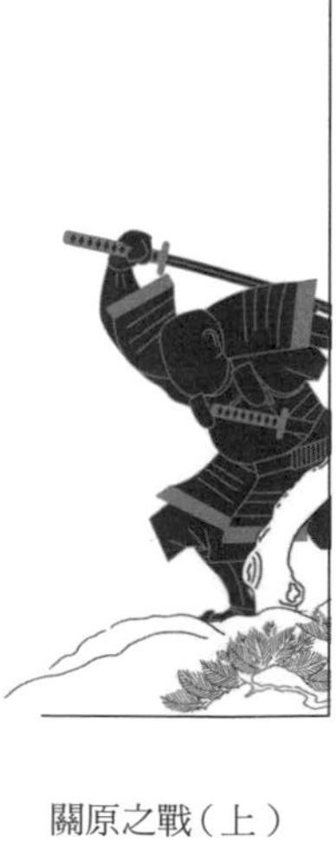

情況。親眼偵察之後返回了大坂。

「情況如何？」

「鬧騰著要發動戰爭。」

左近回答。

左近看到的確是大戰前夜的緊張態勢。原因是這樣的，家康誇大宣傳道：「大坂的大老前田利家和奉行們正在備戰。」並派急使至江戶搬兵，命令率大軍馳援。

——呀，伏見要開戰了！

整個江戶沸騰起來了。家康之子秀忠的部將榊原康政，立即率輕兵七千經東海道，一路疾行，奔向伏見。榊原康政時年五十二歲，長著一張土包子臉，沒什麼文化素養，僅會寫自己名字。他生於三河榊原村，少年時代就侍奉家康身邊，一貫機敏，轉戰各地，有著名副其實的身經百戰軍功履歷。

榊原康政精明機智。大軍抵達近江膳所，伏見的同僚井伊直政遣來急使慰問：「感謝到來。」並介紹情況：「目前情勢尚不需要動用弓箭刀兵。」

康政大喜，說道：

「是嗎？沒誤事吧？但是，若真和大坂方面開戰，這點兵力無濟於事。大坂方面會蔑視我們。我這裡須再略施小計。你回去代問主公安好！」

康政打發來使回去了。大軍駐紮在膳所和大津之間，關閉大津與草津間的關卡，旅人大驚。康政讓家臣在驛站一帶發佈命令：

「伏見要發生戰爭。大津與草津的關卡三日內禁止通行，這是秀賴公的命令。聽明白了，三日裡，大津方面的人不得進入上方地區！」

驛站一帶陷入混亂。經東山道和東海道進入上方地區的旅人，無論士農工商，一律止步，於是這附近的草津、土山、石部、水口各地的旅舍人滿為患。第三天，滯留行人已達數萬了。第三天午後兩點，康政下令同時打開所有關卡，往京都和伏見方面的人蜂擁而出，不啻海嘯，看似大軍。

康政的七千人馬，馬標、大旗、小旗迎風飄揚，混雜於行旅人群中前行。不僅如此，康政一見到體弱者就給許多錢，命令道：

「你們拿這錢去買些米糰子什麼的吃吧！買的時候嘴裡一定要說：『江戶內大臣大人發來六萬大軍，後勤運糧馬隊配合不力，軍糧不足，只好用現錢當地買飯吃。誰賣吃的，我買！』就這麼說，聽明白沒？不是說一家兩家就完事，你們要走到哪裡、說到哪裡！」

這消息傳到大坂，內府大軍人數就變成了數十餘萬，對駐在大坂的大名震動極鉅。左近感到不可思議，立即化裝，溯淀川而上，前往伏見和京都偵察，剛剛回來。

（家康方面的計謀真是了不得。）

如實說來，左近有這般感觸。誠然，大坂方面的三成等指責家康的違法聯姻政策，並以「視其情況，訴諸武力」相威脅，家康卻巧妙利用了這個威脅。大坂的戰備尚未完妥，家康卻小題大做，誇大事實。駐在伏見的加藤、福島、黑田、細川、有馬諸將都被策動起來了，慌忙跑到德川宅邸。而且，此事又成為江戶發來大軍的口實。

伏見的家康已非昨日的家康了。他擁有強大的軍事力量，以此為背景，開始與大坂對峙。

此外，根據左近在城下的耳聞，家康趁亂取勝，妙施奸計。

前述的堀尾吉晴，是豐臣家的中老，作為大坂的使者，任問罪使去過伏見。事後，堀尾奔走於大坂與伏見之間從事調停。家康對堀尾說：「我曉得你很辛苦，將越前府中六萬石，加封與你！」並給了他加封證書，當然，越前國府中並非家康的領地，而是豐臣秀賴的直屬領地。家康作為豐臣家的首席高官，他蓋私印，割主公土地送給了他人。

得到土地的非止堀尾一人。還有美濃金山城主、年祿七萬石的森忠政。忠政是與織田信長一起戰死本能寺的著名武將森蘭丸的么弟，受到秀吉拔擢，官至從四位下侍從，獲賜性羽柴，通稱「羽柴金山侍從」。恰巧此次騷動之際，森忠政來到伏見宅邸問候家康。家康說道：

「侍從，你到這邊來。」

家康把森忠政領入另一房間，把一份蓋有家康朱印的證書送給了他。

「此為何物？」

森忠政詫異。家康揮手，說道：「保管好，絕非負擔。」

森忠政退出，仔細觀瞧，是加封信州川中島二萬五千石的證書，非同小可！堂堂蓋有家康私印。不言而喻，信州川中島是豐臣秀頼的直屬領地，並非家康的領地。

「是個什麼東西！這豈非盜賊嗎?!」

三成渾身顫抖。

「雖是盜賊，卻是有智慧的盜賊。」

左近神色暗淡。平心而論，論智慧，主公三成相當有自信，若論奸智，他不及家康。三成在大坂越鬧喊，越活動，伏見的家康就越巧妙抓住時機，不斷反過來再將一軍。三成聲稱「不惜訴諸武力，懲罰家康」，家康則以此為口實，雷厲風行，江戶調兵。大軍一到，必有聲威。

家康仗勢，開始蓋私印，不斷將豐臣家的領地送給他人。

「如此無法無天，豈可饒恕！」

三成說道。左近保持緘默。三成若憤慨地出了下一招，等待中的家康必立即還手，並且會使出更加可怕的手段。

（已經是動輒對我方不利了。）

左近這樣暗思。他呻吟似地說道：

「大人，已無良策了。」

「不，良策俯拾皆是。」

「停止較勁吧。大人越動腦筋出高招，家康越從口袋裡取出險惡計謀反擊。自太閤歸天以來，總是大人您繞著家康打轉，而家康只是端好架勢，轉動眼珠運籌帷幄，便日益肥壯起來。」

「左近，你怕了？」

「不怕。而是想開了。要對付這個蒸不熟煮不爛老奸巨猾的大毒蟲，只有一個辦法。」

「何種辦法？」

「暗殺！」

言訖，左近垂下了雙肩。當時，左近與信州的真田昌幸、上杉家的老臣直江山城守兼續名聲相埒，人稱「天下三大兵法家」。

指揮大軍進退馳突無人可及，這叫戰略家。放刺客搞暗殺，這不是戰略。

「我不願這樣做。這等於坦白我方沒有軍事力量和才智。我不想動用暗殺手段，但若不結束那老賊性命，讓他活下去，秀賴公的天下自然全成為他的了。」

「不願這樣做。」

「指暗殺嗎？」

「正是。」

三成簡潔回答。

「這不是大丈夫幹的事。更不是一介武將應採取的手段。左近，你讀書不多，我讀了不少，知道書是可怕的東西。它流傳百世，若用暗殺，遭百世笑話呀。」

「那麼，如何是好？」

「野戰！」

三成說道。

「堂堂正正一決雌雄。擊鼓，軍旗前進，活用最良計謀，與那老賊交戰，戰勝他！於是，現在與後世將會知道正義必勝的道理。」

左近一言不發。他愛三成，願為此人而死。但三成那無可救藥的「觀念主義」，左近無論如何也喜歡不起來。
（凡事只用腦袋考慮。）
左近歎氣看著三成那外貌特徵顯著的「長形頭」，心中這樣想著。三成總使用「正義」、「義理」等人們聽不慣的陳腐儒學用詞，受那種漢語概念操縱，據此思考事物。想出的方案全都飄在空中，脫離現實。
（人因利害而動，非因正義而動，必須看到這一步。）
左近這樣認定。左近沒有學識，仁義禮智全然不知。他認為那些道德是治世哲學。如果天下秩序整然，那種觀念論對旨在維護秩序的政道大有必要。
（然而在亂世是靠別的來控制一切。）
左近認為，人、世間和時勢，全都由利害與恐怖驅動。跟隨幼君秀賴於己有利？還是跟隨關東八州之主家康於己有利？大名心中僅為考慮此事而閃動著眼光。想保存自家的欲望與恐怖相連——意即，如果盡忠幼君，自家恐會滅亡。
（這時，正義是天真的。）

左近這樣斷定。三成向家康派去了問罪使。當時左近反對此事。僅靠正義來譴責家康的非正義，無論怎樣譴責家康也不會震怖，世間也不會發生什麼大騷亂。
（本來，亂世因強弱而變，不因善惡而動。無論你如何高呼家康是壞人，人家也不會跟從你的。）
三成說道。
「左近。」
「放刺客之類的做法，作為戰略家，可謂自殺。」
「也許是吧。」
左近不得不這樣承認。面對以關東二百五十餘萬石實力為後盾的家康，擔任十九萬石的大名之家老的左近，除了搞暗殺，別無章法了。
「不著急，遲早要伸張正義，召集兵馬。」
「首謀是主公尚可，主將也是主公，那可就沒人聚來了。」
「推舉利家老人為主將。」

三成說道。借用前田利家的人望和威信，招集人馬。前田利家年祿八十一萬石。不僅如此。三成還推測上杉和毛利也會站到己方。豐臣家的大名，年祿百萬石以上者有德川、毛利、上杉三家。

毛利中納言輝元一百二十萬餘石。

上杉中納言景勝一百二十萬餘石。

再加上前田家的八十一萬石，超過三百萬石，足可以與二百五十餘萬石的家康交戰。

「胸有成竹。」

三成說道。左近依然表情不悅。

（那都是別人的俸祿，集中得起來才能交戰。將其集中須有人望；而這位主公沒有呀。）

——因此，必須搞暗殺！

左近這樣強調。

大坂與伏見的對峙依然持續著。

三成每日去可謂大坂方面首領的利家老人家，到病榻邊問候。他想，這位德高望重的老人倘若過世，一切便都付諸流水了。

然而，還有一個人每日前來探望利家老人，那就是細川忠興。他和加藤清正、淺野幸長是同夥，屬於「反三成派」。加藤、淺野、細川這三人都既是「家康黨」，又是「利家黨」。

某日，三人聚首議事，得出如下結論：

——家康大人與利家大人如果不和，一旦開戰，我們靠向哪方為宜？做出選擇極其痛苦，莫不如讓他倆和解。

於是細川忠興任代表，去前田家活動。前田家長子名曰前田利長，是久經沙場的人物，官至從三位中納言，與細川忠興年齡相仿，二人關係不錯。忠興向利長說了此事，利長表示贊同。利長是兒子，與秀吉關係淡薄，對待豐臣家不像父親那樣感傷。

（不消說，如果老父總是開口不離故太閤，會誤家的。）

利長當然這樣判斷。他對老人說：
「人們說，同任豐臣家的大老，父親與家康大人總是互鬥，於秀賴公不利。我也有同感。」
「那麼，如何是好？」
「二人會晤一次，如何？」
「已派人送信了。」
利家答道。確實，利家已向家康多次派出使者，送去口信：「懇望蒞臨大坂，秀賴公也想見家康大人，見面後，話說開了，誤解會立刻消除。」
——啊，我去。
家康每次都這樣表態，話是這麼說，但沒有來大坂的跡象。
「現在是家康不來。」
利家好像唾棄似地說道。
「那麼，父親去伏見，如何？」
「傻瓜！罪在對方，該是對方來。」
「若是那樣，此事永遠不得了結。」

利長苦勸父親，數日裡多方說服老人，利家終於答應拖著病體，前往伏見。
——利家老人為了和解，要去伏見。
對三成來說，沒有比這消息引發的事態更具衝擊力了。苦苦指望利家出任主將，這希望倏然消失了。三成不能制止利家的行動，他是大老，三成不過是一介奉行。加之，二人的關係原本就沒達到無所顧忌、暢所欲言的地步。
慶長四年（一五九九）一月末這天，三成相當茫然地熬過去了。

向島

——那麼，我去伏見。

前田利家下定決心後，衰老引起的病症戲劇性地更加嚴重了。只能喝稀粥，形銷骨立，皮膚明顯變黑。侍醫苦苦勸阻：

「不可外出。」

「反正我這身子也熬不到花開季節了。既然如此，我能獻給已居冥土的太閤的禮物，就是親眼仔細看看身居伏見的盜賊（家康）以何種嘴臉琢磨著奸智惡謀。」

利家自從擔任織田信長的小姓以來，便是個勇敢的舞刀弄槍之人，並非謀略家。他堅信，將這樣的自己提拔為大納言、大老和加賀國主，年祿八十一萬石，全靠已故秀吉的友情。

確實，秀吉喜愛利家身上這當代罕見的忠義規矩、篤實和直率。

（豐臣家的未來，惟有指望這位老人了。）

秀吉生前一直這樣思索。因此，每次提拔家康，利家老人的官階也隨之高升。可以說，他獲得今日的地位，靠的不是才氣，而是他那恪守規矩的忠義。

衰老臥病之後，利家的忠義好似帶有一股鬼氣。

「我從武一生，討厭治部少輔那樣才華橫溢的傢伙。」

他時常這樣說，卻也歡迎三成登門拜訪。

（我有點討厭這小子，但我死後，豐臣家也只有靠他了。）

利家這樣思量。利家拜訪家康，也是其「鬼氣」的表現之一。他一直咒罵家康是「盜賊」，卻因這賊廝不來大坂拜謁秀賴說明事理，就決定自己折腰前往。

「一切都為了秀賴公。」

他對左右這樣說，對自己也這樣說，強行控制著自己的真實感情。

（我親往伏見，家康為了答禮，也不得不來大坂。來了大坂，見了秀賴公的面，家康倘還是一個人，情感會變化，一定能拋棄篡奪天下的野心。）

這是利家的預想。謹守規矩的忠義者利家以己度人。

「利家大人去伏見，作為答禮，家康必來大坂。到那時就動手。」

左近在思考暗殺計畫。三成若繼續反對，自己就一人潛入家康宿處，斷了這老賊謀略的總根源——生命。

（因此，惟有祈盼利家大人前往伏見。）

左近就是左近，他以這種意義來期待老人的伏見之行。同時，既是「家康黨」又是「利家黨」的武將加藤清正、細川忠興、淺野長政和幸長父子等，對兩巨頭的不和也極度困擾。

（如果家康和利家開戰，我們當然跟隨家康，但也不忍心捨棄利家老人。）

於是，期待老人訪問伏見。偶聞利家病情加重，便驚慌起來。他們分別派使者去大坂探望，確認利家的病體狀況：

（到底是能去，還是不能去呀。）

現在，利家明確表態：

「我去。」

他有了心理準備，一言既出，縱然成鬼也要去的，利家就是這樣的一個人。日期定在一月二十九日，此事已經通知了伏見的家康。

不覺到了出發的前夜。為了這次伏見之行煞費苦心的長子、中納言利長，很擔心老父的病情，又掛慮不知家康在伏見會對父親幹些什麼，於是進病房說道：

「父親，明天的事，我也隨行。」

「笨蛋！」利家苦笑著說：「你不懂我的心嗎？」

他命近侍拿來岡崎正宗打造的短刀，老人颼地拔了出來。

「明天我帶著這把刀去。家康十之八九會殺我。我準備赴死。雖說我的色身（肉體）衰弱了，但也不是能輕易殺死的。我要不斷鑽過敵方人群，至少讓家康吃我一刀！」

「父親大人！」

「我有心理準備是去送死的。你也跟去了，前田家父子倆就全亡了。你若得知我在伏見遇害，就在大坂召集兵馬，展開憑弔會戰。正是為此才把你留下來的。」

「但是，家康大人他……」

「哎呀，現在還不知道家康會做出何種事來。你從忠興嘴裡聽的都是些好話吧？那人從太閤薨逝之夜起，就變了個人了。」

利家又說：

「我被殺了更是好。我若在伏見被殺，豐臣家諸將不會保持緘默，必會擂起戰鼓，攻打家康，蹂躪他於馬蹄之下，揚長而去。我倒是期待事態如此發展。為死而去伏見。我這把老骨頭，要想聊報故太閤的遺託，惟在此時。家康老賊也許不殺我？……」

最後，利家呻吟似地說道。

翌日，太陽還沒出來，利家就開始溯淀川而上。

利家搭乘的座船圍著印有梅花家紋的幔帳。船舷拴著幾十根纜繩，兩岸縴夫群拉著繩頭。遵從利家的意見，沿著兩岸行進的前田家人數極少。途中在橋本住了一夜。駐在伏見的諸將，前來驛館迎接，絡繹不絕。加藤清正和細川忠興也在其中。

「哈——哈——」利家高興地高聲喊著，接受每一個人的問候，說道：

「我琢磨各位何故還待在伏見，以為忘了我這大坂老頭兒了呢。歡迎，歡迎！」

這聽起來是諷刺色彩很濃的話，但出自利家這武夫之口，聽不出那種感覺，眾人像有發自肺腑的喜悅。

翌晨，離別橋本。前來迎接的諸將帶領的儀仗隊沿著河堤前進，十分壯觀，利家的座船則航行於河面上。利家從大坂帶來的二十名弓箭手留在橋本。他命令道：「萬一有事，你們與中納言（利長）會合，攻擊伏見！」

隨行武裝隊伍中，長槍兵僅十人，安著長柄的十挺槍高高地直刺長天，行進在堤壩上。伏見漸近了。這時發生了一件奇妙的事。上游一葉輕舟，順流而下。

——那是怎麼回事？

座船上的人們站了起來，嘈雜之間發現小船只坐二人。再靠近一看，明白了，竟然是德川家康！利家下令：

「停船！」

利家等待輕舟到來。利家打開船上拉門。俄頃，輕舟慢慢靠近了，家康只帶著剃著光頭的有馬法印一人。

家康的裝束很鄭重，一身蔥心綠武士禮服。僅僅看一眼他這副形象，利家心中就「啊」了一聲，不勝感歎。家康按照利家的大納言級別，正式接待之，作為接待方的主人，專程行船一里許，前來迎接，這是何等重禮！

不僅如此。家康不帶隨從，只領有馬法印一人，一副毫無警戒的姿態。這巧妙的表演，示明沒有加害利家之意。

（對方可是那種人，或許是計策，企圖讓我方鬆懈戒心。）

家康的輕舟緊靠在利家的座船船舷，二人分別在大船與小舟上相互行禮。家康弓腰致謝：

「貴體有恙未癒，卻專程自遠方來，千恩萬謝！今日旅途勞頓，先到伏見府上寬鬆歇息。明天貴轎再蒞臨寒舍吧。」

利家從拉門裡探頭答謝：

「不必了。今日船到伏見後，由碼頭直奔府上。」

「那麼，我先行一步了。」

家康讓縴夫拉繩，快速返回伏見。作為主人，他須安排一應接待事宜。

未久，利家在伏見上了岸。他吩咐道：「隨從衛兵五名、刑部一人，六人即可。」

家臣們個個緊張得臉色刷白。家老土井豐後和奧村伊賀偷偷鑽入熟識的民家，化裝成百姓模樣，懷揣短刀，以決死的心志在德川宅邸周圍警戒。利家進了德川宅邸大門。家康出迎。

「噯，這邊請。」

嘴裡殷勤說著，簡直要拉住利家的手了。家康前頭帶路通過簷廊，將利家請進裡間書院。德川方面的接待官員有「四大王」中的榊原康政、井伊直政、本多忠勝，都是馳突沙場的武夫。家康深藏起謀臣本多正信，沒讓他拋頭露面。令這幾名武夫到齊，是因為他們都認識利家，講起戰爭，共同話題頗多。連這一些事家康都想到了。

家康還有一個掛慮，就是酒食的安全性。

（利家恐擔心遭毒殺。）

他這樣揣想。恰好利家帶來了廚師，家康將他喚來，親自領到廚房，說道：

「就在這裡烹調。」

他讓廚師挨個兒看一下飯菜的材料，並說：「別客氣，檢查一下是否有毒。」

僅此，利家也感驚詫。接下來，端來了一道又一道盡善盡美的飯菜。

（哎喲，這可太……）

利家天真得驚訝到不知該說什麼好了。聽說家康是個吝嗇人，利家也不落其後，是個蓄財家，在這點上二人堪稱「當代雙璧」，聲名遠播。家康擺下這般豪華宴席，令具有相同性格傾向的利家感到震驚。

（令人驚愕呀！）

利家望著接連端來的盛饌，不由得漸漸控制不住滿心的朗暢。

（這是表示情意吧？）

此刻，利家覺得自己年齡這麼大卻沈不住氣，又無法掩飾。對家康的疑念，對豐臣家的憂慮，不知何故，一看見面前擺著的烤魚、熱湯、紅燒、醋拌魚生、海貝、肥雞、山藥等，就統統掃走了，心空一片晴朗。

「我在病中，食欲不佳。但一看如此豐盛菜餚，不由得口水都湧上來了。」

「過獎了，都是些粗菜淡飯。只不過聽說酒還是攝津伊丹的好，特意令其送來，我已嚐了一下，請多喝點兒。」

家康說道。對利家的六名隨從，家康也令人在鄰室周到款待。

「內府。」

利家開言了。

「此前之事，絕無宿怨。請多多理解。」

「哎呀，誠惶誠恐。總之，世間的事，中間一有他人攙和，便易生糾紛。像這樣與大人面對面交流，根本無何異常分歧呀。」

言訖，家康笑了。

未能露面的本多正信老人，待在裡間一室，暗窺席間的氣氛與交談，命令擔當接待的和尚及時向他報告。和尚多次跑來彙報：「大納言大人起初嚴肅坐著，上菜過程間逐漸放鬆。現在十分暢快。」

正信舒展眉頭，說道：

「是嗎？」

他的嘴唇鬆弛下來。

（這老人恐猜度自己會遭殺害。他一定認為，倘若自己被殺，便能抓住舉兵良機，所以才來的。我等焉能那樣做。）

德川家這次破天荒的豪華接待，也是家康與正信反覆推敲出來的作戰方案。利家徹底中計了。出招的正信十分欣慰。在正信看來，這場宴會的效果巨大。心服利家的加藤清正、細川忠興和淺野父子之輩，從此可以無後顧之憂地出入德川家了。

其間，另一名和尚跑來報告：

「真是意外，大納言大人勸主公遷至向島。」

正信不由得手拍膝蓋，面浮喜色，問道：「他真那麼說了？」越來越合我方心願。正信覺得：

（老人是個傻瓜，自掘墳墓。）

所謂向島，是伏見在城池之外最重要的地點。眼下德川宅邸確實不安全，而且面向官道。利家老人對家康說的也是此事。他建議道：

——真要說來，圍繞內府發生的諸般事端，原因之一就是貴邸面對官道，人來人往。離開這裡，遷至向島如何？

向島位於伏見城南，從大名宅邸區域走過豐後橋，河對面的一角即是。這是秀吉於慶長元年（一五九六）修築的外城。秀吉喜歡此城遠超過伏見城，以此為別墅，享受春秋。雖謂外城，周圍環繞著宇治川和巨椋池，城中心部分有天守，配以「二丸」（外郭），是一座壯觀的城池。不言而喻，向島城與伏見城都歸大坂的秀賴所有，家康本來無權入住。秀賴的保護者利家，卻勸說秀賴的代理官家康入住。當然，此舉不違背法律。

「總之，現在只有聽從大納言的命令。為了秀賴公，我住在何處皆可。」

家康壓住滿懷喜悅，故做憂鬱地點頭。他得到了城池。

二人的會見平安無事落幕了，黃昏時分，利家告辭。雖精疲力竭，卻又擔心遭到夜襲，當晚就下淀川，黎明時分抵達大坂。對於病體老人來說，這是一次相當消耗體力的日程。利家直接送進了大坂宅邸的病房。

事過一個月左右，為德川與前田兩家和解而奔走的細川忠興，來到大坂送信：

「為了答謝大納言的拜訪，德川內府將於三月十一日來大坂。」

翌日，這條消息傳入三成耳中，同時，他的家老島左近也知道了。

「果真來麼？」

左近感到身體在顫抖。是襲擊儀仗隊，還是夜間潛入客舍？總之，機會僅有這一次。

黑裝

事件前夜，左近冥思苦索，凝視油燈，呼吸凝細如絲。

（聽說家康明天早晨進入大坂。）

暗殺的良機只在明天。放過了明天，家康會繼續活下去。

（單獨做吧。）

左近心想。化裝後，殺進儀仗隊，砍死家康，但這也須得到主公三成的理解與協作。

（需要主公的理解。殺死家康後，必須立即以秀賴公的名義，公佈家康的罪狀，鎮撫諸將。這是五奉行之一的主公的職責。）

「和尚——」

左近拍手，呼喊著近侍僧，問道：

「主公在前屋，還是在裡間？」

「噢，在裡間。」

近侍僧隔著拉門低聲回答。夜已經很深了。

三成躺在被窩裡，沒有熄燈。

久違地，初芽又被三成叫去了，受命陪他聊天。

初芽默不作聲，悄悄陪臥在三成身旁。

「哎，把燈熄了吧？」

初芽問道。三成的臉衝著檜木格子天棚，絞盡腦汁思索著。在初芽眼裡，三成一貫如此，他總是在冥思苦索，身上肌肉總是硬梆梆的，臉緊繃著好似沒有表情，從沒有鬆弛的時候。

「剛才說什麼來著？」

三成睜開了眼睛。初芽重複了一遍剛才的話。

「啊，燈啊。」三成嘟囔道。

（那盞燈，熄不熄了它？）

三成將家康的生命比作燈盞。他暗自夢想將來以家康為敵手，展開壯闊的野外交兵。三成感到這確實如左近所云：

（恐不過是美夢一場。）

以一介奉行的身分如此空想，真是太不知天高地厚了。

（對此，左近與許會說，主公真是個嫩小子。）

三成這樣揣度。左近大概想說的是，「要做可以實現的事，出招要現實，不可做飄渺的虛夢。這才是個大人。」

不錯，左近是個大人。但家康是個比他更腳踏實地的大人，家康合理認真地做著可以實現的事。

（然而，嫩小子有嫩小子的特長。）

三成如此認定。

「初芽。」

三成抱住初芽的小蠻腰，摟了過來。

初芽謹慎地順從著，微微仰起了下巴，展露的表情似在詢問：「有何事呀？」

（好可愛喲。）

三成心想。

「初芽，人好像有與生俱來的東西。有大人派頭的傢伙，從娘胎出來時，就長著一張偏好分辨事物的臉。」

（說些什麼話呀？）

初芽眨著眼睛。睫毛一閃動，眼波上便好似遮著一層薄霧。

「真奇怪，嫩小子式的人，快四十歲了，卻越來越像個嫩小子，真叫人無可奈何。」

——我就是這樣的人。

言訖，三成對初芽笑了。三成有智慧，有才氣，然而，越是機敏地活用之，在別人眼裡越像個「小大人」。人們怎麼看也不覺得三成是塊智將和謀將的材料。

「我被人憎恨著。」

三成說道。是的，他一舉手一投足，做任何事都招人恨。人們恨他，是因為他給人的印象是個可恨的孺子。三成被搞得無地自容。

（左近說過，調動天下大名，僅靠高祿是不行的，還要靠人望。三成我並不具備這兩點。做起事來可真夠累呀。）

「初芽，妳喜歡我嗎？」

初芽詫異。她睜眼看著三成，一直凝視著，頻頻點頭，說了聲「喜歡」。初芽覺得渾身熱血沸騰。

「在這廣大人世間，只有妳和左近喜歡我，真是奇妙。」

「不，人們覺得大人的家臣與別人家的不同，都殊死侍奉大人。這不是我初芽說的，是世間的評價。」

「看來惟有石田家的人是如此風格吧？」

這一點，三成也認識到了。在豐臣家的大名裡，石田家的家臣團獨具特色，統制力很強，都崇拜三成，卻又懼怕他的嚴厲，一絲不苟地服從三成。如果上戰場，三成的家臣會比任何一家的都殊死奮戰。

「是麼？」

三成說起別的事來。

「我有些明白了。討厭我的那些傢伙，都是些孩子氣的男人。加藤清正、福島正則、細川忠興、黑田長政，無論哪個都是天生的惡童，就只會驅馳野外，滿身泥土揮槍舞棒。他們淨是些不能成長為擅長分辨事物的大人。」

三成想以初芽為談話對象，分析自己的性格。

「主公說的真有意思。」

初芽神情哀傷地悄悄圓滑回答。陷入沉思的三成好像沒聽見。他努力要用饒舌這柄鐵鍬掘出自己的缺點，將其置於光天化日之下重新審視。

初芽漠然覺得，三成的這種作業實屬虛茫。掘出了自己的缺點，目不轉睛地審視，又有何用？初芽模糊地察覺三成與左近之間意見對立。

左近說過：「治理天下和醫生看病一樣。天下正患大病，要想一舉治癒這場重病，迫不得已，只能用一劑劇毒猛藥。」所謂劇毒，即指暗殺。

三成對這一方案搖頭遲疑。殺還是不殺？就這麼點事，三成卻在寢間裡分析起自己的性格來。

（真是聰明過了頭。）

初芽這樣暗思。她覺得三成太過用腦。光是腦袋在動，卻下不了決心。總是腦袋發熱。

不幸的是，三成發覺自己有這個缺點。左思右想，猶豫不決，腦袋發熱之時，肯定將初芽叫進自己的被窩。

（主公想做出決斷吧？）

初芽猜測。三成大概想暫且逃脫目前的心理混亂，在銷魂狀態中享受身心的解放。

「我熄燈了唷？」

初芽又問了一遍。只要有燈光，三成就凝神思索。初芽揣度，為他製造黑暗，他也許可以透過我的肉體進入銷魂狀態。

「不，我來熄燈。」

三成身下壓著初芽的玉體，機敏地探出被窩，吹滅了燈。返回被窩裡的三成，活像變了個人，粗蠻野性地緊摟著初芽。俄頃，被窩裡熱熱呼呼的，初芽體液的氣味充滿了三成的鼻腔。

「真是個好女人喲！」

三成說著情話。他以搔撓似的動作愛撫著初芽的一頭烏雲。「我是個好女人嗎？」初芽要努力回應著三成的愉悅。

此刻，左近正徘徊簷廊裡。幾次走到三成房間前又折了回來。最後站在值班室前，拉開了紙門。值班的三個女子抬起了頭。

「主公已經睡了嗎？」

左近問道。女子們露出了微妙的神情。左近豎起小指，一本正經地問道：

「正在羞答答地親熱嗎？」

「是的……」

一個來自三成老家村子的小眼睛姑娘點著頭，臉上泛起紅雲。

「妳真可愛。」

左近戳了一下她的紅臉蛋，返回簷廊，回到了自己的房間。

翌晨，天色未明。旭日尚未東升，家康就乘船下淀川，抵達大坂天滿八軒家的岸邊。街道一片黑暗。

為防刺客，日出之前家康不上陸，待於船內。

未久，太陽出來了，河波染得彤紅。家康站在船頭，以和他那肥胖身體不相稱的輕捷動作，腳踩跳板，倏地跳上河岸。

街裡還沒躁動起來，不見行人。岸邊麇集的全都是家康的人。少頃，一頂打著燈籠的女轎飛奔而來。

——誰家的女子？

家康此方人們正在緊張之時，女轎呼呼地靠近跟前，在距家康約十五、六間（編註：一間約等於一百八十公分）處，忽然停了下來。從裡面鑽滾著出來的是藤堂高虎。

（哎喲，本以為是個風姿迷人的女子，卻原來是泉州大人啊。）

家康近臣們的心情，略帶輕蔑。這個在伊予年祿八萬石、秀吉一手提拔起來的大名，身為大名卻做著宛似步兵幹的密探勾當。家康方面沒求過高虎，高虎卻在大坂積極地為家康搜集諜報。

高虎跑了起來，畢竟年紀不小，氣喘吁吁來到家康面前，叩拜，抬起頭來，一張臉酷肖貉子。高虎稟道：

「一切無異常。昨夜我探聽了大坂城下的各家宅邸，毫無異象。只是去利家宅邸途中應當提高警惕。為安全起見，每條路兩旁我都埋伏了人，請放心。」

「甚好！」

本多正信從家康身邊點頭說道。家康面帶笑容。少頃，家康坐進了轎子。幾百名便裝者簇擁警備在轎子四周，向前行進。那頂女轎不見了。轎夫抬得氣喘噓噓，飛跑在家康儀仗隊的大前頭。

（我方如果實力十足，就會有那種人出現，世間真有意思。）

家康坐在轎子裡，思考著高虎的言行。反之，如果己方稍偏於弱勢，高虎就會即刻消失。

前田家的宅邸位於玉造，距大坂城玉造口城門很近，周圍的細川、蜂須賀、鍋島、淺野、片桐等大名的宅邸，屋脊相鄰，鱗次櫛比。

家康進入前田宅邸，趕緊借用一間內書院，換穿了上下一色的武士禮服。其間，宅邸周邊驟然嘈雜起來。家康令正信一問方知，竟然是偏袒家康的大名們相繼趕來了，宅邸內外，安排很多人防備刺客。

「都是誰？」

家康低聲問正信。正信也低聲回答：

「有細川幽齋、細川忠興、淺野長政、淺野幸長、黑田長政、加藤嘉明，還有加藤清正的老臣某某，正絡繹不絕趕來，現在難以一一報上名來。」

「事後，調查一下為宜。這些人一旦到了關鍵時刻，大概可以馳向我方。」

「遵命。」

正信頷首，眼神嚴峻。

前田家的接待盡善盡美。重臣總動員參與接待。廚房裡堆著山珍海味，烹調後不斷端上桌來。

宅邸內的白色大書院裡擺上了酒席。主人利家原本就是美食家，有時還親自下廚掌刀顯身手。

利長代替父親擔當主人，預先來到家康的休息室解釋道：

「遺憾的是，家父大約十天前，終於連如廁都不能自理了。臥病不起，大人專程惠臨，卻……」

家康沒讓他把話說完就表態了：

「我是來看望病人的。」

話語裡包含著「不必起床」的溫情。

家康走過長長的簷廊，被請進了中間的起居間，這是利家的病室。利家躺著，因為不能換裝，疊得板板正正的禮服，放在被褥旁邊。

家康一進來，利家就說：

「哎喲……」

他要抬起頭來。家康以傷感的表情連忙勸止，他坐在枕邊致意，說些安慰話語。利家抬起沉重的頭，以眼神致謝，然後嘴唇微動：

「我都這樣了。」

家康沒聽出來，聲音太小，他已無力發話了。

「看來，我就要不行了。今後，秀賴公的事，就拜託了。」

「當然，我心裡有數。但更要緊的是別悲觀，望提起精氣神，安心療養。」

「唉，很奇妙，人的死期好像可以預感的。再三拜託內府大人，犬子利長不才，還望如同對待老夫那般提攜。」

「知道了。」

語畢，家康雙眼溢出淚水，臉頰被淚水洗得很不雅觀了。

其後，家康告別利家，被請進了宴會間，酒宴開始。家康坐上座，請求陪伴的列位大名坐了一長排。將隔間的拉門卸去後，侍奉家康的重臣一個挨一個擠滿了一屋，盛饌也已經端上來了。眾人開始話家常。交戰、武藝、茶道、能劇演員的八卦等，接連不斷變換話題，酒宴喧嘩熱鬧。

宴會接近尾聲時，前田家負責接待的重臣跑來了，到列位大名中年紀最長的有馬法印則賴身邊，耳語了一陣。有馬法印張口詫異：

「什麼？石田治部少輔要來這裡？」

「是的。」

他不正是謠傳要暗殺家康的中心人物嗎？眾人詫愕，全場鴉雀無聲。無奈，前田家的接待官又騰出一個席位，新擺上飯菜。俄頃，三成在司茶僧的引領下走了進來。

人人屏住了氣息。三成穿了一身打破穿著常識的異樣黑色裝束——黑禮服、黑坎肩、黑裙褲。他壓著怒氣，繃緊嘴唇入座，一言不發。

（打著什麼主意呢？）

滿座冷了場。上座的家康，也不知該示以何種表情為好，錯開了眼神。全場都鬱悶了，其中不堪忍受的某人，向家康和在場眾人說道：

——我想起了一件事，就此告辭。

那人偷偷摸摸溜掉了。其他人也想隨之溜走，都站了起來。最後，家康也站起來了。

三成面對飯菜，緘默不語。前田家的家臣一副要哭泣的表情，為三成斟酒。三成一飲而盡，假裝糊塗，開口問道：

「今天是何聚會呀？」

一身黑裝，意外出現，這是具有三成特色、對大名們非義之行的譴責。家康來看望利家，此事他分明是知道的。但是，遵照太閤遺言，秀賴公十五歲之前，諸位大名聚合，結為黨徒，私設宴席，皆須慎行。明明有遺令，出現如此現象為哪般？三成以此形式彈劾的就是這種現象。

此舉可謂異常。三成的形象儼然是畫在畫上的可恨之人。

藤堂宅邸

當夜，家康住在藤堂高虎的宅邸裡。高虎請家康到自家，客套說道：

「請當成府上，輕鬆起居吧。」

高虎像隻老鼠似地在宅邸裡東跑西顛，安排接待事宜。此人與眾不同，他將宅邸的所有房間悉數騰給了家康及其家臣。

對此，本多正信都感到驚詫，問道：

「大人今夜住在何處？」

高虎用扇子指著自己鼻尖，像狂言劇裡的武士侍從那般詼諧說道：

「在下嗎？在下今夜不眠，巡邏內外，不需要被窩。我的家臣也是如此。」

「真是過意不去。」

正信寬懷大笑。顯示出極自然的上司態度。正信從家康那裡得到了相模國的甘繩，受賜俸祿二萬二千石。總之，從豐臣家看，正信是間接的家臣，不過是個陪臣。高虎則是豐臣家的直屬大名，按理說正信老人是下一級身分，不能與高虎同席的。但如今顛倒過來了。

正信靠近高虎，說道：

「泉州大人，對大人的一片心意，主上一直感到欣喜。」

高虎回答：

「拜聽貴言，不勝感謝。只要對『主上』有益，我和泉守高虎什麼一宿、兩宿路旁通宵熬夜，都無所謂。」

高虎極自然地尊稱家康為「主上」。所謂主上，過去是稱呼織田信長的。接著，秀吉得此稱呼，現在，惟有豐臣秀賴可享有這一稱呼。秀吉死後，德川的家臣開始稱家康為主上。

高虎模仿家康家臣對家康的私稱，殷勤地口稱主上、主上，意在表示：

——我是準家臣，請隨意調用我吧。

此處為冗筆。家康打下江山後，在非譜代大名中，第一個獲得恩准可用「松平」姓氏的便是高虎，他的待遇也相當於準譜代大名。對主動上門願當家臣的高虎，此可謂德川家示出的一片好意。

高虎時年四十四歲。他多年無子，招了養子，是織田信長的幕將丹羽長秀的遺子。建立養子親緣，靠的是高虎當初的主公豐臣秀長（秀吉之弟）從中撮合。養子名曰高吉，秀吉喜歡他，另外加封年祿二萬石，敘任宮內少輔。賜羽柴姓。

高吉是個武勇之人，與父親高虎同赴朝鮮戰場。加藤清正被困蔚山城，高吉馳援，建下殊勳，在大名中間的人氣超過其父。然而，高虎晚年得子，以此為名目，廢除了與高吉的養子關係，高吉成為家臣。高虎大概覺得若有個養子姓羽柴，德川家會多有顧慮。

高虎是個軼聞頗多之人。他住在伏見宅邸時，底下有五個放蕩家臣。武士監督官向高虎報告罪狀，請示「如何處理？」

其中二人總去京都尋花問柳，最後蕩盡家產；其餘三人嗜賭成性，家產和武器全都賣光了。

「知道了。」

高虎當場判決，迷戀女色的二人放逐，由宅邸後門推出去，此種處置稱為「驅逐渾帳」（編註：刑罰之一，沒收武士雙刀，趕出家門）。

然而，同是放蕩，高虎對三個賭棍的處罰卻是：

「家祿削減至三分之二，令其悔過自新！」

左右問其緣由，高虎解釋道：

「好色者，易受女人欺騙。蕩盡家產的男人一無所長，無勇無智。收養這等人，徒勞無益。但賭博屬於另一碼事。當然，賭博亦非好事，但和嗜嫖的色鬼相比，賭棍有朝氣，有活力，總之，有戰勝對方的求利之心。一句話，是知利之人，有可用之處。」

這則軼聞顯示了高虎的人品。他統治家臣，以「利」和貪圖僥倖的心理誘惑之；他自己的處世哲學也是依據這兩點來決定取捨變動。

——豐臣家的大名中，最擅長待人接物的就是高虎。

人們如此評價。擔任談判、喜慶吉事的使者，調停糾紛、宴會接待等，皆是高虎的長項。高虎深通如何掩蓋自己露骨的功利主義；從外貌看，他謹慎直率，言行不傷人，性格篤實，凡事都替別人著想。

高虎是這方面的高人。說他是高人，順便再講一則高虎後來的逸事。家康晚年，人們紛紛議論家康要逐漸消滅非譜代大名，改換國主。此時，高虎來到駿府的家康身邊，見到家康的侍臣土井利勝，提出如下要求：

「我已到老朽之年，但犬子『大學頭』（編註：江戶幕府的學問機關——大學寮的長官）怎麼看也是個不肖子，靠他不能保國，我死後，請火速命令吾國易主。」

利勝聞言大驚。正當非譜代大名害怕改換國主之際，哪有這等傻瓜，自己主動申請的？偏巧家康隔著紙門聽見了。高虎大概充分推測到家康正在鄰室聽著，才故意這樣說的。

利勝將房間紙門稍微拉開，膝行而入，向家康報告：「想必主上已經聽見了，泉州大人如此申請。」

家康微笑說道：

「聽見了，讓他進來！」

家康對高虎說：

「縱然愛卿辭世了，還有愛卿多年籠絡的多位家老。大學頭不肖，也不至於保不住領國。伊勢伊賀三十二萬三千九百五十石，永世歸藤堂家！」

為求得家康如此一言，高虎故弄玄虛，提出了申請。這就是德川三百年間流傳的「權現神的一句話」（編註：「東照大權現」是家康亡故後獲朝廷敕謚的神號）的故事。因此藤堂家沒出現過丟官、領國易主、減封等事件，持續安泰。這可謂都多虧藩祖高虎那近似於藝人耍戲法的保身術。

卻說高虎，當夜戴盔披甲，坐在門口木凳上，邸內到處燃起篝火，加強警戒。

日落後，按慣例，豐臣家的「家康黨」諸將，帶領多人趕來，擔任藤堂宅邸的警戒。每來一將，高虎就起立致意：

「火速趕來，辛苦了！」

他完全以德川家家臣之態度致意，甚至還安排人為家康的家臣準備了宵夜。

加藤清正最後趕來時，高虎不小心說了句：

「唉呀，主計頭來遲了！」

對高虎而言，這是一句欠妥的話。如是說來，清正覺得高虎這種逢迎拍馬的作風很不好。他好像從骨子裡討厭高虎。不僅清正，其好友福島正則等也討厭高虎，甚至這樣說道：

——阿虎是吧？我一見他那張得意洋洋的臉，就一肚子火，直想吐。

這也有其道理。清正和正則是由秀吉一手恩養成長的大名。過度憎恨三成，才尊五大老首領德川家康為「通情達理的長者」。他們是這種意義的「家康黨」，並沒忘記報恩豐臣家。高虎不然，他從根本上就惟利是圖。早自秀吉在世之時，見秀吉無子，他認定今後是家康的天下，開始接近家康，那種露骨的舉動令清正和正則無法忍受。

清正岔開雙腿站在高虎面前，反問道：

「泉州，你剛才說啥呢？」

一看這意外陣勢，高虎略顯畏縮，即刻又做出笑臉。

「我說來遲了。」

「泉州，那是蠢話！」

「哎？」

「那是蠢話呀！『來遲』是對武士用的語詞嗎？『來遲』是指上陣晚了，是武士的禁忌語言。為人處世圓滑的泉州好像不懂武士語言的規矩。」

「主計頭，意思沒那般複雜，因為是親密朋友，打招呼才略帶戲謔意思的喲。」

「『親密朋友』？與足下並不親密。」

清正不快地說道。

「這是客套話呀。」

高虎窮於應對了。他作勢拍撫清正說道：

「哎，用不著那麼橫眉豎眼的，咱倆可都是同蒙內府垂青的同仁嘛！」

清正愈發不悅：

「『同蒙內府垂青』？確實，內府垂青於我，但那僅是內府與我清正的緣分，不是你從中撮合的結果啊。」

清正大概恥於與之為伍。他大概想怒斥：「屎與味噌只是色形相似，本質截然不同！」

恰在此時，黑田長政和細川忠興等插嘴調解：「唉呀，算了。」才息事寧人了。

家康被請進藤堂家的浴室。浴室南向，面對庭院。入口處坐著五名近侍擔任警衛。一進浴室，設有榻榻米客間，三名侍女已在此恭候。家康摘下短刀，令侍女幫他脫衣，然後換上浴衣，一級一級下了三級臺階，下面鋪著地板。接著，是對關的兩扇門。家康推門而入，搓澡女子正跪在浴池邊。

熱氣蒸騰，眼瞅著浴衣被汗水溼透了。家康耐著熱氣，坐了下來。油脂伴著汗水，滴滴答答落下。俄頃，女子為家康除衣，開始搓澡。充分搓拭之後，女子從大鍋裡舀出了熱水沖洗，再搓，再沖水。如此這般，沐浴結束了。

家康出來，恭候於榻榻米客間的侍女，跪到家康面前，獻上嶄新的兜襠布。最近家康越來越發胖，自己不能繫兜襠布了。手搆不著自己的小腹。

「真不得勁兒。」

他一邊讓女子給繫上，一邊俯視大腹發笑。

進了寢間，家康讓另一個女人給他解開了剛才繫上的兜襠布。這女人是阿茶局，她總是如影隨形跟著家康不離分。

「阿茶，今夜誰陪我說話？」

家康一邊說著，一邊緩緩地靠近被窩，渾圓的身體躺了下來。

——那個女子哪兒好啊？

近臣在背後交頭接耳議論。阿茶並無美貌。雙頰瘦削，吊眼梢，一笑牙齦便齜露出來。年紀也很大，恐怕已快五十歲，可稱為老太婆了。家康將她列為側室已逾十七載。

阿茶局名曰素環，生於甲斐，初嫁給駿府今川家的家臣神尾孫兵衛，這是舊話。天正十年（一五八二）本能寺事變發生後，家康率軍進入甲州，看見路邊跪著一個領著孩子的女人。家康停馬，收留了她，軍旅中陪著聊天，進而讓她管理身邊生活雜事。差遣起來卻是非同尋常的才女，遂贈名「阿茶局」，令她管理後宮。最後，政治和人事家康也讓阿茶局參與。因此，德川家諸將都非常懼怕這個女人。

「陪說話今夜就算了吧。」

阿茶說。

「何故？」

「我看主上的臉色，顯得很累了。這時候再摟個小女子，那可有礙貴體喲。」

阿茶局操一口土氣的甲州方言說道。確實，家康今天拜會前田家，搞得精疲力竭。

「是嗎？我臉色不好啊？」

「在大納言（利家）宅邸，主上心裡多有顧慮吧？」

「沒什麼顧慮。」

「可是都表現在臉上了。我阿茶給您按摩按摩腰吧。叫來小女子可不行。」

「兜襠布都解開了呀。」

「我阿茶一會兒再給您繫上。」

話語回得利索。接下來，她挨近家康身邊，開始給他按摩後腰。

「聽說治部少輔大人一身黑裝出席了宴會。」

阿茶局對政局也瞭若指掌。而且她可以與家康自由交談這些「外面」的事情。這一點，秀吉身邊的淀殿與阿茶局沒法比。淀殿僅有姿色，卻無才氣，有關政事，恐怕一次也沒向秀吉說過什麼。

「是說治部少輔那廝吧？他身穿黑裝來了，想來找碴的。」

家康神情不快。

「說招人恨的話，是治部少輔的本性吧。」

「像是本性。世上像他那樣討厭的人真是少有。」

「我聽小道消息說，今夜要夜襲宅邸。」

「此事，宅邸主人泉州已派出密探，正在探聽各種動向。」

事實上，三成今天離開前田家，立刻就去了小西行長家，緊急召集了除淺野長政之外的三名奉行，聚來的是前田玄以、長束正家和增田長盛。

「夜襲藤堂宅邸吧！」

三成提議。其他人驚駭，異口同聲表態：

「此舉不妥。」

藤堂宅邸一下子湧進家康黨的許多大名，五丁以內的路旁都有警戒。普通行人百姓都被勒令繞行，全趕回去了。

「二、兩萬人是根本攻不下來的。」

「不至於攻不下來。」

三成堅持己見。其他人的臉色漸漸陰沉起來，一味強調巷戰的不利之處，到底沒有同意。

「是麼？」

三成站起來，神情不悅。三成走在路上，打算逕歸備前島宅邸。他頭戴斗笠，隨從是一個僕人。三成的裝束簡單，儼如年祿五十石的武士，誰看也不像是個大名。

三成知道，這副裝束在街上走動反而安全，若帶領隊伍即刻引人注目，恐會遭致清正砍殺。

利家之死

三成向北走去。

（這是何處？）

大霧彌漫，三成不由得呆立不動了。最近，大坂城下每三日就有一日是這樣的天氣。

「吉平！」

三成的臉深深遮在斗笠裡喊著。隨從只有僕人吉平。

「這是誰家宅邸？」

但見左右兩道土牆，延伸而去。

「哎，」吉平彎腰回答：「左邊是桑園甚左衛門大人府上，右邊是桑園將八郎大人府上。」

兩家都是豐臣家的旗本，是「三成黨」。

「原來如此。」

三成好不容易才弄清了自己所在位置。

「如此說來，左邊應當能望見『算用曲輪』（編註：收取計算貢租稅收物資之處）。」

「石牆應該就在這路口對面，」吉平指著左邊說道：「現在有霧看不見。但聽說這霧到了晚上會更濃。」

（真糟糕。）

三成這樣思量。既有這天賜的霧靄，為何不下決心突擊家康夜泊的藤堂宅邸？夜裡大霧籠罩，敵人的照明就不管用了。宅邸大軍戒備得再森嚴，也絕對有利於夜襲的一方。然而剛才卻遭到同僚奉行長束正家、增田長盛、前田玄以三人強烈反對，他們斷言此舉必定失敗。

（他們畢竟都是文官。）

三成將自己的因素束之高閣，這樣思忖著。

（是敗是勝，行動後才見分曉。只是在榻榻米上冥思苦索，無濟於事。剛才若決定動手，這場大霧必定有助於襲擊。今夜家康的腦袋就搬家了。）

年輕的三成得到了一個教訓。霧靄就是個好例子，行動會湧出意想不到的條件，有利於行動。只要兼備勇氣、決斷和行動力，其餘就聽天由命了。

三成是個聰明人，但缺乏機敏。他回到備前島宅邸，向左近述說此事，左近眉頭一皺：

「為何有了點子不立即發兵？這叫戰機。若是上個時代的武將織田右府（信長）大人和上杉謙信公，定會那樣做。誠然，主公是足智多謀之人，這種場合能想到霧靄的作用，就不是常人。豐臣家家臣雖多，有這等才幹者，除卻主公，再無他人。然而既然想到了，為何不當場付諸行動？可惜呀！主公不能稱為名將！」

「左近！」

三成聽得厭煩了。

「我只帶領吉平一人，攻不進去呀。」

「當時在誰家宅邸前？」

「桑園甚左衛門。」

「哎呀呀！那就該當即跑進甚左衛門宅邸，命他派兵，主公借得這票人馬，登城求得秀賴公手令，動員直轄秀賴公的七支隊伍，然後派吉平跑回備前島，命令我帶領所有人馬奔向藤堂宅邸。也許我能最先衝到敵人宅邸。第二陣是小西行長，第三陣是秀賴公直轄的七支隊伍。如此這般，像衝擊海岸礁石的波浪般卷盪堆疊，敵方人數再多，我們也不會失敗。」

「不妥，左近。」

三成這人不可思議，無論你對他說什麼，他也不動怒。

「僅憑一介奉行的個人想法，想求得手令，談何容易。即便求得，出征命令下到直屬的七支隊伍也要很長時間。另外，小西攝州（行長）的大坂宅邸頂多三百人，我的備前島宅邸人數僅有二百人，就這點兒兵力構不成衝擊海岸礁石的那般波濤。」

左近嘲笑道：

「主公真是擅長計算！但是單靠計算是不能打仗的！」

「為何？」

「眼下不是有霧嗎？霧是不聽計算的。此外還有計算不準之事，即敵人的疏忽。也就是說，藤堂宅邸已經探知主公斷念不會發動夜襲，離開了小西宅邸。敵人的疏忽與天佑，二者重疊，這戰機如果計算起來相當十萬人馬。」

「得啦，行了。」

三成不耐煩了。

「不是『行了』，還請聽下去。」

「你是為發牢騷才來侍奉我的嗎？」

「為了使主公成為傑出武將，才領受了貴府的高額俸祿。」

「今夜太累了。牢騷我明天聽個夠。」

三成支起腿，要站起來。

「機不可失！大人想進裡間了嗎？」

左近抬起頭。

「睡覺去！」

三成倏然想起了初芽的玉體。

「主公不是個男子漢！」

今夜，左近亢奮得像另一個人。家康在大坂，這是個時不再來的夜晚。

「此話怎講？」

「恕左近冒昧，說了如上一番粗暴之言。主公若是男子漢，儘管勃然大怒好了。主公可以這樣下令：左近，你能喊出這般豪言壯語，那麼你立即去藤堂宅邸把家康給我宰了！」

「這不像左近。二三百人勢單力薄，衝不進門的。」

「我心裡有數。我左近一人抱持必死決心前往，以百分之一的成功念頭衝進去，闖入家康的寢間！」

三成笑了。說道：

「如此一來，左近死了，家康跑了，僅此而已。左近，我累了。我可以進房間嗎？」

「又想摟著初芽睡覺吧？」

「那是我的自由。」

三成出來走進簷廊。左近也退出來到庭院裡。霧靄已淡，漆黑天幕上，這一片那一片，閃爍著星光。

（現在，家康大概非常害怕遭到石田治部少輔的夜襲。）

左近想像著，感到有些奇妙，又氣呼呼的。這個石田治部少輔面對良機卻無所作為，早早就寢。此刻正要把初芽拉入錦衾。

「蠢貨！」

左近思考著，並非因為怒火滿懷。

「世間惟有如此，才有趣。」

左近走在庭院小徑上，努力這樣思忖。剛才的亢奮消失了。豈止如此，他還湧上了怪異的念頭：

（真想向藤堂宅邸射去一封箭書。上面寫著：治部少輔這小子睡了。家康盡可以高枕無憂了。）

……………………

翌晨，家康離別了大坂。

由此開始第二十日，即慶長四年（一五九九）閏三月三日，三成早有心理準備的事情終於發生了。前田利家作古，終年六十二歲。其間有逸事。利家去世前十幾天，他要寫遺言，但已無力執筆了。

「阿松……」

利家從病床上喊夫人。夫人後來稱「芳春院」。她和利家一樣，在加賀前田家歷代受尊崇。夫人生於尾張織田家某家臣家裡，自幼喪父，四歲開始，由父親的同僚前田利昌（利春、利家之父）撫養成人。後來她嫁給利昌之子利家，可謂是帶有兄妹氣息的一對夫妻。

秀吉在織田家身分還很低的時候，利家和秀吉兩家人就有交往了。織田信長的安土城時代，兩家屋子相鄰，中間沒築院牆，只隔著一道木籬笆。利家夫人和如今的北政所隔著籬笆閒聊。利家夫人是個聰明人，人說利家的軍功夫人有一半。

「阿松，我拿不住筆了，我口述，妳來寫。」

利家說道。

聲音太小，夫人的耳朵貼近利家的嘴邊，記錄口述，遺言共有十一條。

第一條，遺體運回金澤。

第二條就非同小可了。

「我死後，次子利政立即返回金澤，令他住在金澤。利長（長子）住大坂。利長和利政的兵馬合起來有一萬六千人左右。」

利家說道。

「一半長期置於金澤，另一半長期置於大坂。」

利家命令道。置於大坂的兵力有八千人，可謂出人意料的大軍。

「今後三年內，世間會發生動亂。若出現背叛秀賴公者，利政即刻親率領地的八千兵來大坂和利長會師，與敵交戰。大坂的利長從現在開始，三年內不可回領地。」

如此這般，可謂利家已預料到家康的叛亂，留下了戰略遺言書。

利家又說道：

「交戰之際，切勿在領國內作戰，哪怕僅差一步，也要在領國外作戰。要記住，信長公從率領小股兵馬之時開始，直到最後，都不在領國內作戰，總是衝殺在敵國地盤裡。」

利家口述完遺言書的第十二天就去世了。臨終前，夫人將早做好的白壽衣獻於枕畔，對著丈夫耳朵說：

「您年輕時就上戰場，要了許多人的命。罪業報應十分可怕。請穿上這套白壽衣到極樂世界去吧。」

利家苦笑說道：

「那樣的衣服我不穿。確實，從年輕開始，我殺的人數不勝數。但一次也沒作過不義之戰。所以不會下地獄的。」

「但是……」

阿松還想勸說。

「阿松，別怕。縱然落進地獄，我會招集先亡諸將，建起一支隊伍，打敗牛頭馬面，讓閻王當俘虜。比此事更令我掛慮的是豐臣家的未來。」

說著，他用手探摸一下枕頭。那下面有新藤五國光打造的短刀。阿松靜靜拿起，讓丈夫握住。利家連刀帶鞘放在胸口，大聲呻吟了兩三聲，以憤怒之形咽了氣。

白壽衣終於沒穿。

此事傳到了家康耳朵裡。前田家的重臣德山五兵衛去伏見報喪，拜見家康。家康故作驚駭，好像猛然想起來似地自然問道：

「大納言的遺言是何內容？」

不消說，德山五兵衛並未語涉前田家的戰略遺言書，他如實報告了白壽衣和短刀的事，說利家將短刀貼在胸口，高聲呻吟了兩三聲「掛慮豐臣家的未來」，便溘然長逝了。

家康灑淚說道：

「不出所料。不愧是大納言，心事重重。」

家康將五兵衛招到身邊，誠懇弔唁後，進了裡間，喚來謀臣本多正信，說道：

「利家死了。」

正信老人已得到來自大坂的諜報。

「是的。」

「你已經知道了?」

「藤堂高虎派來了急使，剛才跑來傳達了此事。」

家康沉默，像在思索。正信靜靜說道：

「主上下定決心了嗎?」

「何事?」

「前田利家死後，如何對待前田家?」

家康面露意外神色。

「如何對待?何謂『如何對待』?對大納言前田家，我沒有發表意見的資格，也沒有要說的事。」

正信的臉眼看著漲紅了，只見他伏身說道：

「哎呀。剛才主上的思索，我以為在想利家的事。彌八郎說了過分的話，請寬恕。」

「彌八郎，行了。」

家康發出苦笑。

「人死是悲傷的事。大納言年長我四歲。我在想些與此相關的事。我思考時的神情被你誤解了。」

「噯，主上的臉色看上去可是非同尋常啊。」

「你那樣猜疑了?」

「正是。」

正信垂首，家康驚異。

「你真是徹頭徹尾的謀士哪。把人之死當做施展機謀的起始。」

「難道主上要捨棄這個機會?」正信趁勢要膝行向前，家康示意阻止：

「且慢。就今天這一日，什麼都不要說。」

聽到利家的噩耗，正信首先想到要在大坂散佈流言。十有八九前田家的主公利長會隨著亡父遺骸返回金澤。乘此機會，譬如說令高虎在殿上散佈這樣的流言：「利長回領地從事戰備，準備謀反。」

於是，家康討伐之。不僅討伐，家康還要以豐臣家大老的資格，率領豐臣家諸將，遠征加賀，讓大坂成為空城。石田三成看準這時機，必會舉兵。此時，立刻在北陸與利長講和，回兵近江平原，與三成展開決戰，一舉取得天下。就是如此方案，也可謂家康與正信的基本策略。

歸根結柢，不發生騷亂，家康就沒有機會取得天下。須散佈流言挑起騷亂。而用於挑釁的最佳工具，就是前田家。家康很早就和謀臣正信談過此事，所以剛才正信想說何事，家康不難推測出來。

不愧是家康，僅限今日，他不想與正信談論這話題。利家是家康來到豐臣家後十幾年的同僚，如今他過世了。

「彌八郎，最快也等到明天再說吧。」

家康對正信老人說。老人略感不滿，退了下去。

暮春

前田利家剛剛死去，「戰爭要開始了」的流言攪擾得大坂市街人心惶惶，帶著家產不斷逃往河內與大和方向的人，每天都不下數百。

櫻花已經凋謝了，嫩葉綠韻日益增輝。

「聽說今天街上還在鬧騰。」

三成對左近說道。左近也掛慮此事。街上流言竟說什麼「七將」要襲擊三成宅邸。所謂「七將」，即加藤清正、福島正則、黑田長政、淺野幸長、池田輝政、細川忠興、加藤嘉明。除了正則，其他人都曾在朝鮮戰爭中擔任第一線的部隊長，他們馳騁沙場，野戰之後歸國。

（也都是憎恨主公之人。）

這也令左近十分驚訝。

「流言是真的嗎？」

「哎，現在還說不準，是間諜散佈的。」

真假難辨。按流言的說法，清正等人到前田家弔唁之後，歸途，到近處的細川忠興宅邸休息，商量道：

「挺煩人的老頭子沒了，咱們盡情地收拾三成罷！」

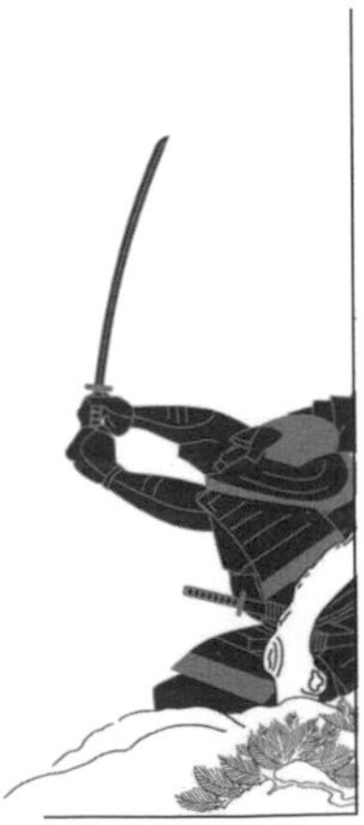

利家辭世之前，擔憂七將與三成對立交兵大亂，他叫來清正，狠狠訓誡，如此開導：

「休得挑起騷亂！挑起騷亂必會出現乘機起事者，對秀賴公不利。」

說這話的利家已經不在人世了。

利家在世期間，左近經常思考這樣的事。秀吉死後，隨之發生動亂並非不可思議，儘管如此，卻保持了表面安寧，「是因為有那位利家老人在。」左近對利家的存在給予了很高評價。事實上，可以說，是利家這號人物以枯老隻手支撐天下至今。

想來，利家是個怪異的老人。他嚴密監視伏見的家康，備前島的三成在這位老人面前抬不起頭來，住在玉造一帶的清正等人也擁戴尊敬這位絮煩的老大人。

（這回可糟了！）

左近這樣認為。宅邸幾乎處於臨戰狀態。七將攻打三成的流言早已存在，連病中的利家老人也對三成說過：「治部少輔，那幫小子鬧鬧騰騰的，要當心了！」

然而利家也有令人啼笑皆非的地方。他還說過這樣的話：

「我不是關心你。一兩個像石田治部少輔這樣的人，無論遭人投毒掙扎而死，還是在殿上遇刺身亡，我才不管哩。毋寧說但願如此。但令我傷腦筋的是，雙方都在網羅同夥，蓄勢待發，要在秀賴公膝下發起交戰騷亂。」

（如今，這位利家老人不在了。）

世間是敏感的。圍繞「利家一死，七將便襲擊治部少輔大人」這句話，人們在觀望著。流言首先恐怕就來自那種預測。

該夜，備前島的三成宅邸來了一名武士。左近出來接待，一看，是豐臣家食祿三千石的旗本中沼覺兵衛。他是個謹小慎微的人，雙膝顫抖著，一時竟說不出話來。

「緣何如此？」

「我進貴邸沒被誰發覺吧？左近大人，能否勞駕派人查看一下貴邸四周是否有人。」

「這好辦。」

島左近喚來幾個自己的親信，讓他們仔細搜查了宅邸附近。幸而沒有覺兵衛說的那種可疑之人。

「我放心了。最近街上流言，左近大人可知道？」

覺兵衛說道。

「知道了。」

「流言是真的。如大人所知，寒舍毗鄰左衛門大夫（福島正則）宅邸，隔牆能聽見福島家的家臣高聲說話。剛才不經意聽了一下，他們說：『夜襲石田宅邸，時間定在十三日拂曉寅刻（凌晨四點），槍藥必須充分準備好！』」

「這也太粗心了吧！」

左近笑了起來。關鍵時刻失笑是此人的癖習。聽了中沼覺兵衛的一番話，與事態的嚴峻性相比，左近更覺得福島家的家臣真是粗枝大葉，不可思議。正則是名粗豪大將，家風也是粗礫礫的。

「這可不是能付之一笑的事啊！」

「對，不是付之一笑的事。」

左近恢復了嚴肅認真的面容。

「中沼君，吃了宵夜再回去吧。」

「大人說啥呢，時下已到如在下所述的形勢了。再過四天就是十三日，貴邸也須儘快部署啊！」

覺兵衛草草告辭而去。此人是故關白秀次的家臣。秀次家崩潰後，他淪為浪人。三成可憐他，將他推薦給秀吉。為此，他一直感恩，今夜才跑來報信。

左近正要站起來去報告三成時，次位家老舞兵庫來了。

「左近，就要動真格兒的了。」

他高興地笑了。

「何事？」

「街上流言是真的。有仗打了，在十三日寅刻。」

舞兵庫說出與覺兵衛相同的事來。一問得知，舞兵庫親戚的女兒到淺野幸長宅邸當傭工，她派自己的女童僕來報信。

「啊，這樣嗎？看來十三日寅刻是無誤了。」

左近不在意地說道。這時，第三家老蒲生藏人鄉舍進來了。於是石田家三名家老都到齊了。三人皆名震世間，人云：世間畏懼三成，因為他有這三人。與左近一樣，他倆亦非石田家的元老，都換過兩三個主公，是衝破了戰國風雲的人物。三成根據他們身分給予極優厚的待遇，分別賜祿一萬五千石，與左近相同。

「主計頭如果攻來，讓他看看我的槍法！」

舞兵庫微微一笑，神情馬上又嚴肅起來：「話雖如此，宅邸裡也僅有二百人呀。」

「非也。我方也正在聯繫大名。」

言訖，蒲生藏人數了起來，有上杉景勝、毛利輝元、佐竹義宣、增田長盛、長束正家。

三人來到三成面前。三成聽罷，看懂了左近的神色，問道：「左近好像心存異議吧？」

「是的。」

左近不再開口，嘩啦嘩啦開合著扇子苦笑。按照左近的方案，勸三成遠遠逃離大坂。畢竟清正打來的是聯軍，如果三成也檄告同道，組成聯軍，那麼，大坂城下將從該夜開始化為戰場，擁戴幼主的豐臣政權會在炮煙彈雨中崩潰。與其這樣，不如三成巧妙躲開對方，逃走為宜。

「我方只有主公逃走。」

「啊？叫我逃走嗎？」

「主公腿腳還很利索，逃起來想必很順暢。為了豐臣家，巧妙逃走是聰明的選擇。若是想當混蛋的對手以摧毀豐臣家，那就是另一回事了。」

三成的對手不是家康。若是家康，奮勇突進掉腦袋也行。以加藤或細川為敵手，縱然發起戰爭，「最倒楣的惟有秀賴公啊。」左近這樣說道。

「明白了。」

三成不快地點頭。他覺得這是惟一選擇。不過現在距離清正等人的預定攻擊日還有四天。

「我再想一想。」

「非也。如果逃走，下了決心就應立刻行動。時間一推遲，通往江州佐和山的道路將被敵兵封鎖。」

「不，我再想想。」

三成會這麼想也是理所當然。離別大坂，返回佐和山的居城，奉行的位置就丟了。三成辭去奉行一職，家康覺得妨礙自己的人沒了，真是天大好事，他必將豐臣家的行政權攬於一身。

清正和正則最近十來天滯留大坂。但是伏見的宅邸才是他們的老家。於是，閏三月十日，向伏見宅邸派去急使，把人都調來宇治和枚方方面，以防三成逃走。這些人都全身披掛，肩扛長柄槍，火槍安上了火撚。伏見一帶流言亂飛，儼如大戰一觸即發。

這一消息，該日黃昏傳入三成耳裡。他火速叫來左近。

「有點難以逃脫了。」

三成苦笑著。左近也收到了詳細情報。不僅枚方，大坂城東北郊的守口也有細川忠興的兵馬出沒。然而，正在活動的不限於敵方。擁護三成的諸將也頻繁遣使者前來報信。

「非也。我左近有智慧讓主公一人逃離大坂。」

「嗯。」

三成不甚在意地點了點頭。奇妙地泰然自若。左近湊上前去，問道：

「主公如何定奪？」

三成破顏一笑。

「總之，我會逃走的。但想求人出個點子。最近一兩天，我還留在大坂。」

（確實，好像下了決心。）

左近這樣判斷。這種場合，左近覺得還是任憑三成自己思索為宜，便退了出來。其實，對於清正那宛似賞櫻醉漢般的狂躁形象，三成與其說憎恨，不如說是厭惡。若與他們一起鬧騰，無論誰看了都會明白：豐臣家的天下必然崩潰。那七個人究竟是明知故鬧，還是連這一點也不知道？

（面對狂人和醉漢，還是躲開為好。）

三成覺得僅有自己是正常人。他準備接納左近提出的逃脫方案。但三成覺得自己焉能白白逃走，同樣是逃，他希望把逃往佐和山一事作為將來大規模作戰的基礎。

（關鍵是打倒家康。那些傻瓜不是我的對手。）

三成下了決心之後，昨夜，他對上杉家派來的使者說出自己的心事和構想，並表明：「直江山城守到了以後，我和他推心置腹談一談。」

直江山城守兼續今夜將微服到來。

（兼續聽了這方案，會說：「終於痛下決心了！」然後滿心歡喜拉著我的手吧？）

三成焦急地等候黃昏到來。

直江山城守兼續是會津一百二十萬石的上杉景勝家家老，雖任家老，俸祿卻比大名三成還高，年祿三十萬石，擁有米澤城。兼續少年時代就侍奉上杉家的前代謙信。人們說，兼續不僅繼承了謙信的兵法，就連謙信異常喜好正義的特點，以及謙信的氣質和性格等，他也都繼承了。

兼續可謂當代奇男子。

上杉家還以越後春日山城為居城時，曾發生一件事。上杉家某人名曰三寶寺勝藏，是個急性子。有次事情進展不如意，他竟然將男僕殺了。

男僕的家屬大怒，三人跑到家老兼續的宅邸，提出毫無道理的強硬要求：

「要讓死人活過來！」

兼續聽完事情原委，覺得確實錯在三寶寺勝藏。然而死者不能復生，兼續勸道：

「此事特別令人同情，但是，靠這個忍耐過去吧。」言訖，給了他們二十片白銀，打發回去了。翌日，他們又來了，「要讓死人活過來！再活過來！」大喊大叫，沒完沒了。每次來，兼續都出來對他們講事理開導說：「逝者已往，我也束手無策啊。」

但是，他們根本聽不進去，每天跑來吵鬧不休。終於有一天，兼續忍無可忍了。「我現在就給陰曹地府的閻王爺修書一封，若能叫回來的人，就會回來的。」言訖，兼續進裡屋去了。俄頃出來，將信遞給無理要求者：

閻王老爺：

雖未得尊意，容謹述一筆。家臣三寶寺勝藏，過失傷人致死。死者親屬悲歎，反覆要求喚回死者。故遣三人前往迎接，謹請返還死者。

惶恐謹言

直江山城守兼續

慶長二年二月七日

「你們拿這封信去交涉吧！」說完，令家臣砍下了三人的腦袋。

兼續是陪臣，秀吉卻偏愛他。曾說過：「能駕馭天下政治的人，當數直江兼續與小早川隆景吧。」

太閤健在時，兼續隨主公景勝登伏見城，出現在殿上的家老休息室裡。當時其他大名在簷廊裡碰見陪臣兼續，就下意識地點點頭致意。過後大多都感到懊悔：

（什麼，是直江山城守啊？）

一次，大名聚集在伏見城的休息室，奧州老英雄伊達政宗從懷裡掏出一塊橢圓形大金幣，炫耀道：

「各位從未見過吧？」

政宗讓眾人輪流審視。拿在手裡誰都覺得稀奇。最後輪到了兼續。僅有此人不將大金幣拿在手中，他打開白扇，撮起了大金幣，啪啪地在扇面上顛來倒去審視著。

政宗以為兼續因身為陪臣自卑，不敢手拿，便說道：

「山城，用手拿吧，沒事！」

兼續立即回答：

「開玩笑也須因事而異呀。在下不肖，自吾家先公謙信以來，受命任上杉家的指揮。怎能用持麾令旗的手去碰這麼無聊的東西！」

說完，砰地一聲，挑起金幣扔回政宗的膝蓋旁。認為金錢骯髒，這種思想在當時武士之間還不曾有過。兼續受謙信影響，很早就親近中國典籍，所以才有這般奇特言行。

據說這位兼續在等待日暮，好去造訪三成。

密約

有關直江山城守兼續，此處想略揮冗筆。

江戶時代德川政權確立伊始，派人拆除了京都阿彌陀峰的祭靈廟。之後這裡成了盜賊和流浪者的巢穴，未久祭靈廟便朽敗消失了。與此同時，朝廷取消了賜予秀吉的「豐國大明神」謚號，秀吉不再是神了。

家康取代了秀吉，成為日本神明，死後謚號「東照大權現」，在日光建祭靈廟，以殿舍華麗稱豪世間，如今亦然。秀吉作為「神」的復活，卻在他逝世三百年後。關原會戰的敗者島津氏和毛利氏等，打倒德川氏，維新政府誕生。維新政權恢復了「豐國大明神」的神號，在阿彌陀峰山麓重建了祭靈廟，名曰「豐國神社」。所謂權力，就是這樣奇妙的東西。

德川氏治世的兩個多世紀裡，官方一直將石田三成定位為奸人，企圖以此使篡奪豐臣家政權的德川氏立場正當化。幕府的御用學者、諸藩學者，也懼怕對三成加以「奸人」以外的評價，沒敢破舊立新。惟有一人，即以「水戶黃門」這一異稱而廣為人知的德川光國，在其言行錄《桃源遺事》中有如下評語：

「石田治部少輔三成並非可憎之人。人各為其主，

理所當然。雖係德川之敵，亦不可恨。君臣皆應曉之。」

這可謂是惟一的例外。德川氏政權在存續的二百幾十年裡一直憎恨著一個人，堅韌地只把三成高擺在惡神的祭壇上。這種例子在日本實屬罕見。

不過三成的知己、家臣，協助他策劃、行動的三名配角，卻不觸犯德川幕府的禁忌。這三人即大谷刑部少輔吉繼、島左近勝猛、直江山城守兼續。三人被視為好漢的典型，受到江戶時代武士愛戴，逸事不斷寫成各種隨筆流傳。為了不觸及「惡神」三成，轉而去突出那三名配角，以至最後竟到了過度褒揚的地步，此乃事實。

卻說直江兼續。秀吉正在征服天下的時期，在湖北賤岳打敗了北陸的柴田勝家；長驅直入，打下了越前北莊城；再前進，入越中，攻打佐佐成政，逼其投降。下一個目標就是越後了。

這時，越後的上杉謙信已經病故，傳到景勝這一代，然而即便是秀吉也不可能輕易攻克戰國時代最強的軍團——上杉家。

於是秀吉採取的策略是透過外交手段，兵不血刃，將上杉氏攬入麾下。秀吉沒有預先致函告知對方，而是命令軍團駐紮越中，然後自己輕裝潛入越後的上杉領地越水，只帶三十八名隨從，年輕的三成也在其中。

越水住著上杉家擁有城池的大名須田修理，建有豪華大宅。秀吉來到城下，向須田修理派去使者，口述來意：

「在下是來自上方的秀吉的使者，一行三十餘人，請代為安排住處。」

秀吉親自到來之事，出於戒備，沒有透露。須田修理對著突然到來的使節團感到驚詫，暫且將城下的寺院當作旅館，以地主身分出面應酬。

然而，須田修理一進去，使節中最矮的那人拉著他的袖子說道：

「我是秀吉。」

須田修理頓時嚇得魂飛天外。大將微服，深入準敵方領地，如此舉動在亂世裡前所未有。

「哎，我是秀吉，千真萬確。說實話，我想直接拜會你家主公上杉景勝，有事相商，才微服而來。能否勞煩帶我前往春日山城（上杉氏的主城）？」

須田修理愈發驚駭了。他詳述緣由，命家臣飛奔向景勝之處。修理的使者拜謁景勝，說明來意後，問道：

「我家主公稟告，秀吉本人已在手中。若大人下令殺掉，則立即抓起殺之。不知如何處置為好？」

事出意外，景勝愕然，喚來家老兼續，讓他發表高見。兼續即刻建議：

「見之為宜。」

接著又說道：

「秀吉以畿內和北陸為中心，領有五百萬石，率領十餘萬大軍，已經平定到鄰國越中了。儘管如此，他卻便裝來到越後，足見其膽識之大不可估量。」

確實，這絕對是超出常識的驚險技藝。但說實話，這是秀吉權衡後的外交表演。此前剛剛征服了越前，來到前田家的領地府中時，秀吉也是一人叩響了利家（當時，利家的向背不明）居城的城門，說道：

「又左（利家）在嗎？我筑前來了！」

他笑著跨過門檻。利家嚇破了膽，卻又感謝秀吉對自己的誠篤信賴，終於結下了主從關係。「推心置腹」——這個古代中國人講究的人心收攬術，秀吉不可能讀書知之，卻應用自如。家康屈從秀吉，也是由於家康首次到上方時，秀吉仍是這樣做的。黃昏時分，秀吉沒預先聯繫，不做防備，就趨訪家康下榻的旅館。當時，家康的左右勸道：「現在是良機，宰了他算了！」但是，有這般膽量來訪的對手，殺不得。不如說，就連家康這樣冷靜的人，都因秀吉對自己的誠篤信賴而心懷淡淡的感激。可以說家康已有心理準備要屈就秀吉，這事他也想開了。

對直江兼續而言，先君上杉謙信是他的偶像。謙信是異常的好戰家，但作為戰國武將又是一位罕見有豪俠氣的人物，好義重信。那颯爽的謙信形象一直存在直江兼續的腦中。因此，兼續判斷一個人時，也先看他是否有正義感，再定其善惡。若是受過儒學教育的江戶時代人，倒也平常；在戰國時代，像兼續那類型的人可謂鳳毛麟角。

如此兼續，不可能不喜歡這種場合的秀吉。秀吉畢竟是秀吉，他認真調查了兼續的性格與上杉家的家風，充分計算到「我這般出手，對方非但不會殺我，反倒能令對方感動」。故此，後世稱秀吉是「騙人的高手」。

「歸根結柢，秀吉信任上杉家講究信義的家風，才輕裝簡從而來。若殺了他，我方信義掃地，被天下人笑話。主公也當率少數隨從，前往越水。面晤後若感覺所見不合，可以再擺下野戰陣地，決一死戰。」

「此言有理！」

景勝說道。景勝也以先父謙信為楷模，任何時候都是豪俠英勇的男子漢。

景勝命軍團駐屯糸魚川，自己與兼續率十二騎，前來越水的旅館，拜訪秀吉。

時當春季。

「呀，是彈正少弼（景勝）吧？越後的櫻花開得如何？我這筑前興沖沖來賞花哪。」

秀吉來到門口說道。

「稟報甚遲，我是景勝。」

這位越後的主公一本正經地回答。於是秀吉與景勝斥退左右，密談四小時，結成盟約。這次密談在場者，秀吉一側是三成；景勝一側是兼續。

三成與兼續的交往始於此時，二人都是二十六歲。偶然同歲，也加深了二人的友情。加之容貌相似。

其他領國傳說直江兼續是猛將的典型，三成見面一看，皮膚白皙，小巧玲瓏，一副眉清目秀美童子的面容。

兼續與三成談話投機，二人皆係當時武士中少見的讀書家。兼續也不甚愛好文學，對儒教中的治國平天下之道頗感興趣，這點二人不謀而合。二人還有一個共同點，即分別侍奉於英雄謙信和秀吉身旁，敬慕至極，幾近神魂顛倒。兼續談論謙信，三成談論秀吉，話題當然無窮無盡。

初次見面是天正十三年（一五八六）的春季，二人風華正茂，一談就談到了夤夜，最後發覺東方發白，皆愕然。三成說：「真想和您就這樣談上三天。」兼續頷首，答道：「我覺得自己活了二十六歲，才得到知音。」

秀吉辭世的八個月前，上杉氏由越後轉封至會津。舊領地年祿五十五萬石，新領地年祿一百二十萬餘石。

會津是蒲生氏的舊領。進行領地調換時，三成擔任秀吉的代理官赴會津，卓越地裁判了複雜事務。出差到會津的三成，某夜與兼續在若松城內閒聊。三成說道：

「太閤殿下最近身體欠佳。嗣子中將（秀賴）年幼，殿下若出現萬一，窺伺天下者必會發動騷亂。」

「定是家康。」

兼續說道。此人比三成更討厭家康。他接著說得更狠：「如果老賊膽敢覬覦豐臣的天下，治部少輔可不能默不作聲啊。」

「到時候必然行動。」

「這才是男子漢！儘管能力有限，我兼續協助中納言大人（景勝），拿出上杉家的一百二十萬石，支援你的義舉。發生大事之際，千萬別忘了我直江山城守。」

兼續說道。兼續與三成是這樣的交情。秀吉死後，景勝和兼續一直住在大坂宅邸。

兼續身穿黑色便服，帶領兩名家臣站到石田宅邸門口時，開始下起陣雨，前院的一棵棵樹木迎風發出了聲響。

「啊，山城守大人！」

石田家的門衛不由得行禮跪迎。兼續這瘦削白皙的男人，有著奇妙的威嚴。石田家的武士為兼續舉著長柄雨傘，迎進院子。進了萱門就是茶室庭院，為了照亮腳下，小徑旁一盞盞小燈籠全都點亮了。小徑中途的「主人石」旁，只見三成舉傘執燭佇候著。

「喲，偏偏趕上個雨天。」

三成姿勢不變笑著說道。

「唉呀，治部少輔大人或許不知道吧？人家說，若邀請山城，天肯定下雨，山城我可是個『雨男』喲。」

一會兒，二人成為茶室裡的主與客。室外雨聲繁密起來，三成烹茶，兼續喝了兩巡，放下茶碗，問道：

「下決心了嗎？」

聽兼續的語調，好像他看透了三成心中一切。但是他的眼睛卻一直凝視著茶室爐中的灰燼。

「下了。」

三成也漫不經心似地簡短回答。接著對兼續縷述了此前經過。

兼續惋惜似地說道：

「清正等人要鬧事嗎？那些人和我不同，是故太閤殿下從小恩養成人的大名。可惜呀。自己的眼睛看不見自己的表現，他們這是在懸崖邊上狂舞啊。」

「清正和正則或許看不見，細川忠興和黑田長政等又是如何？他們鼓動清正和正則跳舞，企圖最終令豐臣家陷入危急境地，政權移至家康手中。」

兼續笑了，說道：

「非也。即便黑田和細川別有用心，他們有足夠的智慧嗎？細川我不知道，但我覺得有人在操縱黑田長政這尊木偶跳舞。」

「該是德川家的本多佐渡（正信）吧？」

「就是他。」

言訖，兼續掰開了點心。「佐渡這老人，我於伏見的殿上見過兩面，給人的印象很陰，不啻混入人世的幽魂。這幽魂附在魯莽不知世間勞苦的年輕大名黑田長政身上，唆使他說治部少輔的壞話，隨心所欲地操縱黑田跳舞。清正、正則等人跳舞，不過是受黑田操縱。但那七人於十三日寅刻夜襲貴邸一事，這次就要成真了。他們肯定會動手的。」

「是的。」

說著，三成回到爐邊。兼續頷首說道：

「這種情況下可以逃走，逃往有城池的江州佐和山。」

「所見相符。」

「噯，治部少輔大人也這麼想嗎？這樣一來，話就好說了。其後對策也還是會所見略同吧？」

「請城州大人先發表高見。」

三成說道，他的笑容裡充滿對兼續的一片好意。

這時，酒和菜全端上來了。

兼續喝完五六杯，說道：「那麼，我說。」其內容如下。上杉家轉封至會津的時日尚淺，領地內的整頓尚未穩妥。兼續奉上杉景勝之命，須離別大坂回領國。同時將約上與上杉家關係良好的長陸水戶五十四萬五千餘石的國主佐竹義宣，一路同行而歸。回到會津，要在國內構築許多新城，廣招四方豪傑，軍備充分，以舉兵對抗家康。

會津距家康的大本營江戶較近，如果領國受到來自東邊的威脅，家康就無暇在伏見享清福了。於是他會急忙向秀賴領得軍令狀，引列位大名東下討伐上杉。屆時，三成由佐和山馳回大坂，招集蒙受過豐臣恩澤的大名，從東西兩側夾擊家康，他走投無路，最終必亡。

「所見相符！」

三成大喊。兼續的構想與三成的腹內機謀，一致到令人毛骨悚然的地步。

「治部少輔大人。」

兼續臉上慢慢露出微笑，最後盡情開顏：

「這場交戰規模之大，在日本前所未有。男子漢的痛快事，莫過如此呀。」

兼續還想說下去：能夠琢磨出這樣的構想，故太閤和謙信如何，不得而知，當今之世，除了治部少輔與自己，此外再無他人。

然而，兼續最終沒有說出來。這個寡言少語的人，沉默地端起酒杯，冷酒一飲而盡。

遁逃

閏三月十三日晚上，家康早早就鑽進了被窩。陪他說話的女人，名叫阿勝。

夜半，發覺簷廊裡有人步履輕快地走來，阿勝張開了長長的睫毛，靈敏得像小動物般側耳細聽。當這個老人的側室，必須服侍周到，五官聰敏。阿勝的這一點很中家康之意。

阿勝通稱阿萬方，生下了家康的第十一個兒子鶴千代。鶴千代後改稱賴房，是所謂「御三家」之一的水戶德川家（常陸德川家）之祖。這是因為其母阿勝甚得家康寵愛。

後來，阿勝還有軼聞。大坂冬之陣（一六一四）結束後，秀賴方面的武將木村重成擔任講和使，赴茶臼山家康的大營中接受誓言書。上面的血指印色淺模糊，木村重成蹙眉說道：「血指印顏色偏淺。」將誓言書退給了家康。家康苦笑道：「確實，年老血少。」他把手指伸向身邊的阿勝，命令道：「扎我手指！」阿勝把著家康的手假裝針刺，實際上哧地扎了自己的手指，重新按下血指印。未久，這份誓言書化做一紙空文，夏之陣爆發，秀賴被逼得走投無路，最後殞命。

阿勝趴在被窩裡，豎起耳朵細數腳步聲。俄頃，其聲主咳了一聲。阿勝綻開笑顏，貼著家康耳朵私語：

「是佐渡守。」

「還是妳聰明。」

家康竊笑。阿勝手放在家康的肚皮上，慢慢順著腸子方向撫摸而下。這是預防便秘的「按腹」。

腳步聲傳入了臨室。接著，隔著紙門傳來了老人的聲音：

「我是彌八郎。主上已經躺下了嗎？」

「躺下了，有事就這樣說吧。」

家康像對著阿勝細長脖頸呼氣似地回答。

「石田治部少輔那廝，今晨從大坂逃之夭夭了。」

家康吃驚地翻了個身，嘟囔道：

「意外之事！」

「哎，主上說什麼呀？」

「說這是『意外之事』。」

阿勝的聲音傳了出來。阿勝的手一如既往，在家康的肚皮上緩緩滑動著。在阿勝看來，和三成遁逃相比，家康的便秘反倒是一件大事。

正信老人說道：

「給加藤清正的那劑妙藥，過於立竿見影了！討厭三成的那『七人幫』，利家死後大鬧了一番，終於決定十三日攻打備前島的治部少輔宅邸。結果治部少輔那廝聞風驚慌失措，逃之夭夭了。」

「彌八郎，做得好呀，儼然是名醫。」

家康望著天花板說道。

「但沒把主上的便秘治好。」

正信不愧在僧院裡長大，總好開個玩笑，雖然並不高雅。

但家康不愛這種諧戲之言，他一本正經地回答：

「治便秘，用其他方法。」

一聽這話，阿勝的手突然加大了力度，肚子被按摩得開始此起彼伏了。

「治部少輔那廝若從大坂逃走，就等於他已失去了奉行這把交椅。大坂的形勢巨變，會大大有利於主上。」

「風向變了啊。」

「是的。可以這樣認為。迄今為止，礙於總是狂吠的看家犬（三成）的那些大名，現在會突然來向主上獻殷勤。」

「形勢大好呀。」

家康語發丹田。心情相當好。

「形勢大好。」

紙門彼方傳來了正信老人欣喜的聲音。

「三成那廝還真能逃出去了。清正等人為何不槍纓彙聚，一齊尾追呢？」

「有意外的護衛。」

正信抬頭說道。眼前的紙門上有狩野永德畫的牡丹花。狩野永德是秀吉喜愛的畫家，以畫風豪放而廣為人知。最近家康住進的臨時居館伏見向島城，是秀吉去世前幾年修建的，與伏見主城相比，向島城是秀吉的別墅。

「何謂『意外的護衛』？」

「就是佐竹義宣。」

義宣是三成的有力支持者，年長三成十歲，築城於水戶，年祿五十四萬五千八百石。佐竹氏是自平安時代末期始居常陸的望族。義宣不僅是名門之後，他這一代還鎮服了附近的小豪族，勢力壯大，身分進一步提高。

義宣不愧是大大名，其伏見宅邸常駐許多人。據說為救出三成，他從伏見調出不少人幫助三成逃出了大坂。

「右京大夫（義宣）是欲壑頗深的人。他年輕時候曾經將當地豪族三十三人招集城裡，大擺宴席，悉數殺之，奪其領地。三成利用其烈欲來操縱他，大概二人之間有密約：若加入我方，將給你大片領地。否則，右京大夫不會對別人那般親切。」

「主上言之有理。」

正信說著，面對永德之牡丹花行禮。

「不過，治部少輔那廝也挺能活動，竟搬出佐竹義宣來幫助自己逃走。這可不是一般人能想出的高招。」

「恐怕是島左近的計策。聽說他經常扮作行商或浪人，出現在這伏見城下。應該這樣看，他早就和佐竹聯繫上了。但是，」

家康想起還沒詢問的一件要事，問道：

「三成今在何處？」

「不知道。很可能回到了近江的佐和山城。」

「彌八郎。」

家康且思且語：

「你粗心大意了。近江路各處關卡都沒上報三成已經通過了的消息。還有，三成確實從大坂逃脫了，但至今尚未聽到發現了三成身影的報告。故此，三成人在居城佐和山城，尚無有這樣的證據。」

「因此，宅邸在伏見的清正等七位大名，拼命搜尋三成的行蹤。清正等人說，若在路上發現了，絕對要猛地一槍將他狠挑到半空裡！」

「總而言之，給我搜！」

家康命令道。正信客套一下，退到簷廊裡，咳嗽一聲，走了。

「真玄妙了。」

說完，家康一邊接受腹部按摩，一邊思考。事情真奇妙，一個十九萬餘石的大名，竟忽然消失了。

（佐竹義宣那一幫人自伏見下大坂，進入三成宅邸。然後出大坂，返回伏見。三成或恐扮成佐竹手下的普通武士，混在人群裡進了伏見。故此，眼下三成正在伏見。）

家康想到這裡，為之愕然。三成豈不正在自己的膝下嗎?!

「阿勝，三成即便潛入伏見，也不敢外出拋頭露面。條條道路都有清正的人監視著。三成想盡辦法能從大坂來到伏見，卻不能從伏見回到佐和山。」

家康把身旁的阿勝選為歸納自己思路的人。

「是的。」

阿勝按摩著家康的肚子，靜靜回答。

「只要治部少輔大人不會變戲法，這伏見就像主上的城下一樣，主計頭（清正）大人等人不會讓他逃出去，已經和袋中之鼠一樣。」

「治部少輔那廝如何遁逃，又能逃向何方呢？無處可逃。」

家康心潮起伏，笑了起來。

「這回可有熱鬧看了。」

言訖，阿勝發出了青春蓬勃的笑聲。

得知石田治部少輔隻身逃脫，清正等七個大名帶領人馬撤出大坂，朝伏見聚攏而來。

「人在佐竹義宣宅邸。」

這個判斷基本準確。七個大名齊集伏見的加藤宅邸。這裡的氣氛相當於追擊三成的軍事會議會場，結論是：

「咱們趕到佐竹義宣宅邸，右京大夫如果拒絕，就毫不留情地衝進去，強行把三成拖出來！」

清正的家臣雷厲風行當使者，奔向城西佐竹義宣宅邸。

「我打先鋒！」

福島正則自告奮勇。福島宅邸恰巧和佐竹義宣宅邸只隔一條路。按他的說法，可由福島宅邸向佐竹宅邸射進火矢，搗毀院牆，攻打進去。這麼做恐將成為一場驚心動魄的巷戰。

「街市裡的作戰行動應當預先稟報內府。內府不至於轉為勸架人。」

年輕的黑田長政說道。他雖然年輕，在這夥人中卻最長於政治談判，而且與家康的謀臣本多正信接觸最為頻繁。與這些事相比，毋寧說更重要的是，黑田長政已成為被正信老人操縱的傀儡。眾人決定：

「那麼，上報內府一事，交給甲州（長政）去辦。」

長政來到向島的德川宅邸，見到了本多正信。老人一看見長政就小聲問道：
「甲州，你們的力量如何？」
「占上風。清正和正則等人甚至聲稱，抓到三成，不生啖其肉誓不甘休。」
「不愧是少壯派大名，虎虎有生氣！」
老人默默笑了。黑田長政湊上前去，說道：
「佐渡守大人，這件事主上已經知道了吧？」
「哎呀，這我可不曉得。」
老人回答。他撒謊說：「這幾天我沒拜謁主上，不曉得主上是否知道此事。」正信擔心家康對事件的看法與個人意見輕率地傳播開去，被認為是「家康煽動七將」那就糟了。家康要像鎮坐神殿裡的神祇那樣，其意見與感情凡人耳目難以窺知。正信這樣塑造家康是聰明的做法，有利於增強家康震懾眾人的威力。
「能否煩請大人轉告主上？」
「是啊，找機會轉告。」
「找機會？」
老人滿不在乎，慢吞吞的。黑田長政感到驚詫。
「沒有那麼充裕的時間了。或許今夜就要開戰呀！」
「主上不會因交戰而駭異。」
老人轉換了話題。事實上，秀吉和利家辭世後，家康成為資格最老的武將，他在野戰方面的巧妙智慧幾乎被神話化了。
長政返回加藤宅邸已是夜裡了。去佐竹義宣宅邸的使者很快回來報告說：
——遭到了拒絕。
關於「治部少輔是否在府上」一事，回應是：「這不應該由我們回答。」
「於是決定發兵了嗎？」
長政問道。加藤嘉明回答：「人家既然沒明確回答石田治部少輔在此，就不能圍攻宅邸。因此只能再派人前去落實情況。」

少刻，使者歸來。佐竹家的回答依然堅持一點：

「這不應該由我們回答。」

「那就比耐性吧。」

黑田長政說道。當夜七人商議好，備戰完畢的將士分別在自家宅邸裡嚴陣以待，加強對佐竹宅邸的嚴密監視。達成共識後，七人分手了。

當夜，福島正則派出的伊賀忍者山田兵助、妙助，大膽翻越佐竹宅邸的院牆潛入。二人躡手躡腳奔走院裡，終於發現東隅茶室裡有一個人酷肖三成，正在喝茶。

「瞧他那面相，沒錯！」

兵助和妙助二人點頭，兵助退到東牆，妙助退到西牆，要越牆逃脫。兵助逃走了，妙助被斬於牆根。斬人者，島左近也。他命令家臣：

「屍體拋入鄰居福島宅邸！」

左近的家臣抬著屍體來到路上，扔到了鄰居門前。福島家跑出人來，確認屍體，從左肩到胸口窩，一刀斃命。福島家收拾了屍體，事件就此告一段落，沉默不提。但是兵助的報告內容由福島家的傳令兵送達其他六家。

「三成好像在佐竹宅邸。」

總之，情況落實到這種程度。七人的宅邸更加嚴陣以待，枕戈達旦。

清晨，向島的德川宅邸出現了不速之客。本多正信狼狽周章。引人注目之人佐竹右京大夫義宣，未預先聯繫，便來到門前。佐竹義宣立刻被請到客間，正信出面接待。義宣晃動著魁梧的身體，旁若無人地說道：

「呀，是佐渡守啊，我有話想對內府說。」

正信不由得趕忙跪拜。這位佐竹義宣出生於正統名門清和源氏之家，先人出自新羅三郎義光。甲州武田家已經斷絕，在現存大名中，佐竹家與薩摩島津家的家世同樣最悠久。

此處為冗筆。家康本來喜歡名門，對足利、畠山、吉良等源氏後代各名門保護有加。甲斐源氏的宗家武田氏滅亡後，家康收攬其大量遺臣，以滿足自己的癖好。當然，不僅僅是出自興趣。德川家雖然家世曖昧，他卻公開自稱源氏苗裔。如此公開自稱，並非僅出自虛榮心。因為非源氏苗裔不能擔任征夷大將軍。就連秀吉因非名門之後（最初公開自稱平氏苗裔），他憧憬的征夷大將軍也終未能獲得宣旨，所以他任公卿，就關白之位。

家康渴望壓住豐臣氏，然後任征夷大將軍。故而對源氏名門的大名，社交上尤其需要鄭重誠懇，對這位佐竹氏也不敢疏略慢待。

也許是家康的癖好最終感染了正信老人，正信在佐竹義宣面前，下意識地示以卑恭的態度。

「主上感冒臥床，有何貴幹，請吩咐。」

「治部少輔就在寒舍。」

義宣直言不諱。本多正信為掩飾忐忑不安的神情，垂首小聲問道：

「於是？」

「不知誰在背後唆使，主計頭等人正在鬧騰，傷人腦筋。」

「於是？」

義宣那長著雀斑的大臉，開始有點笑容。

正信老人的臉朝下，又問道。

「於是，治部少輔求我向貴府傳信。我這就來了。」

「治部少輔大人傳信，是何內容？」

「想寄居貴府。」

「啊？」

老人抬頭凝視義宣。三成走出佐竹宅邸，竟然要進入德川宅邸。這是為何？

「此話當、當真？」

「當真。不苟言笑的治部少輔，一本正經對我說的。此事想請求內府給出個主意。」

變幻

三成走投無路，在京都和大坂無處藏身了。然而，他以打破常規的思維來安排自己的角色。三成像後世的驚險小說主人公一樣，赤裸裸地出現於敵方的中心據點。自古以來，基本上沒有一個大名的態度轉變竟然這般出人意表。

三成走進伏見向島德川宅邸大門之際，已是日暮時分。南山城特有的煙濛雨氣，無聲地潤濕了昏暗的暮色。家康的謀臣本多正信老人壓抑和隱藏著複雜的感慨，到大門口迎接三成。

「是佐州啊？」

三成直呼正信老人的官名。佐渡守正信，在德川家是擁有相模甘繩、食祿二萬二千石的大名。三成卻以看待奴婢般的傲慢，一直俯視著跪在迎賓臺上的正信老人。

「我是治部少輔三成。初次見面，可好？」

「承蒙問候，誠惶誠恐。初見大人，但在下早已久仰大名。跟隨主上登殿時，屢屢拜見尊容。但大人沒注意到在下吧。」

「佐州，你要小心用詞！」

三成如錐般的銳利視線刺向老人的臉龐。

「所謂『主上』是何人也?」

「是我家主公、德川內大臣源家康公。此稱有何不當?」

「語言使用錯位，會導致世間混亂。我來告訴你。所謂『主上』，是指織田信長以來統治天下的偉人。太閤健在時，可稱『主上』者惟太閤殿下一人。殿下歸天後的今日，住在大坂城本丸的幼君秀賴公則為『主上』。你是三河的鄉野之人，不瞭解涵義，才使用這個詞吧?」

「在關東，稱家康為『主上』。」

「聽此言真有意思。所以關東稱狐為狸（編註：狸在日語中有老奸巨猾之意），還稱狸為人嗎?」

「如何這般講話!」

正信的臉色變得紅裡帶黑。三成苦笑，即刻回言:

「是我失言。老毛病犯了。加藤主計頭等七個渾蛋大名，追得我天下無存身之處。最終逃來指靠貴府，本應跪拜俯首懇求，我卻說了些無用且討厭的話。」

「是的。是無用且討厭的話。正因為大人說這樣的話才得罪了人。」

「得罪的是主計頭等人吧?」

三成啪地合上扇子。「他們叫囂猖狂，並非僅因為我的性格狂傲，操縱他們奔走的是藏在黑幕中耍手腕的人。那個耍手腕的人，佐渡守，不正是你嗎?!」

「何出此言?」

老實說正信已經窮於應付了。德川家對跑上門的三成，正在密議是殺掉他?是交給清正等人?還是讓他活下去?這尾砧板上的活魚卻還在大放毒詞，喋喋不休。

「請先入內休息吧。」

老人喚來司茶僧將三成領走了。三成緩步隨之，記住了建築的內部結構，簷廊走到何處如何拐彎，之後有何物件等。這處宅邸是秀吉作為別墅修建的，還經歷過地震。

請三成入住的房間稱「鴻之間」，白日裡可以看見點綴著天然巨岩的美麗庭園。

「能來一碗湯飯嗎？」

三成問司茶僧。司茶僧默默低頭退了出去。他大概是去請示正信如何安排。司茶僧離去後，燭臺上的燈光好像突然增輝了。房間周圍那些秀吉喜歡的金泥和金箔紙門畫，沉悶地包圍著三成。

（有點悶熱。）

三成站起來，嘎地拉開面朝庭園的紙門，來到簷廊上。嗖——，右邊一道人影慌忙消失了。

「誰啊？」

三成故意含笑問道。

「用不著逃走藏起來呀。我只是來看一眼雨夜的閒庭。太閤殿下健在時，庭院池畔、古田織部喜愛的那款石燈籠總是點著。德川大人做事謹慎，大概擔心費燈油，這般暗夜也不掌燈。喂，誰能來為我將這燈點亮？」

暗夜靜悄悄的。但三成明白，那簷廊拐角、屋簷下、點綴的天然巨岩背陰處等地方都隱藏著正信佈控的武士，屏息監視著自己。所以，三成對他們講話。三成驚異的是，這些人也有風雅之心。俄頃，漆黑庭園裡啪地點亮了燈。

「好極了！」

三成道謝一聲，返回了室內。

家康在裡間一室。他的身旁，小妾阿勝穿著綴滿紅梅圖案、衣襬上撩的「搔取」，此外還有本多正信和井伊直政。滿屋就這幾個人，大家說話聲音很低。莫不如說，彼此主要靠神色溝通，幾乎是緘默不語。

「三成老實待著嗎？」

家康問道。

「他讓庭園中的織部石燈籠都點亮了。」

正信老人不快地回答。「主上如何處理？」他眼睛朝上一翻，聲音壓得很低。家康頷首，卻漠視了老人的問話，回頭問阿勝：

「妳有何想法？」

阿勝致一禮，回答：

「殺了他，如何？」

這話說得比男人們還果斷。確實，這麼一說，此刻或許該做如此決斷。前田利家過世後，豐臣家膽敢反抗家康的惟有石田治部少輔。幸好他赤手空拳跑來了，倘在自家宅邸裡結束了他的性命，今後事情的運作就輕鬆多了。

「說得好！」

正信老人誇讚阿勝。受到智多星老人褒揚，阿勝微啟朱唇，朝正信輕輕致以注目禮。

「如此說來，您老的高見是，於此處殺掉治部少輔為佳吧？」

年輕的井伊直政詢問正信。正信搖頭：「非也。適才之言，僅為誇獎阿勝。我另有打算。」

「如何打算？」

「逆向說來。於此處殺掉治部少輔，後果如何？三成死了，主上當然會輕鬆無憂。不過僅此而已。」

「何謂『僅此而已』？」

「我說的是，主上作為豐臣家五大老首領和秀賴公的代理官，其官位依舊穩如泰山。不過僅此而已。」

正信所言極是。如果僅此而已，家康只是晉升為豐臣政權中的最高官僚，可以作威作福，僅此終其一生。

「社稷不會滾入德川家手中的。」

正信說道。家康頷首，贊同正信的觀點，小聲說道：「正是。」

正信接著說：

「所幸的是，清正、正則、忠興、長政、幸長、嘉明、輝政等人，都成了德川家的獵犬。他們鬧得越激烈，豐臣家的裂痕就越大。不久，一方是加藤清正，一方是石田三成，分裂為兩大塊，發生爭戰。若是如此，德川家當即成為清正等人的棟樑，滅掉三成，一舉布武天下，獲取政權。」

「此事在下明白。」

井伊直政說道。這個秘密方針，只要是德川家的謀臣都瞭若指掌。因此才遵循著一直煽動清正等人。事到如今，沒必要聽正信說教。

「還需要『果如所料』。」

正信又說道。

「火勢尚小。為了讓豐臣家的火勢越燒越大，必須表面上放任傲慢三成的自由，暗中監視他。」

「這可危險啊！」

井伊直政說道。接著，他問正信老人：「越是表面放任、暗中監視，三成越會不以清正等人為敵，轉而盯住德川家。若舉起打倒德川的義兵，您老如何應對？」

「此乃求之不得呀。倒是盼望如此。呀，積極追逼三成照此而來。」

「在下明白。然而在下擔憂的並非此事。對三成表面放任，暗中監視，讓他舉義旗這都可以。如果那大旗之下意外麇集許多大名，又該如何？」

家康開口說道：

「確有那種危險。但是，萬千代（井伊直政），到那時就是賭博了。不賭便取得天下者，可曾有過？」

啊！直政和正信老人同時低頭。家康的主意已經拿定了。

總之，德川家當夜保護了石田三成，明天或後天，滿足三成的要求，護送他順利返回江州佐和山城。

「這豈非放虎歸山嗎？」其後，阿勝在寢間裡說道。

「正是。」

家康沒有反對她，這是老人特有的溫柔。他汗涔涔的手放在年齡相差好似孫女的這名側室兼女秘書的膝蓋上。

「那麼，為何特意護送他回佐和山城？」

「因為想放虎歸山。」

「特意的？」

阿勝搖頭，不可思議。自己的智慧簡單而遺憾地敗給了彌八郎老人那髒兮兮牙齒間伸出的巧舌。回到寢間後她還是覺得非常窩囊。看到阿勝這副模樣，家康不出聲地笑了。「阿勝，別生氣。」他搖著阿勝的膝蓋。

「妳的意見也是對的。但這事必須賭，必須放虎歸山。歸山之後，清正等獵犬會盯著這頭老虎，勇敢追去。我巧妙地唆使獵犬。等到咬死老虎之後，我就成了眾犬之主。原先犬主遺孤秀賴，則被獵犬們棄之不顧了。」

「能這樣順暢進展嗎？」

「層層遞進，促使如願進展。賭博是為當贏家才下賭注的。為贏，必須殫思極慮，琢磨如何使計謀，層層設計，直到最後擲骰子時，一定會出現我要的點數。等到有這樣把握我才會出手擲骰子。這就是我的賭博觀。」

「那樣就不是賭博了呀。」阿勝似乎在反駁老人的老謀深算。

「非也。這才是真正的賭博。所謂地道的賭博，不能光靠運氣，還要憑藉智慧。阿勝，想想看，這盤賭的不是成百上千的金錢，而是我的生涯、我的地位、領國和我自身。如果輸了，一切都沒了。不可馬虎對待。」

「那，賭博對手選的是治部少輔吧？」

「正是。賭局一人不成，需要對手。我選的就是治部少輔。那人原本不過是豐臣家的一介奉行，不是我的對手。但豐臣家只有他。因此，我煞費苦心激他起事。看來他已下定決心要行動了。」

「關東二百五十五萬石的主上與佐和山不足二十萬石的治部少輔，籌碼相差太大了。」

阿勝有點可憐三成。

「阿勝，切忌同情！」

家康輕輕掐了一下阿勝膝蓋的嫩肉。

「確實，那人的身價沒資格和我對賭。故而放他回佐和山，讓他籌集資金，以能上賭桌。三成回到佐和山，必然向四面八方派出密使、召集金主。為此才放虎歸山。阿勝，明白沒？」

家康緩緩舒展身體躺下了，腦袋貼在阿勝的膝蓋上。阿勝像母親一樣，兩手對攏著家康的老臉，說道：

「您辛苦啦。」

「是的，挺辛苦的。」

家康自己都覺得這場辛苦太滑稽。為了賭一場，竟然拼命培養對手。

三成心中有數。他深知普天之下最關心自己的就是德川家康。三成看透了，家康必定會借他住處、加以庇護，叱責清正；不僅叱責，還會派兵護送他返回佐和山城。所以，他投身德川宅邸。

（家康的手腕我知道。）

三成這樣思忖。家康若不像自己讀解的那樣聰明，此夜肯定會襲來刺客。為防那時不測，三成懷抱大刀而臥。這並非為了廝殺而死，而是打算，縱然不能如願殺死家康，也要衝進裡間，哪怕只能朝家康身上砍一刀也好。

（我是個奇妙的男子漢。）

黑夜中，三成閉目這樣思考著。如果想平凡度日，作為堂堂十九萬餘石的大名，本可以舒舒服服過好此生。有城池，有家臣，有領國。到底圖希何物，今夜活像個流浪刀客，懷抱一口快刀，隻身睡在天下最危險人物的宅邸裡？

簷廊上好像有人窺伺。家康的家臣們大概將鴻之間圍了十層或二十層，通宵監視吧。三成爬出被窩，噗地吹滅了燭燈。三成敏銳感受到室外的氣氛。黑暗中的三成苦笑著對外面說道：

「放心吧。現在我開始睡覺。再怎麼說，我治部少輔也不至於深夜裡躡手躡腳通過簷廊，去窺視家康的寢間。」

（家康他……）

三成心想。他再次覺得，家康終於不想見他這個不速之客了。

三成睡了。

在同一個屋脊下，家康也睡了。接著，就到了翌晨。

當陽光開始掃走南山城原野和街上黑暗時，加藤清正的使者來到了德川宅邸的大門口。本多正信出面接待。使者強硬要求：

「請把治部少輔交給我們！」

謀才・謀智・謀略・謀劃

態勢已發展到家康與三成鬥智的階段。昨夜，三成溜進了向島德川宅邸。面對三成這對象，家康腦袋裡琢磨著各種招式。

（能否取得天下，取決於現在出的每一招。）

家康高度看重這次事件，直到深夜才理清思路，形成構想。

（清正等人會發怒吧？）

家康獨自覺得事情挺滑稽。

果然不出所料，清正以其黨派代表的資格，來訪向島的家康宅邸。他一進大門就嚷嚷：

「治部少輔那廝窩在裡邊吧？把他交出來！」

大嗓門都快把宅邸震裂了。據說嗓門兒大的多是善人，照此說來，清正是典型的善人。世事全靠智謀和策略來運作，這種感覺清正卻一點也沒有。

正信老人來到門口，他是個嗓門極低的人。他彷佛要抱住身高六尺有餘的清正那粗腰一般，拼命哄著說道：

「嗳，您可別扯著那麼大嗓門咆哮啊！」

「你不明白。我想和內府大人直接面談。給傳達一

下！」

「馬上轉告。請先在這裡用茶。」

正信請清正坐在休息室裡，他飛跑過簷廊，進了家康的居室。

「主上，主上不在嗎？那莽漢跑來了！」

「是清正嗎？」家康喝著煎茶。

「正是。簡直就像德川家和三成相互勾結似的，他面紅耳赤地怒吼著。」

「真是心直口快的人呀。」

「從內穴煙燻，他就跑進外穴；從外穴煙燻，他就跑進內穴。就是這麼個名副其實的直腸子。對這種心直口快的人，是否制定了一策？」

「定了。」

「那太好了。清正提出要拜謁主上，如何處理？」

正信老人用了「拜謁」一詞。這用語已經把家康擬定為掌管天下之人，把清正視為家臣。家康立即顰眉。

「彌八郎，『拜謁』一詞，用得過分。」

「哎，開個玩笑。那麼，到底如何處理？」

「將他請進小書院。」

咔嚓，家康放下茶碗。家康來到簷廊，左側是點綴著天然岩石的蓬勃庭園。昨夜開始下雨，雨水無聲沖洗著園中的群岩。

「雨快停了。」

家康望著房檐外，天空已經放亮了。家康來到小書院。清正坐在下座，等家康就座已經等得焦急了。他湊上前去，把剛才對正信老人說的話又重複了一遍。家康頷首。

「言之有理。」

家康紅潤的臉上，慢慢浮起頗能展示長者寬容的微笑。

「你們怒氣沖沖，我家康心知肚明。我家康如今若能再年輕點兒，並且站在你們立場上，我豈能遲於他人。也會手執長槍衝進三成宅邸，一槍刺死他。」

「到底是內府大人！」

清正眼裡噙著淚水。

「大人理解武士本性，所以請將逃入貴府的那廝，交給我們七人吧！」

「就此事，我家康也心存一念，想告訴你們，我要將其他六人也喚來此處。已派人通知各家宅邸了，你再稍候片刻。」

說完家康就回裡間去了。留下清正等人。到其他六人齊集小書院，清正等了兩小時許。六人即福島正則、池田輝政、淺野幸長、加藤嘉明、黑田長政、細川忠興。——後來，此七人中的半數，其家被德川政權摧毀了。

家康到來之前，清正把剛才家康說的話，傳達給了六人。

「內府說，『就連我也想執槍刺死三成！』」

眾人熱血沸騰，因家康的這種氣概而感動。

「和我們是一路人！」

福島正則拍著膝蓋說道。從氣質相同的家康身上，生性單純的正則感受到了一種同夥意識。

「惟有內府，才是我們的棟樑。」

黑田長政頷首而言。此人在本多正信叮囑下，總是細心考慮將六個魯莽大名的心拴到家康身上。這時，家康進來了。肥胖的身體沉重地坐在上座。

「各位，太勞煩了。」

家康鄭重低頭致意。七人慌忙回禮，抬頭一看，見家康的頭垂得很低。福島正則等發現後，連忙再度趕快低頭。大家都感動了，內府待人鄭重，禮意深厚，名不虛傳。

家康抬起頭來，興高采烈非同往常，嘴角的微笑不斷。

「諸位聚會此處，有何貴幹？」

他的上身向前探出。眾人驚訝，清正尤甚，他複述了剛才家康說的話。

「是內府傳喚我們來的呀。」

於是，家康搖動著身體，笑了。

「啊哈哈，是嗎是嗎？年齡不饒人呀。幸好雨停了，我拉了一會兒弓，出了點汗，竟把事情忘得一乾二淨。再對我說一遍。」

這一次，黑田長政當代言人說了一番，目的是要求交出三成。

「關於此事，剛聽主計頭講，適才內府大人如此這般說過。此話當真？」

「此話當真。敝人若是甲州大人（長政），也會持搶挑出石田治部少輔三成的腸子。」

「實在多謝！」

嗜好粗暴的福島正則，感極而發出奇聲。

「那麼，請將三成交給我們吧。」

「那可不行。」

啊？眾人抬頭。

「諸位所知，我家康的念頭，就是祈望為大坂的秀賴公好。此外無雜念。剛才主計頭提出了強硬要求，應該如何回答，我左思右想。將治部少輔交出來對諸位好呢？還是不交出人才對諸位好呢？我嘔心瀝血思考著。諸位可深思過此事？如果深思過了，還能到處追趕治部少輔嗎？」

「……哎呀。」

福島正則張口結舌，無話可說，眾人噤聲，面面相覷。他們並非經過深思之後，才鬧哄哄地到處奔跑的。

清正顰眉回答道：

「我說。內府說得那般嚴重，我們無法回答。當然，內府心懷忠義，令我們誠惶誠恐。但如果連筷子掉了、犬吠之類的事都要去深思對秀賴公如何、好或不好？那可任何事也做不成了。」

「什麼？」

家康的微笑消失了，臉色陡變，叱喝道：

「主計頭，目光短淺！你由太閤殿下一手恩養成人，長大後，又送給你若干武士，接著又不斷升官，提拔到肥後半國的很高身分。太閤殿下對你有大恩，你也感恩。僅此，我就覺得你應該明白事理，但你何故這般不懂事？」

「可、可是……」

家康的語氣激烈，清正的臉色變得蒼白。

「哎，你聽我說！治部少輔再奸惡，也是擁有廣大領地的大名，和實力派大名交往近密。若追逼治部少輔，他必走投無路，走投無路至極，他恐會召集大名發動騷亂。那時就是豐臣家土崩瓦解之時！」

家康的聲音顫抖著。他又說道：

「想想看，現在豐臣家危如累卵。我們受故殿下委託，日常即便雞毛蒜皮小事，也須捫心自問此事對秀賴公好不好，熟慮之後再行動。要有這種覺悟。」

此可謂忠烈。家康對豐臣家如何忠烈，清正等人經常可從黑田長政嘴裡聽到。正因如此，要想一直擁戴家康，就必須一直思考是否有利於豐臣家。然而清正有他的理由。家康關心秀賴，縱然此事我等可以理解，那他也豈非過於神經質嗎?!

清正開口道：

「我有話要說。我們壓根兒不給治部少輔那廝發動騷亂的餘地。如果將他交給我等，當場就殺死他，不留後患。」

「非也。治部少輔在佐和山有一萬兵員。若知道他被殺了，兵員和島左近恐怕會擁戴治部少輔之子，於佐和山舉兵，於是乎天下大亂。或許有人心懷叵測，對形勢虎視眈眈，等待騷亂發生後，乘風雲而起事。」

此人就是家康。然而，家康竟能眼含淚水，說出此言。

「倘如諸位所云，治部少輔是個奸人，我任豐臣家的大老之職，等時辰一到，會以大老的身分討伐他。到那時我再拜託諸位協助，可否？」

言訖，家康環顧一下七人的臉。這是為了窺察自己話語的效果。家康覺得七人以一種亢奮的表情凝視著他。

（這就好。）

家康這樣思量。他覺得等到討伐三成之際，這七員猛將必會信任自己，天真無邪地跟隨自己。

「不過，當前不可。一切為了秀賴公。萬萬不可播下發動騷亂的種子。倘若儘管如此，諸位還是聲稱要殺掉治部少輔，那麼我家康將先成為諸位的敵手。你們七人可在國內召集兵馬，一起攻來，如何？」

「不，此乃從未想過的事。」

坐在對面邊上的加藤嘉明，以失勢的小聲回答。此人後來被德川家封以非常廣闊的領地，任會津城主，年祿四十餘萬石，其後又吃到了自家崩潰的苦頭。加藤嘉明此時並非因為特別憎恨三成而到處奔走，他和加藤清正、福島正則是青梅竹馬之交。秀吉任長濱城主時，三人以小姓的身分侍奉秀吉。從此，以「三友」關係度世。清正和正則稱嘉明為孫六，嘉明稱他倆分別為虎之助和市松，以舊名相呼至今。面對三成事件，因為三友的頭領清正對三成感到憤慨，正則與嘉明不過是出於黨徒意識，隨波逐流而已。

總之，清正等七將遭到家康一聲大喝，縮頭縮腦，告別了德川宅邸。

這次事件為家康帶來了不可估量的收穫，刷新了世間對家康的認識：第一，家康對秀賴的異常關懷，天下無與倫比；第二，這位老人寬宏大量，竟能庇護對自己懷有敵意的三成；第三，就連以魯莽大名著稱的七員猛將，被家康一聲大喝，都老實得像小貓一樣。這三件事即刻成為小道消息，不脛而走，進一步擴大了家康在世間的形象。

三成失敗了。但他自己並沒有察覺。當他知道家康撵走了清正等人，「與我的想像一樣，此乃以毒龍之毒來攻毒蛇之毒」，三成對自己的智力十分滿意。

翌日，三成在本多正信老人五十名侍從護衛下，回到了伏見城內自家宅邸。三成對島左近說：「這是我的智慧。」

三成高興地笑了。這種時候，三成的表情非常天真。

「做得漂亮。」

常常嘮叨三成的左近也只好隨著他一起高興。三成歸邸後，坐進了久違的伏見宅邸的茶室。壺裡的水還沒沸騰之時，有兩個人來訪。

這兩人和三成的交情不厚。一是中村一氏，官職式部少輔，任駿河府中城主，年祿十七萬五千石。中村青年時代開始侍奉秀吉，建立了功勳。根據秀吉的遺令，中村任豐臣家的中老，即顧問官。

另一個是家康家的譜代武將酒井忠世。他在武州河越，年祿五千石，後至十二萬五千石。家康死後，他和土井利勝一道為確立德川體制立下了殊勳。

二人是家康派來的。作為「豐臣家大老德川家康」的使者，前來訪問三成。二人身穿禮服，儀表堂堂。三成無奈，只好也穿上適合在書院裡接待使者的無袖禮服，裝束得體地出面會晤。

中村一氏未到五十歲，卻好似患病在身，皮膚黝黑，無精打采，看上去就像個老人。

「受江戶內大臣委託，擔任使者前來拜訪，這一位，」

他朝著酒井忠世打開扇子。

「大人認識吧？是德川大人的家臣、人稱『好漢』的酒井雅樂頭。」

「是嗎？」

三成旁若無人地回答。在他眼裡看來，家康的家臣全是壞蛋。他的視線未投向酒井。

「那麼，帶來何種口信？」

「內府對大人的忠告是，儘早隱退至佐和山，才對大人有利。」

三成沉默了。他心想，佐和山是要回去的，因此才來到伏見。但所謂「隱退」是何道理?豈非逼我辭去奉行之職嗎?!

中村一氏且咳且說道:

「內府說了,天下騷動,全都因為大人的存在而發生的。今後會否發生比時下更大的騷動,難以預測。如此態勢對秀賴公不利。」

這是恫嚇的語言。家康的意思是,倘若發生騷亂,對秀賴公不利,故此,三成應當退出中央政界。

「一切都是為了秀賴公。」

之後領受了駿河府十七萬餘石、一心跟隨家康的這名老顧問官如此說道。

三成欠著家康的人情。若在往常,他必會極冷淡地傲慢拒絕:

「豈能這樣說!」

然而,此時的三成只是溫順地點頭說道:

「內府所言,不勝感激。」

客套一句,作為回答,是否隱退,概不言及。只對忠告表示感謝。二人返回家康處,如實傳達了三成說的話。

「他沒表示應諾嗎?」

家康神情不悅。他覺得,對三成這麼夠意思,他卻竟然如此,多麼不討喜的人呀。家康並沒就此甘休。他當即執筆修書一封,放進信匣,派人快速送給三成。三成展信,見家康寫道:

「我所言所語,皆為大人好。」

內容如此簡潔。三成已經在思考與家康的忠告相同的事。他回答信使:「近日作覆。」讓信使兩手空空地回去了。

三成下定決心:從中央政界「隱退」,鑽進佐和山。兩天後,三成將此意以書信形式回答了家康。在三成,這是預定作戰;在家康,這是每一步棋都遂心的如意棋譜。

瀨田惜別

還是閏三月時令，此夜，日暮時分開始，就悶熱得儼如夏夜。

「聽說石田治部少輔大人，要歸隱佐和山了。」

這個小道消息在伏見城下擴散。從早晨開始，三成宅邸門前就湧來常有交易的商人問安。夜色漸濃，來訪的人也隨之靜了下來。

初芽在房裡。

三成僅帶少數隨從，從大坂消失後，數日裡，初芽和其他家臣仍留在大坂宅邸。此時，家老舞兵庫開始處置大坂宅邸，讓會計清算廚房等相關待付款項，再發錢給當地雇傭的僕人，將他們全都遣散了。

然後，輪到初芽。石田家的佐和山主城另當別論，其伏見宅邸與大坂宅邸都沒有管理裡間的女官，舞兵庫就派男人管理。

「初芽小姐如何打算？」

舞兵庫問道。這一問，初芽一驚。

「所謂『如何打算』，是何意思？」

「意思是即回娘家嗎？」

「我現在沒有娘家。儘管如此，關於我的事，舞大人還從三成大人那裡得到了何種指示？」

「沒有。」

舞兵庫支吾著。實際上他是獲得了三成的指示。

按照三成所想，自己撤出大坂後，將來或者在佐和山遭圍困，或出城與家康決戰。無論哪一項都不可能有安穩的未來，但初芽還有遙遠的未來，不想讓她沾上萬一的悲慘命運。這件事三成面對初芽說不出口，他決定自己離開大坂後，讓舞兵庫代為轉達。

舞兵庫辜負了三成的期待，懦弱地支吾著。初芽看著舞兵庫的神色，敏感地察覺到實情。

（簡直像個才幹了三兩個月的家僕。）

初芽這樣思忖，心情陰鬱起來。

「我初芽跟去不行嗎？」

「也不是不行。」

「所以，三成大人無論到何處，我都願意陪著他。」

其後，初芽出了大坂宅邸追尋三成，獨自來到伏見宅邸。其間，三成忽而在佐竹宅邸，時而在德川宅邸，初芽看不見他的影子。初芽根據宅邸裡人的活動，察覺最近兩三天能從德川宅邸歸來。三成太忙碌吧，夜裡還沒回裡間休息。

（主公現在是何種心情呢？）

初芽很傷心。但她不認為三成已不再愛自己了。

初芽正在心裡犯嘀咕之際，此夜三成的兒小姓來了，報告說：

「主公喚您。」

初芽令小女僕幫忙重新化妝後，來到了三成的居室，只有他一人在。三成膝前擺著小食案，上面乏味地放著一盤味噌，一把銀壺。三成不太嗜酒，不知何故，今夜卻似乎想一醉方休。

「是初芽嗎？」

三成問道。然後對跪在臨室的初芽招手，「到這邊來！」三成讓她坐在自己身旁，說道：

「哎呀，小酌挺好。」

三成的酒量不大，不消說，自斟自飲較為愜懷。三成自己拿起酒壺，斟滿塗著朱漆的酒盅。看他那形象、動作、神色，與其說是年祿十九萬餘石的大名，毋寧說像個普通的獨身武士。三成說道：

「明天，我去佐和山。我收到了大坂舞兵庫的來信，妳說無論我到何方，都願意陪著我。」

「主公。」初芽一反常態，聲音變得尖銳起來。

三成一愣，瞪大眼睛說：

「何事？」

「主公為何遭到那幫人厭惡，我初芽心裡清清楚楚。」她長歎了一口氣。

「哼，何故？」三成抬眼問道。

「主公一點也不理解人家的心情。連我初芽都感覺主公太可恨了。」

「不知所云。」

初芽把話都說到這份兒上了，三成卻仍沒有察覺。事實上，三成不知道自己叮囑舞兵庫的那件事會如此傷初芽的心。他的秉性似乎如此。

初芽說出了心事。

「啊？」三成瞠目結舌。一會兒，他嘴唇不再緊抿著，說道：「這事兒，是該怪我的想法錯了。我思來想去，最後對舞兵庫叮囑了這件事，我只想到妳一生的命運和將來，才做出了那般決定。」

（是的。）

初芽這樣暗想。她不懷疑三成有這樣的思考過程和結果。三成肯定是高度理智地掛慮著初芽的命運。三成又說道：

「初芽啊，通俗說來，妳是我的女人。我以全部心意，一直認為妳是絕無僅有的心上人。可能的話，我希望到何處都跟妳形影不離。我有這般懦夫式的心思。我壓抑著這樣的自己，只掛記著妳將來要如何存活於世，才委託舞兵庫那樣處理的。」

「此事，我聽舞大人說過了，非常感謝。」

「若是這樣，不再恨我了吧？」

「恨的是大人的做法。」

「做法？」

「為何不親口話衷腸？不，既然主公這般同情我，為何不一開始就向我提出：『和我一起下地獄吧！』」

「初芽。」

「哎，主公，請聽我說。宛如解聘當地雇傭的家僕一樣，相當隨意地處理我。這種做法，雖說是出自很深的愛情，卻是逆忤人心的做法，在世間，」

「在世間如何？」

「我不說。」

「說！不說我可生氣了。」三成說道。

初芽眼裡溢出了珠淚，說道：「主公殺了我也無所謂，就請大動肝火吧！我初芽全說出來。」

初芽開始說了起來。她講到在世間流傳的三成形象之醜陋，三成的不受歡迎，清正等秀吉一手恩養成人的諸將對三成懷有的極端憎惡。如果澄清了這些現象發生的原因，其實並沒什麼。三成的本心另當別論，他的語言表達和態度舉動都不合乎人之常情，毋寧說，都逆反了人之常情。

初芽說，三成之所以不受歡迎的原因，是從自己在接受三成滿懷好意的過程中徹悟出來的。

「那是妳想多了。」

三成心平氣和地說。

「我現在知道傷害初芽的心了。但是，清正等人恨我是另一碼事。那幫人出身太閤的小姓，由豐臣家自幼恩養成人。他們是在時而跟北政所撒嬌、時而遭秀吉不分青紅皂白訓斥的環境中長大的，平步青雲，當上了大名。那時的豐臣家作為天下政權，且組建且變動；然而他們看不到這點，只認為政權的發展過程好像幼時在長濱城廚房裡玩耍那樣，可以隨便唬弄過去。他們做的每一件荒唐事到我這裡都過不去，所以，按照我的做法，每件事都傷了他們的感情。僅此而已。」

三成說道。事實上，三成作為豐臣政權的營運負責人，嚴格管束他們在戰場上的非法活動與對統制體系的批判，嚴格管束是三成正義感的體現。而這種正義感導致了眼下完全相反的結果。

（和主公這次對我初芽的態度一樣。）

初芽這樣認為。三成關愛初芽的這種「正義感」一旦啟動了，在三成身上，則以無視他人情感的形式表現出來。

「哎，行了，何必計較。」

三成遞出酒杯，勸初芽也喝。

「我給妳斟酒。」

三成忽然拿起了酒壺。這種自然的動作，與其說是此人的直率，毋寧說怎麼看他也不像個大名。好像還沒長大，帶著少年氣。該夜，初芽在錦衾裡服侍三成。閨房中只有男與女的身分。初芽的粉腮緊貼著三成的前胸。

「真是個孩子！」

面對官職從四位下佐和山城主的這位男子漢，初芽產生了要這樣大喊的衝動。

「說什麼呢。」

三成愛撫著初芽的後背，察覺到她的變化。三成感覺初芽的臉緊貼著自己胸前，那雪白的肚皮卻起伏咯咯笑著。

（還是個孩子。）

三成覺得初芽有些怪異。剛才哭成那樣子，現在又無端笑得正起勁呢。

「初芽，男人和女人在這種場合，別太笑為好。」

「男人和女人？」

這說法初芽聽著非常新鮮。她揚起了下巴，意思是問：「主公，我和主公的此刻，可以說是癡男怨女的關係嗎？」

三成笑了。

「我一開始就這麼認為的。」

「太高興了！」

初芽嘴理說著，一邊手慢慢滑向三成大腿上肉多的地方。初芽奇妙地平靜下來，令三成感到奇怪。

「怎麼了？」

這一問，被窩裡的初芽狠狠掐了三成的大腿。三成低聲叫了一聲，而初芽暢笑得打著滾兒。

「啊，真高興！托主公的福，心情舒暢極了。」

「犯不著的事。」

三成發出了大人似的苦笑。他覺得初芽是個孩子。她算是用了這種形式「報」了大坂宅邸的情感之「仇」。

翌晨，天還沒亮，石田宅邸周圍的大街小巷都已經戒備森嚴了。這並非石田家的軍隊，而是堀尾吉晴和結城秀康兩位大名的兵力。這是家康的「善意」關照。

三成逃出伏見之際，清正等人也許會襲擊。家康選出豐臣家的老將之一堀尾，命令他負責警衛。又對結城秀康下達了同樣命令。

秀康是家康的次子，一開始是秀吉的養子，名字取自秀吉的「秀」與家康的「康」。因繼承了下總的名門結城家而改姓，現任下總結城城主，二十六虛歲，食祿十萬一千石。

三成喜歡結城秀康篤實的性格，以前常說：

「不像是家康的種。」

按照通知，兩位大名分別帶領警衛隊，將三成護送到膳所。對此三成表示接受。從膳所再往前走的一路，則由佐和山城的石田兩千名兵力迎接。

堀尾和結城進入石田宅邸。三成到門口迎接，感謝道：

「承蒙二位好意，無言以表謝忱！」

三成鄭重點頭致意。結城中納言秀康臉上露出了和藹的微笑。

「哎呀，這樣說，反倒讓在下惶恐了。在下時常騎馬遠去瀨田遊玩。」

言訖，秀康又補充道：今日騎馬遠行，能和治部少輔大人一路同行，非常愉快。

三成輕裝騎馬。路線是從六地藏進入山科街道。

秀康與三成並轡前行，他無憂無慮地和三成說著話。忽然他說道：

「最近常夢見太閤殿下，先日連續三夜入夢呢。」

「夢境如何？」

「是這樣，太閤殿下靠近我身旁，要講故事，但總是剛要開口就突然神情悲傷起來，最後什麼也沒講。」

「……」

三成看著秀康的臉。三成知道，秀吉很喜歡秀康這年輕人。秀康也喜歡秀吉。秀康生為次子，沒有從生父家康那裡得到充分的父愛，二者相比，秀康似乎覺得秀吉更親近些。

「那是因為故殿下喜歡中納言（秀康）。」

三成說著，更加細心地看著秀康的臉，接著問道：

「神情悲傷，卻為哪般？」

「是呀，我也不太明白。」

秀康天真地回答。三成頷首。

「沒有誰會像故殿下這樣，帶著對今世的掛慮，撒手人寰。」

「何謂掛慮？」

「有秀賴公的心事。」

言訖，三成又不經意說道：

「殿下恐怕是關於秀賴公的命運，有事要拜託中納言。」

結果家康這次子以異常直率的表情說：

「治部少輔也如此認為嗎？我就一直這般揣度的。」

說完，秀康的眉間陰暗起來。這位年輕的貴族也對目前以生父家康為中心而操縱的政治形勢，感到某種不安吧？

來到瀨田，看見大橋對面石田家的眾人已輕裝恭候。三成說道：

「看來咱倆得分別了。」

感謝罷，三成下馬，秀康也下馬了。

三成與年輕人惜別，戀戀不捨，想餽贈他滿懷謝意的紀念。一路也沒想好何物最為恰當。倏然，他想起自己的佩刀在大名間是眾人垂涎的目標，便手托佩刀贈之。

「我已成為隱退之人。請收下此刀，留做紀念。」

秀康一愣，接著大喜。這是世間廣為人知的五郎正宗打造的寶刀，長二尺二寸二分，堪稱絕品。

「感激不盡！」

秀康一再致謝。俄頃，來到橋頭，他目送三成從橋上走過去了。

此為後話。三成辭世後，這口寶刀以「石田正宗」之稱代代相傳，傳到了秀康後裔、作州津山的松平家，現在理應還保存其家中。

威望

三成去了佐和山，與此同時，他失去了豐臣政權中執政官（奉行）的位置，從此，三成對天下政道再無任何發言權了。

前田利家已故，三成也離去，再無何人敢來干擾家康的謀略了。

「主上，非常可喜可賀！」

三成下臺隱退之夜，為專程向家康如此致賀，正信老人高高興興疾步去裡間拜謁家康，他臉上浮現的笑容，好像融化流淌了似的。這也是理所當然。

「彌八郎也辛苦了！」

「實不敢當。」

正信叩拜搖頭，且搖頭且微笑。秀吉去世八個月以來，正信不斷出招的辛苦，總算是初見成效。

「彌八郎，今夜來個睡前飲酒吧。」

「不能高興太早，任重道遠。做大事從現在開始。主上，何為下一個目標？」

「我想要伏見城。」家康低聲說道。

若說大坂城是天下第一城，那麼，伏見城為堪稱天下第二城的要塞。十里淀川連接二城，上游是伏見城，下游是大坂城。縱然有人擁戴下游大坂城的

秀賴，家康只要佔有了上游的伏見城，也可據此招集天下大名，進行決戰。但是，伏見城是豐臣的家。

「如何？能否巧妙騙取？」

「當然能。」

正信老人頷首。利家和三成皆已不在，沒有妨礙者了。正信愈發滿臉堆笑。

「請恩准緩限彌八郎三天。」

「啊？三天能到手嗎？」

「當然能。」

正信老人將此事一口承攬下來，退了出去。

翌晨，太陽還沒升起，正信便乘船沿淀川下大坂，隨從數人，一行皆著便裝。德川家謀臣進大坂被人發覺了，人嘴會說什麼的都有。逕直訪問黑田長政宅邸，意外來客，長政詫異，先將一行迎進了茶室，低聲問道：

「發生了如何離奇大事？」

「為了天下，登門懇切拜借力量。」

「有求必應。我長政已將一己之身獻給了德川大人，水火不辭。」

長政說得頗有氣勢，臉上浮現出濃郁的不安神色。此人原本就長著一張異乎尋常的大臉，眼眉又寬又濃，呈八字形下垂。故而此人無論是睡或醒，都像疲憊不堪的樣子。秀吉健在時，私底下對殿上的司茶僧說長政是「愁容滿面的甲州大人」。

「首先，想喝一杯茶。」

人際交往很老練的正信，一直不談正事，欣賞茶點，咋舌讚歎，說了兩三件無關緊要的事，讓長政等得心焦急起來。長政想：正信會提出何等難題呢？他著急萬分。

正信喝完第二杯茶，終於開口了。他以極自然的口吻說道：

「主上住在伏見的向島，諸事不便。倘若請主上移居伏見城，有利於鎮撫京都和大坂。甲州所見如何？」

「喲，是這件事啊。」
長政長舒了一口氣。這是一道難題，但奔走起來，也並非解決不了。
「我活動一下看看吧。」
「拜託。不過，世間人多嘴雜，切莫說此方案出自德川家。若能說是出自令尊（黑田如水）之口，則不勝感激。如水大人在故太閤隨身大名中，身居長老地位，如水大人的建議，世間也會理解的。」
正信怕被人看見，日暮前一直待在黑田宅邸，打算夜裡再從天滿乘船溯淀川而上。
長政火速去豐臣家的中老堀尾吉晴家，說出此事，拜託他去說服大老、中老和奉行們。堀尾已是家康的親信大名，遂聞風而動，首先說服了同僚中老生駒和中村，得到贊同後，又去說服四位奉行。
奉行之中，增田長盛和長束正家極力反對，終因中老一致贊同，被迫同意了。堀尾吉晴將其作為「全體意見」，去說服大老宇喜多秀家和毛利輝元。既然是「全體意見」，二人勢逼無奈，最後也同意了。
「三成若在，就沒有這種事了。」
奉行增田長盛一聲長歎。
堀尾吉晴匯總了這些贊同意見，與其他中老生駒和中村一起前往伏見，來到向島德川宅邸「說服」家康，以完成這一提案的結尾。
「有事拜託。」
堀尾吉晴說道。
「有人議論說，伏見城像目前這樣空著，不利於天下。故而大老和奉行提出：是否可恭請德川內大臣入住？我們作為使者，前來請示。內大臣能否接受？」
堀尾吉晴鄭重懇求道。
「是嗎？」
家康頷首，未做回答。故意面浮不願接受的神色，緘默不語。此時，堀尾吉晴再三懇求，到第三次時，家康才回答：

「若是諸卿的全體意見，我迫不得已。」

家康嘟囔著，總算承諾下來了。

承諾之後，翌晨，尚未黎明，家康就撤出了向島宅邸，坐轎進入伏見城大手門，沿漫長的石階向上走去，從等待在本丸的城池看守人前田玄以手中接過城裡的所有鑰匙，當天入城儀式結束。從三成退隱佐和山之日算起，這是僅僅三天後的事情。

家康入住伏見城，給京都的公卿、大坂的大名、京都和堺的百姓造成無可估量的政治衝擊。家康終於住進了去年秋季之前秀吉一直居住的城池，使人們對家康有這樣的印象：他已成為事實上的天下之主。尤其是不明事理的伏見百姓，認為政權已經轉移到家康手裡，開始用「天下人」的敬稱來稱呼家康。

如此氣氛十分濃烈。為了使這種氣氛更加濃烈，家康及其謀臣必須拿出新的招數，那就是召開審判會。為將家康的威信昭示於天下，這是最有效的手段。家康入住伏見城伊始，就著手處理先前清正的不平之鳴，即朝鮮戰場上獎賞不公平的問題。

不公平的直接原因，是秀吉派出的四名監督官及其總頭領三成提出的不公正報告。清正曾將此事訴及家康，三成將後續處置壓了下來。當時，家康聽憑三成作為，佯裝不知，未加干涉。然而，現在一住進伏見城，就讓清正等人重新起訴，傳喚四名監督官來到伏見城，形式上聽取了原告與被告的陳訴，然後做出判決，四月十二日，在伏見城宣判如下：

首席監督官領福原右馬助長堯年祿十二萬石，沒收六萬石。曾是秀吉的近衛隊士、擔任「金切裂指物使番」聯絡校官職務的次席監督官熊谷直盛，與太田一吉、垣見一直，都被命令閉門思過。他們皆是三成黨。

家康以首席大老的名義，處罰了豐臣家的大名和旗本，此事進一步提高了他的威勢。接著，家康又使出一招，即讓大坂和伏見成為政治空白地帶。將集中在這「兩都」的大名全部打發回各自領國，可謂善政。因為秀吉之死，由朝鮮撤回的諸將幾乎都沒返回自己的領國。

「允許他們回到領國。」

家康以這事由，將淺野長政、增田長盛、長束正家三名奉行喚來伏見城，命令將此事付諸實施。大名各自領國的各種事務眼下都停擺了，恰在此刻獲准回國，全體大名都興高采烈。家康還勸說擔任大老、中老、奉行等行政職務的大名回國。讓他們提出申請，當即就批准了。

七八月間，大名們相繼離別大坂和伏見，踏上歸國之途。只有家康未歸，到了八月中旬，留在大坂和伏見的大名只有家康和其他數人。

此間某日，正信老人來到家康居室，說道：

「快了。」

這是指入住大坂城的事。事情很清楚，作為家康的常駐地點，向天下發號施令，大坂城會比伏見城更合適。然而，這裡存在重大障礙，即家康的法定立場。遵照秀吉的遺令，規定他常駐伏見。踐踏遺法，隨隨便便移居大坂是否合適？但不這樣做，家康的威勢就不可能發展到決定性的高度。家康與正信都認為，須創造基礎條件移駐大坂。其手段之一，就是讓大名悉數歸領國。必須乘他們不在之時移駐大坂。所以，第一項活動因大名已歸領國而告一段落。

接下來是第二招。正信已經制定了精密的計畫。

「挺難啊。」

正信腹隱方案，為了欣賞家康的反應，他故意搖著頭。家康敏感地察覺正信的臉色裡隱藏著什麼。

「你好像已經想出來了，彌八郎。」

家康笑著說道。

「如此這般，尊意如何？」

正信說出了方案，即九月九日是重陽節，此日就以向秀賴致賀的名目造勢，然後開赴大坂。

「有道理。有個重陽節。」

家康低語。秀吉健在時，此日全體大名登城致賀。

「故此，此日主上入大坂城，並不奇怪。」

「是呀。」

家康顯出猶豫不決的神情。實際上，秀吉死後，家康有意識地無視秀賴，從未前往拜謁，就連因為和前田利家和解而下大坂，家康也沒前去問候。秀賴身邊的老臣片桐且元等人對家康的如此態度感到不快，多次勸告過本多正信，但每次都沒被當一回事。

事到如今，出於需要，才想起來前往問候，雖是家康也多少感到內疚。

「挺微妙的。」

家康發出了苦笑。

「怯懦了？」

「非也。不是怯懦。只是這麼想一想。下大坂，由此就常駐大坂嗎？」

家康問道。

「是呀。到了大坂就穩坐下來，不走了。」

正信立即點頭說道。

「但是，人數如何安排？」

家康搖頭思索。重陽節前往致賀，只能帶領隨從的儀仗隊登城。若不帶軍隊，就沒有入駐大坂城的政治效果。

「彌八郎，這一點是缺憾。」

「非也非也，絕無紕漏。入駐大坂之後的事，就靠臣下的智慧了。」

正信和盤托出了密謀。

首先，造勢宣傳說去大坂城問候秀賴公。當然，家康須動身下大坂。在此前後，讓人預先在大坂城的殿上散佈流言。而最恰當的流言散佈者，就是藤堂高虎。

「何種流言？」

家康問道。

「恕臣冒昧。讓人在殿上散佈的流言是：秀賴公的側近想謀殺主上。」
「於是？」
「主上一到大坂，這種流言就開始流傳。於是，託辭以防萬一，從伏見緊急調去人馬，主上帶領這些人馬登城。」
「你去策劃吧！」家康簡潔命令道。
計畫開始付諸實施。
——下大坂祝賀重陽節。
以此為名，家康從伏見動身，只帶了極少的隨從。進大坂時，已是九月七日了。
家康夜宿備前島三成的舊邸。黃昏時分，家康到達舊邸，過了八點才吃上了很晚的晚飯。剛放下筷子，奉行增田長盛和長束正家連袂而至。此二人雖然得到返回領國的許可，但長盛負責總務，正家主管財政，還沒處理完善後事務，仍留在大坂。此事家康是認可的。
「一同到來，有何貴幹？」
家康將二人迎進三成曾經用過的裡間一室，聽其報告要事。果然是關於暗殺計畫的大事。總體說來，這兩名奉行親近三成，一想到家康便心緒不快。儘管如此，既然聽到了殿上散佈暗殺家康的流言，出於職責也不希望發生此事。二人協商之後認為：
——此事預先告訴家康為好。
於是，夜訪家康。據二人所講，暗殺計畫已經半公開地傳講著，連殿上的司茶僧和女僕都在議論此事。
「這下子事態可嚴重了。」
家康露出厚重的微笑，略做驚詫之狀。
「那麼，是何人？」
「是……」
二人支支吾吾，欲言又止。怕說出名字造成中傷。「還沒確認是誰。另外，因於事情性質，又不便確認。因為只不過是傳言。究竟流言所說的人是真是假，是另一回事……」

絮絮叨叨說完了開頭語之後，點出的人名中竟混入了意外的名字：淺野長政、大野治長、土方雄久。

土方雄久是河內守，在伊勢的菰野食祿二萬二千石；大野治長是一萬石的身分，係秀賴的親信。淺野長政在甲府食祿二十二萬石，是奉行之一。但在奉行中他一開始就是家康黨，一直為家康效犬馬之勞。

（真蹊蹺。）

家康有這種感覺，是因為淺野長政的名字在內。本多正信和藤堂高虎難道能把淺野長政的名字搞到流言裡嗎？恐怕是殿上多種流言亂飛之間，長政的名字也混了進去。正信和高虎散佈的流言「原型」大大膨脹之後，又返回家康耳中。

（世間真有意思。）

家康表面上極其認真地聽著兩名奉行的密告，心裡卻對世間的如此情趣感到興味盎然。所謂有意思，即眼前這兩個告密者，直到先日還屬於三成黨，甚至還有過這樣的經歷——在三成的勸誘下，曾經密謀過暗殺家康。

（唉呀，沒想到世間是這麼有趣的地方。）

當夜，告密者歸去後，正信回到了自己的房間。這種情趣令他心裡美得受不了，拍著腰，看手勢好似要翩翩起舞了。

端來煎茶的年輕司茶僧宗仁，見到老人的狂態，低頭憋著不敢笑。

「宗仁，可笑吧？」

老人逗樂兒，盯著宗仁。

「不，哪裡哪裡。」

宗仁的皮膚像女人，脖子白嫩。

「啊哈哈，別瞞了，你偷著笑了。你還年輕，多大了？」

「二十一。」

「啊，真年輕。但不值得驕傲。我也有過青春年少的時候。那時的心情，可以理解那時的人世情趣。但歸根結柢，年輕時候的情趣，得靠身體來嘗試。」

「是的。」

宗仁明白這意思。女人、美酒、熬夜、戰場上的武裝爭戰，無一不是靠年輕肉體來品嘗的情趣。老人又說道：

「但是，人上了年紀，靠衰弱的肉體品嘗的樂趣就淡薄下來了。」

「是的吧。」

「然而，其他樂趣又競相迭至。」

「哈哈哈，是嗎？」

「我終於明白了，這是至上至大的暢快。你宗仁那樣的年齡，沒法理解。」

「那樂趣到底是什麼？」

「哎呀。」

正信逗樂兒似地，捂著自己的嘴說道：「對你宗仁這樣小年紀的，不便說，不便說。」

這樂趣就是玩弄權謀術數。年輕時候，「世間」在頭頂上，必須仰望；年老時，地位提高了，不屑一顧地傲視世人，「世間」下降到可以俯視的位置。

正信尤其如此。他成為天下第一的權勢家德川家康的謀臣，借家康的權威，創作出各種各樣的謀略情節，而活動表演的演員竟是家康，世間按照正信設計的情節發展，變得妙趣橫生。

時下正是如此。正信操縱藤堂高虎等人在大坂殿上散佈流言惑眾，說大坂城內有暗殺家康的計畫。流言亂飛於世間，人們議論得活靈活現，本屬於三成一方的增田長盛和長束正家等豐臣家的執政官，事到如今，卻一臉忠義，夜裡偷偷前來告密：

「有人設定了如此這般的暗殺計畫，請內府千萬當心。」

窮原竟委，流言的幕後策劃者就是正信。故此，正信覺得世間沒有比這種陰謀更有意思的事了。

（哎呀，世間是這般妙趣橫生的場所！）

正信這麼暗忖，他手舞足蹈自有道理。

兩名奉行洩露的涉及暗殺計畫的嫌疑者是秀賴方面的大野治長、土方雄久和淺野長政。其中的淺野長政是家康黨。這是正信老人本沒散播的名字，但流言蜚語越傳越多，長政的名字也混了進去。

（這也挺有意思。）

雖然對淺野長政不利，正信老人卻不能不欣賞流言那不可思議的機能。

但是，兩個位居奉行的告密者，臨別之前是說還不說？他倆以憂慮煩惱的態度又說道：

「傳言說，現在有個意外的人參與了這項陰謀。不，豈止是參與，他是隱身幕後的總策劃者。其他人都聽從他的調遣。」

「他是何人？請說出他的名字。」

正信問道。

「哎呀，現在還不敢確定。」

「我知道。這我心裡有數，但還是請說出來我好有個譜。」

「若說到那種程度……他是前田中納言。」

這兩個沒有勇氣的告密者，吐露了驚人的嫌疑者名字之後，急急忙忙起身告辭了宅邸。此事如果屬實，事態可謂嚴重了。

前田利長中納言作為不久前病歿的前田利家的接班人，繼承了加賀與越中八十一萬石的俸祿。利長三十八虛歲，性格不似其父那樣熱血沸騰，感情用事。利長善於深思熟慮，生性慎重，遇事左思右想，甚至思慮過度。

利長觀察時勢的眼力，也不及亡父。亡父有著悲壯的心理準備，要以前田家作為豐臣家的柱石。利長則不然，為了保全自家，他認為順從大勢，跟隨家康為宜。

不過，若說前田家多少有點「不穩定因素」，那就是利長的胞弟前田利政。利政很像其父年輕時候的性格，頗有浩然正氣。

「家康正窺伺豐臣家。他若發動騷亂，我家必須對豐臣家盡孤忠！」

利政經常這樣對胞兄利長表態，並受到兄長訓斥。利政沒分家，依然住在老家裡，還分得前田家俸祿中的二十一萬五千石，任能登七尾城主。應當說，利政在前田家的發言權是頗有分量的。

總之，前田家的新主公利長，是個徹頭徹尾的無事主義者。父親臥病在床，與家康不和引起天下人注目時期，利長說服了父親，讓父親帶病專程去伏見面晤家康，促使前田、德川兩家達成和解。從性格傾向上劃分，應當說，利長是消極的家康黨。這樣的人有可能策劃暗殺家康嗎？

據小道消息，前田利長最近即將返回領國金澤城，行前把大野治長、土方雄久和淺野長政叫來叮囑道：

「最近家康將登大坂城。豈能容他帶兵進殿，當他單人在休息室或簷廊的時候，短刀出鞘，刺死他！」

毋庸置疑，此話惟有利長不可能說出來。

此事純屬子虛烏有，家康與正信比誰都更清楚。此二人偷偷播下的流言種子，如此這般，僅在數日之內，宛如魔術一般鮮明地長成了高聳的疑團大樹。

（無論怎麼說，事情發展順利得驚人。）

正信一邊這樣前思後想，一邊喝著宗仁奉上的茶。

……………………………………………………………………

及畢，他站起來要去就寢，忽然對宗仁說：

「這房間據說島左近曾經用過。」

慶長四年（一五九九）九月七日，家康入大坂夜泊的客舍，就是石田三成的備前島大坂宅邸。前不久三成還住在這裡。家康在大坂無住處，三成恰巧退隱佐和山，騰出了宅邸，家康便將此處作為臨時客舍，他睡在三成的居室裡。

正信能在三成的謀將島左近的房間裡住上一夜，靠的是什麼因緣呢？

「左近其人，據說是一位非凡人物。」

司茶僧宗仁如實道出世間對左近的評價。正信似乎感到厭嫌，唾棄道：

「他算啥，不過是個作戰能手罷了。」

正信認為，確實，若論作戰，上杉家的直江山城守兼續和石田家的島左近勝猛等人，是隨機應變制定戰術的高手。然而，若以「世間」為對象，論及琢磨神算鬼謀，「還得看我正信」。老人有這種自負。

這種機謀最終將於數日後家康登城之際，開出漂亮的花。

「宗仁，趕快收拾收拾吧，時候不早了。」

正信的臉上深深雕出了微笑的皺紋。他很少安慰司茶僧之類的人。

翌日，凌晨開始，家康的臨時客舍忙碌得儼如交戰一般。

家臣伊奈圖書頭（編註：圖書寮長官）為了將全副武裝的德川軍隊三千八百人調往大坂，急如星火趕回伏見，理由是：

——傳言有人要暗殺家康。

以這冠冕堂皇的藉口，將特別警備隊調入大坂。此事通知了豐臣家的官吏們，理由不愧是理由，誰也沒能反對說：

「軍隊調至秀賴公膝下，會導致局勢不穩。」

武裝部隊三千八百人從伏見一路急行軍，塵土飛揚，九日凌晨兩點，進入大坂備前島宅邸。

九日是家康登城的正日。從伏見急行趕來的軍隊，盔甲的細帶都不解開，和衣胡亂睡在宅邸大廳，等待黎明。

家康預定辰刻（上午八時）登城。一個小時前，將士密密麻麻站在宅邸門前路上，恭候家康出發。少刻，家康出來，坐進了轎子。轎旁有井伊直政、榊原康政等十二員武將，身穿無袖禮服，戒備森嚴。

其規模用之後的戲劇語言來形容，可謂「大劇團」。僅有正信老人留守宅邸。劇場專屬的劇本作家從不登臺亮相，開幕時，他留在後臺。正信老人就是這樣的人。

登到殿上，家康在更衣室換上禮服長袍，進入闊大廳堂，靜靜地前行就座。左右列坐著秀賴身邊的官員和淀殿身邊的女官。

俄頃，滿六歲的從二位權中納言秀賴，由乳母宮內卿局領著到來，就座。接著，淀殿進來了，坐在秀賴身旁，抬頭望著家康。

家康額頭貼近榻榻米叩拜。須臾，半抬頭，視線數著眼下榻榻米的縫隙，口中祝賀秀賴健康的日常生活。說完，額頭又貼近榻榻米叩拜。僅此而已。

通常情況，這種場合應該多少有些節目，怎奈秀賴太小。加之，淀殿與家康從未有過尋找共同話題的親近感。少時，秀賴站起來，淀殿也站起來，於家康跪拜之時，都從上座消失了身影。家康還留在原處，他抬起頭，活動上身，暢吸一口氣。都吸入腹中之後，家康一邊顯示關東八州之主的威嚴與沉著，一邊緩慢環顧秀賴側近們的神色。

（這些人是否聽到了流言？）

家康用一種帶有恫嚇之色的眼光，挨個兒確認他們的臉色。

（聽說有人要刺殺我。如果當真，我決不善罷甘休！）

家康以渾厚的表情，尤其是以細細的雙眼，表達出這樣的意思。臨到家康注目的人，悉數垂首，視線朝下。

家康靜靜退場，來到簷廊，喚來恭候於此的十二員武將，在簷廊一隅豎起屏風，於背陰處脫下禮服長袍，換了便裝上衣。如果使用殿上設有的更衣室，不曉得那裡是否藏有何種暗算機關。故此，避開其屋，特意利用簷廊。

（對這些我都有防備。）

家康這樣做給人看，目的是想讓殿上人覺得：

——那流言大概是真的。

流言並非僅用於此日，達到目的便結束了。其後，家康與正信又在構思驚天動地的計畫。為推動計畫的實施，這流言還能發揮更大的作用。

簷廊裡更衣結束後，家康採取了更奇妙的行動。這間寬闊大廳與大坂城第一大廚房相連。家康本無必要前往廚房，但他順著簷廊朝那方向走去，慢慢進了大廚房。

光線通過天窗和南北紙門照射進來。面積約有一百疊（編註：疊即一張榻榻米的面積，通常是長一百八十、寬九十公分）的地板，擦得明光淨亮。

大廚房中央擺放著大坂城的寶物，四方形「大行燈」。燈籠邊長一丈二尺，大得出奇，西方來的傳教士見了這異樣的照明用具都驚得目瞪口呆。家康駐足大燈籠旁，且仰望且對榊原康政說：

「這可是關東很難看到的東西，令你手下人都來開開眼界！」

這是家康的目的。榊原康政致謝，然後下到沒鋪木板的土間，嘩啦啦打開了出入口的門，再出去打開廚房門，門外佇候著三千八百士兵。榊原康政從中選出五百人，帶領他們進了大廚房，命令道：

「此乃主上的安排，作為歸國時帶回的稀奇故事，大家不慌不忙地參觀大燈籠吧！」

倏然，這些武人擠在廚房裡一片聒噪。等到告一段落，眾人一環望，家康早已無影無蹤了。

毫無疑問，家康利用這種擁擠嘈雜混入人群，經廚房門離別殿上，帶領早獲命令佇候廚房門外的軍隊，來到京橋口城門。由此過橋，家康回到了備前島上的石田宅邸。

前往大坂城

家康的謀略正運作著。

翌日，家康仍逗留在備前島上的宅邸裡。從此處北望，隔著一條大河，對岸聳立著大坂城。

（我必須入住那座城。）

家康宛似憋著小便頓足焦急般的迫切心情，渴望得到大坂城。

「我想要大坂城。」

九日夜裡，家康多次對正信老人說道。他為何這般眼饞大坂城，正信老人心知肚明。誠然，太閤臨終時指定了居住區，家康在伏見，利家在大坂。秀吉希望忠誠的規矩人利家留在秀賴身邊，對於危險人物家康，不讓他住在距秀賴幾十公里的北方伏見，那可就令人頭疼了。家康留在秀賴身旁，有挾幼君以令大名的危險。然而，家康的願望與此相反。自己不入大坂當秀賴的後盾，就不可能對列位大名自由地發號施令。

九日夜晚，正信老人像哄勸家康似地說：

「主上的焦慮，迥異已往啊。」

「要不焦慮，能不焦慮嗎？今日登城，於殿上拜謁秀賴公母子。哎呀，彌八郎，」

「是。」

「我目睹了『盛饌』。一看見就垂涎了。那般宏大的城裡，僅住著話還說不清楚的幼童與寡婦。我若入城擔任幼童的攝政王，可以隨心所欲操縱豐臣家。不覺產生了如此欲望，也在情理之中吧？」

「正是。而彌八郎不正在動用畢生智慧創作劇本，推動情節步步發展嗎?!」

故此，前田利長等四人被劃定為嫌疑人，並散佈荒謬絕倫的陰謀流言，說有人計畫暗殺家康。

「彌八郎可是在殫精竭慮呀。」

「這我知道。」

「不管怎麼說，」

正信伸出兩根手指，說道：

「要衝破兩道障壁，需要非凡的氣概。」

所謂「兩道障壁」，一是「家康住在伏見」的太閤遺令。它等於現政權的憲法。另一道是入住大坂城之後，家康居住何處。本丸是秀賴與淀殿的居所，家康的目標則以僅次於本丸的巨郭「西丸」（二丸）為宜。但此處住著最近由京都阿彌陀峰山麓歸來的秀吉元配北政所。正信冥思苦索的是，如何讓北政所穩妥地搬離。

「北政所對我有好感。」

「是的。恕我冒昧，她與主上的關係近密得曾經豔聞流傳。」

正信開起了玩笑。豔聞當然不是真的。秀吉過世後，北政所於阿彌陀峰山麓服喪期間，家康頻繁前往慰問，引出了風言風語。

「那豔聞挺滑稽的。」

想起那時的往事，家康笑了起來。他胖得連自己都繫不上兜襠布了。所謂風流的對象北政所，也是肥粗老胖。

「兩人都胖成這般模樣，溫柔鄉裡如何雲雨交歡為好？願向那散佈豔聞者請教高招。」

家康說出了略近猥褻的言詞，付之一笑。

「哎，彌八郎，你又在琢磨何等妙招？」

「明天，那個吉左右應該有回音，通過那位有樂大人。」

「啊，有樂大人嗎？可算發現恰當目標了。」

織田有樂齋俗名長益，是織田信長的么弟，今年五十九歲。信長故去，下及秀吉之世，織田有樂齋成為大名級別的御伽眾，侍奉秀吉。他還是當時首屈一指的茶人千利休門下「七哲」之一，在大名間交際寬廣。他那通過社交磨亮的觀察時勢的眼睛，看透了下一個時代政權必然移交家康手中，故而時常出入家康宅邸。

有樂齋是茶人，哪家宅邸都可以進去。無論拜訪何人，都不會受懷疑是在從事政治活動。加之有樂齋深得北政所信任。北政所時常對有樂齋說：

——您相當於舊主系統的人，不把您當家臣看。故主生前說過：有樂是右府（信長）大人的親兄弟，可謂貴賓。所以，請不必舉止拘謹，可以再放鬆些。

正信說道：

「我們這件事，茶人最適合從中周旋。因為他和北政所交談的場所並非大廳，而是僅有二人的茶室。」

「是呀，若是有樂，必會帶來喜訊。讓他明天來。」

「遵命。讓他翌晨前來。」

翌晨，織田有樂齋雖以從四位下侍從的身分，卻頭戴利休偏好的頭巾款式，一副茶人形象，領一個隨從，信步來到家康客舍。站立門前，門衛欲阻其入內。

「可知道？我是有樂。」

說完，進了大門。有樂齋的身材細高勻稱，繼承了織田家血統的獨特氣質，門衛便不再阻止了。德川家家臣發現有人來訪，疾步趕到門口。有樂齋站在迎賓台下，瞇縫著眼睛說道：

「口渴了，來一碗茶。」

此人是哪一位呢？接待的家臣搖頭困惑。雖然困惑，卻看出了神秘來客嚴厲的態度。

「哎喲，三河人都是些土包子。在下是有樂。再三自報家門，該明白了吧。江戶內大臣在否？你傳達說，內大臣若在，在下想來討碗茶喝。」

「哎喲，誠惶誠恐，大人若不明確報上大名，小人實不敢轉告。」

「三河人真是有名的頑固漢！如此自報家門，還說我沒報！我回去了！傳達一聲說：『有樂已歸！』」

織田有樂真的怒從心頭起，轉身大踏步走出大門。本多正信在裡間接到這報告。

「噯呀，真是個死腦筋蠢貨！自報有樂之名，豈不正是故右大臣織田信長的胞弟，侍奉豐臣家，官居侍從，職務御伽眾，俸祿一萬五千石的織田有樂大人嗎?!」

正信疾步來到簷廊。此時惹怒了有樂，那還了得！正信苦心制定的謀略，會像積木般一潰而不可收拾。正信來到屋門口，呼喊著：

「草履！草履！」

一看等不及了，「算了！」正信穿著襪子跳下了地，跑到大門口，出門外一口氣跑了二丁有餘才追上了織田有樂齋。

「有樂大人！有樂大人！」

正信纏住似地高喊。他氣喘吁吁地勸說：「請回來，茶有的是！別生氣了，請回來吧！」

織田有樂笑了。

「看家老大人的表情，好像開戰了似的。」

「哎喲，冒犯，冒犯。」

行商女從身邊走過去了；園藝師模樣的人，帶領幾個徒弟從對面走過來，這裡是市街中心。南來北往的行人壓根兒不會想到：被喊住的老茶人，是年祿一萬五千石的貴人；而拉住人家衣袖，穿襪子上街氣喘吁吁的老者，竟是大名級別的陪臣，年祿二萬二千石。

眾人停住腳步，圍觀看熱鬧。

「哎，有樂大人，大家都在看咱倆呢。尚未習慣京城行事禮節的下僚太無知失禮，老夫這裡再三賠罪。是這麼回事……」

正信頻頻點頭哈腰。遇到這種時候，雖然正信是當代第一大權謀家，但出身畢竟是卑下的馴鷹匠，這是不爭的事實。

有樂齋返回家康客舍，被請進了茶室。令他驚訝的是，擔當茶道主人角色的家康，已恭候在內，爐上壺裡的水已經燒得滾沸。家康得知發生了小鬧騰，為恭候有樂，他令人急忙準備茶水。

家康對有樂齋表現出超出必要的鄭重態度。

「聽說發生了失禮之舉，土包子不懂事，請一笑棄之吧。」

家康深深低頭。有樂惶恐起來。

有樂出身貴族，即刻就調整好了情緒，回答道：

「哎呀。江戶內大臣這般客氣。倒令我誠惶誠恐了。」

有樂像孩童一般，滿臉通紅。

（這就是貴族。）

陪伴在旁的正信不由得這樣思忖。說是貴族，但有樂齋在豐臣家處於一種微妙的地位，過著獨特的日子。有樂齋是上一時代織田家主公信長的胞弟，從根本上說，連秀吉也是胞兄的家臣。但秀吉不是普通家臣，他還以實力繼承了織田家的政權，以致他終生都覺得在織田家成員面前有些不好意思。其中微妙，有樂齋當然了然於胸。所以，他與其他大名不同，可以遂心如意地享受茶道的風流。在豐臣政權中，有樂齋可以悠閒自在地睡午覺，過這樣的生活，自然造就了有樂齋任性的性格。

「平素，我總對家臣們講，將織田家的各位都視為織田家的正統，切不可怠慢。」

家康有些不好意思了。現實中他並沒有這樣教育過，但他知道這種場合這樣說會令有樂齋高興。果然，有樂齋心花怒放的。他一高興薄薄的皮膚就充血紅暈。家康與正信都清楚他這特色。

這裡闡明，有信長血統、靠秀吉的關係撐起一家並當上了大小大名者，除了有樂齋，還有如下人物：

織田常真（信雄）　信長次子
織田老犬齋（信包）　信長胞弟
織田民部少輔信重　老犬齋之子
織田雅樂助信貞　信長九子
織田左衛門佐信高　信長七子
織田左京亮信好　信長十子
織田中納言秀信　信長嫡孫

從資質上看，他們雖然繼承了英傑血統，卻多屬凡庸之輩。其中，織田有樂齋算是出類拔萃，他雖無胞兄信長的武將熱血，卻擁有信長的藝術欣賞力，在茶道界是當代有數的博識之人。

總之，家康要篡奪豐臣家的權力，他並不想傷害上一代當權派織田家子孫們的感情。家康對社交家有樂齋尤其如此。必須籠絡他，讓他推波助瀾，進一步提高家康的人氣，否則事情就難辦了。

「北政所也再三叮囑我，代問內府安好。」

有樂齋說道。

「啊，感激不盡。」

「在西丸聽到關於大人之事，也都是對內府的深深信任。」

「誠惶誠恐。」

家康誠懇低頭。北政所的信任，應該是「深深」的。豐臣家的奉行以石田三成為首，都活動在秀賴與淀殿周圍。

高官中惟有家康親切訪問北政所，問候「貴體可好」，時常獻上包含細膩心思的禮物等。身為精神寂寞的寡婦，北政所覺得沒有比家康更可信賴的人了。而且家康一有機會就對北政所堅決表示：

「直到秀賴公成人，我家康無論如何辛苦也要活下去，甘當貴府安泰的基石。」

對照集中在淀殿周圍的三成等官僚，北政所當然更信任人格穩厚的家康。對時而前來問安的加藤清正和福島正則等由秀吉家自幼養大的大名，北政所這樣勸導：

「要信任內府。當事態分為左右之際，要毫不躊躇地站到內府一邊！」

北政所信任家康信任到了可愛的程度，為了豐臣家的未來，她要以家康為後盾。因此，家康對天真誠實的北政所有所回報。此為後話，滅了豐臣一族後，家康為北政所修建了高臺院。直到德川三代將軍家光時，寬永元年（一六二四）北政所過世，終年七十七歲，其間共為她支出了相當於一萬六千石俸祿額的化妝費（編註：給付予女性的生活費）。

織田有樂齋說道：

「但北政所說，她不太喜歡大坂風物，留戀京都。故此，據說本月過後，她立刻撤出西丸，移居京都。」

「啊？」

家康把舉到唇邊的茶碗慢慢放到膝前，顯出意外的表情，說道：

「那可真是……」

言訖，家康恭恭敬敬向有樂齋致禮。有樂齋趕忙回禮。

不消說，有樂齋雖未明言，卻權當對家康這麼說：「我按您的願望，盡情盡理地勸說北政所，搬出西丸有利於豐臣家。此言奏效了。」家康到底是家康，有樂齋無聲的話語他聽得點滴不漏，家康也未明言，卻權當言外包含著對有樂齋的謝意：「不勝感激！」

「何日移住京都？」

家康問道。

「不曉得。」

有樂齋平靜回答。北政所遷居京都，那裡也有棲身的宅邸。為供秀賴覲見天皇之際使用，秀吉晚年在御所（皇宮）附近剛建好了一座更衣宅邸，木材的茬口都還嶄新。北政所大概就住在該處吧。

「或遲或早，必定會為北政所建一座稱心的尼庵。」

家康如此表態。於是有樂齋問道：

「內府所言，北政所聽到一定高興。轉告之，可好？」

「好。可否勞煩，順便請示一下北政所喜歡何方土地？」

家康在大坂住到十一日，在大坂城下逗留了五天。十二日，家康暫回伏見城。當然，此舉又是一計。家康將豐臣家的奉行增田長盛和長束正家喚來伏見，以豐臣家大老德川家康這一上司資格，明確表示：

「我要移居大坂城。理由是遵照故殿下遺令，我負責輔佐秀賴公。怎奈大坂遠離伏見，諸事不便。有事找你們奉行，又須一一喚來此地。故此，意欲索性移居大坂城西丸。對此有何見教？」

家康臉上的微笑消失了，眼神可怕，語聲不高，帶有膛音。兩名奉行不由得叩頭回答：

「所言極是！」

「故此，十月一日移居西丸。二位命令大坂諸位官員做好準備。」

家康以這種高壓態度下達命令，話題一轉，低語道：

「遷至大坂後，你們的事將會繁多起來。」

兩名奉行反問，家康回答：

「唉，因為加賀的事。傳言前田中納言（利長）在加賀金澤策劃謀反。我想，快到冬季了，難道還須準備北伐征戰嗎？」

家康說出了令兩名奉行都懷疑自己耳朵的奇事來。然後，他一言不發，保持沉默。兩名奉行也不再反問，目瞪口呆。

少刻，二人從家康面前退下，帶著非同小可的消息返回大坂政界。

西丸

慶長四年十月一日，家康言出行隨，進入了大坂城。

晴空萬里。

（噯，萬事靠實力……）

正信老人夾在儀仗隊行列中，慢吞吞走過西丸的護城河橋，一邊靜靜思忖。何故進展如此順暢？就連正信自己也由衷感歎。

（人云計謀呀計謀的，智謀需要資本，實力就是資本。）

無實力的計謀是雕蟲小技。再神機妙算，最終都難以盡如人意。與之相反，勢強力大的一方，背靠勢力實施機謀時，不言而喻，對方會一面倒向我方。

（是「一面倒」喲。）

譬如，以居住西丸的北政所為例。家康入城日前幾天，她就遷往京都去了。理由沒有公開，城內的人對於北政所緣何倏然騰出西丸前往京都，百思不解。

今日，家康住了進來。

（此時，倘若石田治部少輔仍擔任奉行職務，那麻煩事兒可就多了。）

「治部少輔是個不聽勸的人。」

這是響遍天下的定評。他必定會固執地與家康作對，遵照太閤遺囑，讓家康待在伏見，決不讓他入住大坂城。

（治部少輔已不在現職，他正在野草深深的佐和山上仰望浮世的月亮呢。）

唆使狗咬狗，諸事進展順暢，謀臣正信欣喜得簡直想號啕大哭一場。

（嘿，我真厲害！這是因為我背靠關東二百五十五萬石的實力。有這實力，不用乞求豐臣家諸將，他們便自來獻媚。對於自來獻媚者，計謀易施。看他們的神情，幾乎是主動要來跳進圈套的。）

老人自言自語。

路兩側延伸的是太閤引以自豪的石牆，頭上是松枝。松枝在十月的秋風中鳴響著。

（下一個輪到前田了。）

下一個如何對付？俸祿額八十一萬餘石，相當於德川家的三分之一，無論怎麼說也是太閤遺令規定的第二大老，與豐臣家諸將多有姻親關係。亡主前田利家德高望重，現主公利長性格穩重，根本沒有石田三成那樣招人煩惡而遭到討伐的恰當理由。想擺弄他可挺難的。

然而，傷口已經出現了，即鼓動幾個大小大名要暗殺家康的這嫌疑。不言而喻，流言製造者家康與正信最清楚，此乃漫天大謊。但是，歸根結柢，世間靠流言判斷人，目前世間正朦朦朧朧開始相信流言——剛回金澤的前田利長要殺死家康。

家康一行進入了西丸。與此同時，當日開始，豐臣家諸將接二連三前來問候。家康舉行了接見儀式。可謂豐臣家「用人」（編註：僅次於家老，掌管總務與財會之職）的片桐且元到來時，家康命令道：

「在這裡再建一座天守！」

他以此震懾且元。本丸已有天守，秀賴住在那裡。為對抗秀賴，家康要求在自己的居住區內再築起一座。理由之一，本丸金庫裡收藏著大量金銀，家康想令且元消耗一點兒。

「要興築四層的天守。加緊設計，儘快動工！」

家康以秀賴代理官的身分命令道。年祿區區一萬石、身分低微的片桐且元只得服從。

家康入城伊始，城內大興土木。鬧騰事還不僅如此。每當豐臣家諸將前來問候時，家康就問道：

「今年北國何時普降不融化的越冬大雪？」

然後自言自語：

「本月中旬能下吧？那麼，得過了年，到明春。」

聽者明白這是要討伐加賀金澤城的前田利長，眾人戰慄。家康卻以綽有餘裕的態度說道：

「真令人焦急。按我的性格，喜歡諸事穩當進展。但此事例外。一想起太閤殿下遺令，我必須討伐擾亂豐臣家治安的亂臣。」

家康這番自語，給大坂政局造成了激烈震動。

「要北伐嗎？」

世間騷動議論著。

（世間越來越妙趣橫生。）

正信老人這樣暗思，是因為家康入住西丸的翌日，有人前來登門問候，即「小松宰相」。小松宰相二十六七歲，是北國小松城年祿十二萬餘石的大名。名曰丹羽長重，其父是大名鼎鼎的丹羽長秀。

丹羽長重前來，第一個自告奮勇：

「征伐加賀時，請令我做先鋒大將。」

德川家並沒拜託他，他與前田利長也素無怨恨。總之，他是儘快來取悅已被稱為「西丸大人」、即將成為下一個時代主宰者的家康。

丹羽長重原初也非一心前來請戰：「無論如何，請令我做先鋒大將。」他在準備歸國之際，恰巧遇上家康入住西丸。他覺得歸國前應當去寒暄一下，便登上西丸拜謁家康。到此為止，皆屬於極其常識性的行動。然而在與家康閒聊之際，聽到家康那番自言自語，終於順勢吐出「請令我做先鋒」一語。

丹羽長重的小松城鄰近前田家的金澤城，攻打時占地利之便，他當先鋒可謂穩妥。丹羽長重故作自然地吐出此言，家康即刻將其政治化了。

「說得好！」

在丹羽長重看來，家康以令他意外的鄭重態度，接受了他的請求。

「不愧是前輩五郎左衛門（丹羽長秀）的公子，此乃武家可賀之事！」

（我說的話有那麼重的分量嗎？）

受家康如此激賞，丹羽長重如此尋思，他茫然了。他覺得自己原本是來寒暄，不料說溜了嘴，講出這等話來。

家康又說：

「加之，宰相大人關心豐臣家的這份真情，我深深感受到了。太閤殿下九泉之下也會欣慰的。」

「誠惶誠恐。」

丹羽長重心中不安。家康令人從豐臣家的器物中取出吉光（編註：鎌倉時代末期著名刀匠）打造的短刀。

「我代替太閤殿下。」

家康當場將這柄短刀作為禮品，贈給了丹羽長重。

翌日，丹羽長重回歸領國——北國的小松。

卻說家康自入住西丸之日始，針對如何處理「暗殺事件」嫌疑犯，開始評議。也就是「受前田利長唆使」的淺野長政、大野治長和土方雄久三人，究竟如何處理。當然，雖說審判卻不公開，只是家康與正信之間的私下密議。

「彌八郎，談談看法。」

家康說道。

「哎。」

正信老人吞下一大口唾沫，焦黃的牙縫裡發出了莊重的聲音，請求處刑如下：

「修理（大野治長）下野；河州（土方雄久）可以流放到常陸去。」

對於這兩個嫌疑人而言，這場秘密審判實在太諷刺了。流言製造者依據流言性質，做總結陳述、請求處刑，又進行宣判。

「確實，判為流放吧，還不該殺頭。」

「是的，不該殺頭。還望主上垂憐。」

「可以。」

家康按照處刑請求，做了判決。

問題在於淺野長政。

「他挺可憐。」

「是可憐。哎，不知哪個環節出了問題，他的名字也混了進去。流言真是變幻微妙！」

「變幻微妙呀。」

早在石田三成尚任奉行的時候，五奉行中的淺野長政就以唯一的家康黨身分竭力活動。眾奉行的決定都由他偷偷洩露給家康，極其秘密地效勞。滑稽的是，他竟也成了暗殺家康的策劃者之一。

「彌八郎，對彈正少弼（淺野長政）不夠意思，卻又不能單獨寬恕他。」

「是的。寬恕了他，反倒會引起世間疑惑。必須和那兩人同樣判罪。」

「同樣判罪，太狠了吧？」

「找個理由，給他罪減一等吧。對了，有了好理由了。主上拜謁秀賴公那日，淺野彈正少弼長政患病在家，該日沒在殿上。就說他雖參加了策劃，卻無實行的意志，令他回領國閉門反省吧。」

「可以。」

家康同意了。

家康始住西丸的十月一日，決定了這些事。該夜，家康喚來增田長盛、長束正家二人，通知如上的宣判結果。按照豐臣家的官職制度，大老若將單向決定的事項通知奉行，並命令落實執行，事情到此就告一段落了。兩名奉行當夜就去每個「罪人」家通告如上宣判。

翌日凌晨，淺野長政慌忙跑到家康眼前。

（來發牢騷的吧？）

家康立即這樣揣想。看著一心要保自家的淺野長政，家康十分心疼。

「實在對不起！」

長政說道。當然，他充分辯白自身的清白，接著又不斷道歉。

「受到無中生有的流言株連，哪怕稍令內府煩心，在下也罪該萬死！」

長政言帶淚聲，嗚咽說道。他甚至表示：

「我本想以切腹辯白，但不知死後別人會說些什麼。乾脆，我歸還領地。」

對此，連家康身旁的正信都覺得：

（此人精神不正常吧？）

他倆立刻又學到了做人的藝術，一個人一味立志保身，甚至可以這樣吧？在手握國內最大權力的家康面前，目前長政必須以小貓磨蹭緊貼主人的動作，來展示自己是個多麼可愛的活物。故此，儘管蒙冤，他還是提出要奉還領地。

淺野家的領國在甲州，城是甲府城，俸祿額二十二萬餘石。其中十六萬石為其子幸長所有，父親長政年祿額四萬餘石。長政說，他決定奉還俸祿之後隱退，由兒子幸長收留贍養。

家康說道：

「哎呀，此舉令人欽佩。男人的進退，我希望自己也能如此。我任此職雖然做了這般處理，但你與其他二人不同。彈正少弼蒙受莫須有的懷疑，我很同情。你不必說那些忠義規矩話，老老實實退隱領國去吧。」

「不，那個……」

「奉還領地的事嗎？心意我領了，領地不能接受。彈正少弼，雖是這種結果，我決不認為你是壞人。權當回領國暫且小憩，避開大坂吧！」

家康說道。

「多、多謝！只要淺野家存在，如此厚恩將世世代代傳講下去，決不背叛德川大人！」
「彈正少弼，主上都說了如此大慈大悲的話了，你再不必這般執拗了。」
正信從旁勸道。
「謝謝！佐渡（正信）大人，正是承蒙大人居間說情，在下才有幸蒙受這般仁慈。」
淺野長政拜謝正信。
（倘回領國，又要被懷疑在領國準備舉兵吧？）
其後，淺野長政欲返回居城甲府，行至途中倏然這樣思忖。於是途中派人給大坂的正信送去一信，寫道：
「願在內府領地內閉門思過。」
長政通過甲府，沿甲州街道進入家康的領地關東，抵達武藏府中，投靠府中明神的「社家」（祭司）處，借一室，自願過起了當人質的生活。
以上是十月二日的事情。
十月三日，家康早早招集了在大坂的列位大名，召開了征伐加賀的軍事會議。家康與正信不讓世間喘息，不斷制定新計謀。
大坂諸將彙集於西丸。家康聲調洪亮地說道：
「對於企圖在殿上謀殺我，然後在秀賴公身邊挑起騷亂的三名圖謀不軌者，本應宣判死罪，由於正當為故太閤殿下服喪期間，特赦，免於死罪，分別已做了從輕處罰。但最無法無天者，是加賀中納言（前田利長）。按理說，他應來我處道歉致禮，他卻處之泰然。如此態度，更顯得對我有叛逆之心。」
滿堂大名聽得大氣不敢出，無人敢開口反駁。家康的話，是露骨的霸道言論。昨天才宣佈的三人處理結果，不可能傳至遙遠的加賀金澤，前田利長怎可能聽到後有充裕時間趕來道歉？家康以沒來道歉致禮為由，大動肝火。
「混賬！」家康罵道。
「既然如此，為豐臣家安泰計，我只好拜領秀賴公的手令，向各領國下達軍令，討伐加賀！」

言訖，家康觀察諸將反應，無人反對。丹羽長重擔當先鋒，此事早已決定。不甘落於丹羽之後、要求參戰的呼聲，充滿了大堂。

（人的行動不取決於節操忠義。）

聽著聒噪，正信深有感觸。他進而認為，利害決定人的行動。

（操縱這群人，只要不偏離這條原理，主上取得天下，不會出一點偏差。）

正信胸有成竹。今後，隨著北伐呼聲高漲，恐會得到更加妙趣橫生的世間試驗結果。

（世間是多麼有趣的場所啊。）

正信感受著一種潛藏的、通體戰慄的亢奮，望著這間血腥的人性實驗大廳。

此日，到了正午也沒給列位大名端上飯菜。跟隨家康身邊的板坂卜齋在手記《慶長年中卜齋記》中寫道：「一律不給列位大名提供美食，只有粗茶。」

芳春院

加賀的前田家，有位女子名曰「芳春院」。她是前田利家的遺孀阿松。阿松十二歲時，嫁給了當時織田家的下級軍官利家，今天閏三月，她五十三歲時，夫君作古死別。阿松落髮，號芳春院。

——芳春院可謂事實上的主公。

此事不僅在前田家內部，世間也都這麼議論。芳春院絕非一般女流。人們評價說，賢內助芳春院與丈夫一起穿過亂世，並將利家由一介武夫培養成大大名。芳春院觀察時勢的眼力，也許超過了兒子中納言利長。

芳春院住在金澤城內。她將死於大坂的丈夫遺體運回金澤，主持葬禮。之後就住在金澤城內。

——大坂的內府鬧騰著要討伐前田家。

讀細川忠興派急使送來的信，芳春院獲悉了這一消息。前田家與細川家是姻親關係。芳春院的女兒千代姬嫁給了細川家的世子忠隆。有這一層關係，忠興在大坂非常擔憂。

信使抵達之日，芳春院派人去了公務室，傳語道：

「我想拜謁中納言。」

利長畢竟是利長，他和家老們正針對此事展開討

論。利長回言：「傳語稍等片刻。」

說實話，對在大坂發生的這次事件，利長茫然不知所措。他多次說道：

「我該如何是好？」

按照家康的說法，利長竟然對秀賴公懷有二心，在金澤加強戰備，企圖顛覆天下。但還不等此方辯白，家康就咆哮下令：

「討伐！」

而且竟然決定讓小松城主丹羽長重擔任北伐軍先鋒。

利長話音裡帶著哭腔。他只是陪同亡父遺體回到金澤，僅此而已。

「我一無所知呀！」

「是抗戰還是投降，必須二者擇一。」一個家老這樣建議。在利長看來，這建議也十分荒唐。

「抗戰也好，投降也罷，那都是以我方有作戰意圖為前提。我方根本就沒有作戰意圖，哪一項也不能選啊。」

這時，再度傳來母親芳春院的催促。利長宣佈商定會議結束，茶室安排好，等待芳春院。須臾，芳春院一身平素的白裝走了進來，坐在客座上，問道：

「利長，適才商定了何事？」

利長夾雜著牢騷說明。芳春院正顏厲色地說道：

「那都沒用。」

此言意思是，事物有其本質，應當看準本質再商定。否則只會議論不休，卻無意義。

「首先，家康能將天下一分為二，你沒有與他決戰的才幹。」

這是本質之一。

「按你的才幹，只考慮如何保全前田家就行了。你的才幹充其量只能顧及這些。」

「母親大人。」

利長神情不悅。說是「只考慮前田家」，然而，亡父利家的遺訓如下：

「我死後，上方會發生事變，會有人背叛秀賴公。到那時，利政從金澤率八千人去大坂，與常駐大坂的八千人會師，保護秀賴公。交戰之際，切勿在領國內作戰，哪怕僅差一步也要到領國外作戰。」

遺訓共有十一條，利長全能背誦下來。總之，遺言的基調是代替父親成為豐臣家的柱石。而且亡父暗中將家康設為假想敵。若遵從這份遺言的宗旨，利長須率領八千金澤兵，足音震天響地南下，與現駐大坂的胞弟利政的八千兵會師，置身動亂。

「別提遺言的事了。」

芳春院說道。她豈止知道，還在利家枕邊親筆將之仔細記錄下來。

——阿松，妳要讓大家恪守這份遺言！

言訖，利家就過世了。然而，聰明的芳春院認為，遺言不可行。利家若在，另當別論，但兒子利長不是出類拔萃的人物，不是「作為豐臣家柱石、任前田家主公」的材料。他的才幹充其量僅能維護前田家。

不愧是母親，芳春院比誰都更了解自己的兒子。

「可知家康大人的真意？」

「前田家被誤解了。」

「哎呀，可別說那種傻話了。家康根本沒有誤解，俗話說，『蠻橫者不講理』。他的智謀是將你設定為背叛者，以便驅動大名討伐金澤。再勝乘威勢，依次征討不順從他的大名，最後自己坐鎮天下。你不過被他選為誘餌。」

這是本質之二。

「所以，在這種場合，完全不能有會被人家大作文章的言行。你立即派一個機靈的家老前赴大坂，對家康大人多方解釋。無論對方怎樣刁難糾纏，都必須一味點頭道歉。以此為原則，再做商定。」

芳春院說道。

「是的。派橫山山城守長知任專使為宜吧。」

利長連使者的人選都決定下來了。

家老橫山山城守，懷揣利長的辯白書，從大手門一上馬就加鞭，疾風般離別金澤城下，飛馳在北國街道上。馬不堪這般飛跑，每到自家驛站就換。在其他家的領地則說明緣由，花錢買馬，快馬加鞭騎到馬累垮為止。第三天抵達大坂。

橫山長知先到家康近臣井伊直政宅邸，拜託道：

明天我想登城辯白，請代為周旋。當夜，他睡得昏迷不醒。

翌晨，旭日東昇，橫山長知一骨碌爬起來，剛要穿衣服，身旁人建議：

「至少，洗個澡如何？」

確實，頭髮蒙旅塵，亂蓬蓬翹著，灰塵與鬍鬚把臉龐弄得一片黑不溜秋的。

「對方是一隻有名的老狸。」

橫山長知拒絕了忠告。

「就這樣挺好。他會理解我是從金澤日以繼夜奔馳而來的。」

橫山就以這副形象登城。

家康住在西丸，大名的侍奉活動等全部模仿秀吉在世時的禮節，家康已成了事實上的天下之主。整個上午，橫山在休息室裡焦候著。午後總算傳來消息，他被領進了大廳。

（糟糕！）

橫山之所以這麼暗思，是因為他蓬頭垢面。到大廳一看，在那遠得聲音達不到的上座，左右列坐著井伊直政、榊原康政、本多正信等德川家諸將。

橫山被安排坐在很遠的下座。

（這可真夠氣派了。）

就連以膽略超群廣為人知的橫山也目瞪口呆了。這哪是會晤豐臣家的一將家康，簡直是拜謁天下之主的陣勢。家康要用殿上的禮儀束縛本來想一對一全力以赴進行辯白的橫山。

（不愧是罕見的多謀之人！）

橫山這樣思忖。家康如此氣派，令他為之愕然。

若從豐臣家大名這一點看，家康與自家主公利長是同格的呀。俄頃，家康就座了。

橫山毫不怯懦，先上前將主公利長的親筆辯白書交給家康的親信井伊直政。井伊畢恭畢敬接過，來到家康面前呈上。

家康不想接，氣哼哼地把臉轉向一邊。

（難以開口喲。）

橫山無可奈何。對方的臉不轉過來，橫山很難開口講話。

（若是這樣，我就滔滔不絕大聲開講吧。）

橫山開始陳述，他那戰場上練就的大嗓門響徹整座大廳。對此，家康詫異，看著橫山。橫山努力捉住家康的視線，陳述道：

「說我家主公忘卻太閤厚恩，背叛亡父，此次對幼君懷有二心等流言蜚語，實屬莫大惡名。全體家老戰戰兢兢。」

橫山目不轉睛地盯著家康。

（此人緣何這般模樣？）

家康以如此心情端坐那裡。

「但是絕不存在如此事實。譬如，只是譬如，縱然主公精神錯亂，錯亂過度，若有那種企圖，我們家老也不可能讓主公去做那等事情呀。」

橫山繼續陳述，洪亮聲音鎮住滿堂，連紙門似乎都被震得微微發出迴響。橫山知道，面對這般荒謬的嫌疑是講不出道理的。歸根結柢，橫山的戰術是靠凜然大聲講下去，從生理上壓住對方。他繼續大聲進行空洞的陳述。漸漸地嗓子沙啞了。

「哦——」

他只能發出這樣的嗓音。家康身旁的正信俯首哧哧笑著。當然，臉上沒表現出來，誰也沒察覺。

家康厭倦地問道。

「就這些嗎？中納言利長謀反一事，我掌握確鑿證據，再陳述也難以變動。」

「然而……」

「沒用。這次若是普通使者，我會當即攆他回金澤。聽說使者是你，特地來見一面。空疏的辯解已經夠了，你儘快回國為宜。」
橫山發出沙啞的聲音，說道：
「多謝！至少，大人可否披閱我家主公呈上的書信？」
「這個嗎？」
家康勉強展開，視線投其上面。轉瞬抬眼。
「為何不附上誓言書？」
他說出這般不合情理的事情。大概是沒有要說的話了吧。
「這令人覺得不是內府的風格。」
橫山又起了精神，提高嗓門。
「誓言書其物，已在太閤歸天之際交出若干份。其宗旨即子子孫孫決不背叛豐臣家。如今即便再寫同樣內容交出來，又有何用？我家主公的誠實神明可鑒。故意再讓他寫誓言書，等於寫廢紙呀。」
「那倒也是。」
家康臉色不悅地頷首，接下來緘默無言了。橫山懼怕家康的緘默，剛想高聲說話，家康忍無可忍：
「閉嘴！」
他立即將正信招到身旁，一陣交頭接耳後，抬頭望著橫山。
「你說的多少有點道理。倘若前田中納言確無謀反之心，作為證據，讓芳春院和一兩個家老來大坂。」
意即拿這些人當人質。對此，橫山詫愕。趕忙往腹中收力，吞下一口唾沫，答道：
「此事在下實難立即答覆。」
芳春院是主公的生母，將她當作人質交出來，此事作為家臣身分的橫山，難以當場回覆。但他能保證家老可以當人質。家康服其道理，叮囑道：
「那麼，你趕快回國，與中納言商談！讓芳春院來大坂，對解決此事非常重要。」

橫山返回金澤，在利長與全體重臣面前詳細彙報了家康的主張、家康的形象、大坂的形勢等。

商定的結果，不得不接受家康的要求。家老當人質尚可，將芳春院本人交給家康，這件事如何處理？芳春院是與先輩利家一起建起了前田家的最大功臣，不僅兒子利長知道，重臣也都無人不曉。最後，利長要求單獨見芳春院，和盤托出實情。芳春院泰然不驚。

「我早就料到家康大人會這樣做的。將來如何，不得而知，目前惟有我去大坂，才能拯救前田家。」

芳春院心懷自負，自己開創了前田家。她想，若當人質是自己能做的最後一件事，也是可以的。不消說，芳春院精神抖擻地表態：

「我去。」

未久，前田家的人質儀仗隊抵達大坂，先住進加賀宅邸，向家康的側近井伊直政報上了抵達的消息。

人質以芳春院為首，還有村井豐後和山崎安房兩名家老。家康聞訊欣喜，與正信商議，又煞費苦心琢磨出一計，先喚來奉行。增田長盛和長束正家二人一到，家康就說：

「是關於前田家人質的事。那是我的人質，放在大坂像是豐臣政權的人質，難以區分。我要將她們送到江戶。」

家康言訖，兩名奉行畢竟是豐臣家的執政官，就算再老實，此刻也表示了反對意見：「這麼做，不合理吧。」

家康以前田利長對豐臣家懷有二心為由，策劃北伐。利長為證明自己「無二心」，交出生母與家老當人質。理所當然，從性質上看，人質當歸豐臣家所有。家康竟突然說人質是他的私物。長盛和正家極力反對，但終歸力不能及。

這消息傳到了金澤。恰好趕上回到加賀的利長胞弟利政聞聽此事，火氣來了。他在胞兄和重臣面前論辯道：

「這世上已經沒有正義了嗎！」

利政說，斷不該將母親送到江戶。利長哄勸他：

「我家已屈身家康。一度屈身，二度說我家不講理發兵征討，我等束手無策。」

「若按這般態勢，往後會有第三、第四個要求，我等必須沒完沒了地屈身呀！」

「迫不得已。母親也說過，要按照家康的要求去做。」

利長回答。

不久，以芳春院為首的人質團隊，成為家康的「私物」，被送到江戶了。其後，只要芳春院人在關東，天下發生動亂時，前田家就不得不跟隨家康了。

（上卷完）

日本館・潮 J0247

關原之戰（上）

作者……司馬遼太郎
譯者……劉立善
主編……吳倩怡
特約編輯……洪維揚・梅子
行政編輯……許景麗・高竹馨
美術編輯……吉松薛爾
封面繪圖……林繪

發行人……王榮文
出版發行……遠流出版事業股份有限公司
104005 台北市中山北路一段十一號十三樓
電話……(02) 2571-0297
傳真……(02) 2571-0197
郵政劃撥……0189456-1
著作權顧問……蕭雄淋律師

初版一刷……二〇一一年十一月一日
初版七刷……二〇二三年八月一日

售價三〇〇元

ISBN 978-957-32-6860-4

國家圖書館出版品預行編目（CIP）資料

關原之戰 / 司馬遼太郎著 ; 劉立善譯. — 初版.
— 臺北市 : 遠流, 2011.10-
冊 ; 公分. —（日本館.歷史潮 ; J0247）
ISBN 978-957-32-6860-4(上冊 : 平裝)

861.57　　100018656

遠流博識網
http://www.ylib.com
www.ebook.com.tw
e-mail: ylib@ylib.com